中大情缘

ZHONGDA QINGYUAN

陈振耀 著

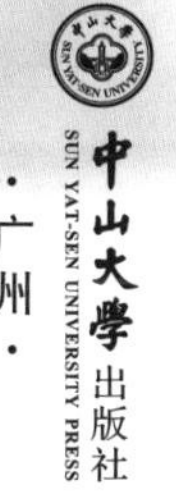

中山大学出版社
SUN YAT-SEN UNIVERSITY PRESS
·广州·

图书在版编目（CIP）数据

中大情缘 / 陈振耀著. —广州：中山大学出版社，2024.9
ISBN 978-7-306-08082-0

Ⅰ.①中…　Ⅱ.①陈…　Ⅲ.①散文集-中国-当代　Ⅳ.①I267

中国国家版本馆CIP数据核字（2024）第085403号

出 版 人：王天琪
策划编辑：嵇春霞　林梅清
责任编辑：林梅清
封面设计：周美玲
责任校对：郑雪漫
责任技编：靳晓虹
出版发行：中山大学出版社
电　　话：编辑部 020-84111996，84113349，84111997，84110779
　　　　　发行部 020-84111998，84111981，84111160
地　　址：广州市新港西路135号
邮　　编：510275　　传　　真：020-84036565
网　　址：http://www.zsup.com.cn　　E-mail：zdcbs@mail.sysu.edu.cn
印 刷 者：佛山市浩文彩色印刷有限公司
规　　格：787 mm × 1094 mm　1/16　13印张　220千字
版次印次：2024年9月第1版　2024年9月第1次印刷
定　　价：52.00元

谨以《中大情缘》一书敬献给母校中山大学建校暨生物学系成立100周年

中山大学生物学系1959级学生陈振耀

中大情缘

I 蒲蛰龙院士 光辉一生中亮点多多

1. 蒲蛰龙老师（左）和利翠英老师（源自《南中国生物防治之父——蒲蛰龙院士》第125页）

2. 蒲老师在鉴定水生甲虫标本（源自《南中国生物防治之父——蒲蛰龙院士》第36页）

3. 蒲老师（左2）在四会大沙田间指导昆虫学专业1975级学生查虫（1976，春）

4. 蒲老师在增城朱村林场检查野外放蜂效果（1989，源自《南中国生物防治之父——蒲蛰龙院士》第56页）

5. 蒲老师（后排左4）与利老师（后排左5）在湖南黔阳源河蒋家冲柞蚕放养研究现场指导研究工作时与部分教师、学员合影（1966.5.20）

6. 蒲老师（后排左2）、利老师（后排右1）再次到蒋家冲指导研究工作，与教师卢爱平（后排左1）、刘复生（前排左1）、陈振耀（前排左2）和部分学员合影（1966.5.28）

7. 蒲老师（前排左5）与中青年教师、当地干部、技术人员在大沙田间考察（1973，源自《南中国生物防治之父——蒲蛰龙院士》第71页）

8. 蒲老师在四会大沙蜂站指导昆虫学专业1975级学生繁殖赤眼蜂（1975）

9. 蒲老师（中）在四会大沙中大教学点与昆虫学1975级学生一起参加建校劳动（1975）

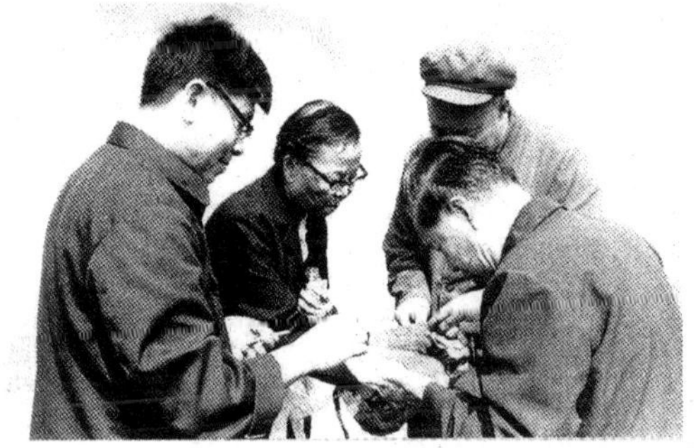

10—12. 蒲老师和利老师到山西讲学，顺道前往大同十里河、朔县神头采集水生昆虫标本（1983.6，源自《南中国生物防治之父——蒲蛰龙院士》第37页）

13. 为蒲老师庆贺84岁寿辰（1996.6.19）

14. 广州市越秀区各小学自然课教师和天秀小学学生代表慰问蒲老师（1995.10.24）

15. 蒲蛰龙院士纪念室揭幕仪式。王珣章校长、古德祥、林浩然、印象初、彭统序、苏德明等及蒲老师家属莅临现场（1998.12.31）

16. 昆虫学研究所所长庞义教授在蒲蛰龙院士纪念室揭幕仪式上致辞（1998.12.31）

17. 张宏达（左2）、廖翔华（右2）、古德祥（右1）和陈振耀在生物博物馆门前合影（1998.12.31）

II 康乐校园中 热带雨林的林相景观

（蔡浩然拍摄，2023）

1. 禾雀花藤缠绕在白兰树上

2. 枕果榕的板根

3. 印度橡胶榕的支柱根

4. 对叶榕的老茎生花结果

5. 水榕（水翁）树干上的附生植物

6. 散生竹的根蘖现象

Ⅲ 中大生物博物馆一隅

（张兵兰提供，2015）

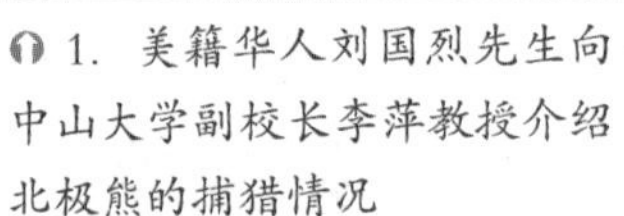
1. 美籍华人刘国烈先生向中山大学副校长李萍教授介绍北极熊的捕猎情况

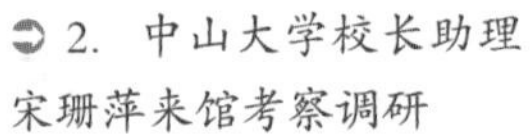
2. 中山大学校长助理宋珊萍来馆考察调研

3. 廖文波（前排左5）等老师在黑石顶指导本科生开展教学实习

Ⅳ 昆虫学教学实习

1. 华立中（左1）指导动物学专业1959级学生汤鉴球（中）、陈振耀（右2）等在海南吊罗山教学实习时合影（1963.12）

2. 陈振耀（前排左2）与昆虫学专业1973级学生和工宣队陈师傅（后排左2）在鼎湖山“开门办学”采集昆虫标本时合影（1974.10）

3. 陈振耀在鼎湖九坑河水库岸边采集（1974.10）

4. 华立中（前排右1）、陈振耀（2排左1）与昆虫学专业1974级学生在肇庆七星岩采集昆虫标本（1975.7）

V 海南岛尖峰岭保护区昆虫资源调查（1981—1983）

1. 华立中（中）、陈振耀、何国锋（右）指导昆虫学专业1977级学生教学实习，采集昆虫标本，三位带队者合影（1981.6.24）

2. 陈振耀（前排左1）、梁铬球（后排右1）、黄治河（前排右2）、谭昆智（后排左1）与动物学专业1978级学生合影（1982.2.23）

3. 在五分区（核心区）采集，部分师生在密林中“午餐”（1982.2.26）

4. 陈振耀冒雨从三分区（核心区）回保护区（天池）（1982.2.28）

⮉ 6. 陈振耀在前往海口的船上（1983.11.6）

⮈ 5. 陈振耀（前排左1）、黄治河（后排左1）与动物学专业1979级学生及两名进修生吴以宁（前排右1）、姚禄鹏（后排左3）（1982.11.12）

⮉ 7. 陈振耀（后排左1）、黄治河（前排右1）与动物学专业1980级学生进入保护区前合影（1983.11.8）

⮉ 8. 师生在保护区办公楼接待室制作昆虫标本（1983.11.8）

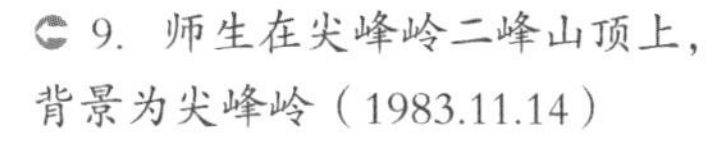

⮈ 9. 师生在尖峰岭二峰山顶上，背景为尖峰岭（1983.11.14）

⮊ 10. 陈振耀在保护区边缘采集（1983.11.11）

VI 黑石顶保护区昆虫资源调查（1984—1987）

1. 梁铬球（前排左2）、陈振耀（前排右2）与动物学专业1981级学生及进修生周至宏（前排左1）、陆活昌（后排左1）（1984.10）

2. 梁铬球（前排左2）、陈振耀（前排左1）与动物学专业1982级学生及昆虫学1985级硕士生（1985.9）

3. 陈振耀（后排左1）带领蓝德安等五人冒雨穿越黑石顶大半个保护区回到住地，是日为中国第一个教师节（1985.9.10）

4. 昆虫分类室梁铬球（后排左3）、陈振耀（前排左2）、吴武（后排左1）、胡奕传（前排右1）和昆虫生态室的周昌清（前排右2）、刘夏生（后排右1）与动物学专业1983级学生（1986.7.3）

5. 与来保护区考察实习的香港学生合影（1986.7）

6. 陈振耀与进修生柯铭辉（右）在848（黑石顶第二高峰）山顶合影（1986.7.5）

7. 累了歇会儿的三位同事（1986.7.3）

9. 吴武（左1）、童晓立（左2，华农大硕士生）与梁铬球（右2）、陈振耀在进入保护区采集前合影（1987.6.29）

8. 陈振耀第八次来黑石顶采集昆虫标本（1987.10）

Ⅶ 大东山保护区昆虫资源调查（1992—2000）

1. 梁铬球（左3）等带领昆虫学1991级硕士生到大东山进行第一次昆虫考察采集，回校前与保护区干部合影（1992.7.16）

2. 陈振耀在大东山担杆冲采集（1992.7.14）

3. 梁铬球（前排左4）等带领动物学专业1989级学生到大东山进行第二次采集，回校前与保护区干部合影（1992.9.9）

4. 陈振耀（站立者）向学生讲授昆虫标本制作技术（1992.9.3）

5. 陈振耀（左1）带领的小分队（1992.9.8）

⋒ 6. 昆虫学1993级硕士生和动物学专业1991级学生共13人到大东山采集昆虫标本，因到保护区的公路被潭岭水库的水淹没，只能乘小船前往（1994.9.2）

⋒ 7. 昆虫学1994级硕士生到大东山采集，教师3人和朱利斌等6人与保护区领导合影（1995.7.8）

⋒ 8. 贾凤龙、余道坚、谢委才、黄清强（保护区员工）（左起）和陈志明副主任（拍摄者）在保护区外围潘家洞采集（1995.7.7）

⋒ 9. 动物学专业1993级学生陈省平等在大东山采集结束时合影。前排陈海东（左1）、莫乘风（左3，生物学系1951级校友，香港中文大学教师）和植物分类室的黄伟洁（右2）、廖文波（右1）（1996.8.29）

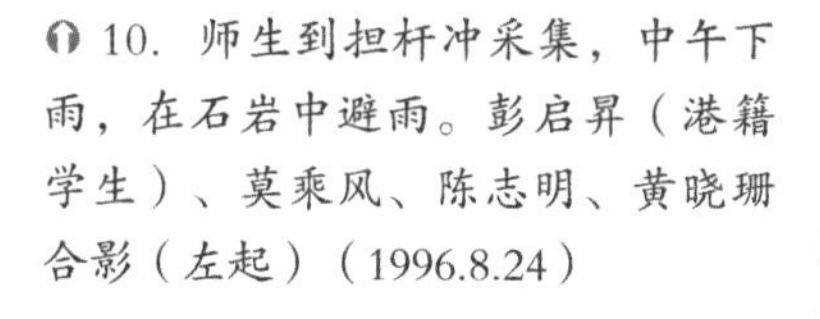

⋒ 10. 师生到担杆冲采集，中午下雨，在石岩中避雨。彭启昇（港籍学生）、莫乘风、陈志明、黄晓珊合影（左起）（1996.8.24）

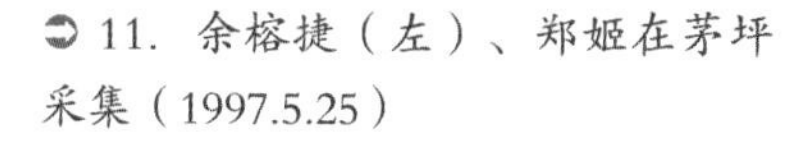

➲ 11. 余榕捷（左）、郑姬在茅坪采集（1997.5.25）

⊂ 12. 师生在担杆冲采集，中午在磨刀坑河边"午餐"（1997.5.26）

⊃ 13. 昆虫学1995级硕士生柴培春、1996级郑姬、张晓馨、余榕捷、刘德广、李建华晚上在制作标本（1997.5.25）

∩ 14. 动物学专业1994级学生17人，在大东山采集结束时与保护区邓世福主任（前排左5）、陈志明副主任（后排右4）合影（1997.7.10）

∩ 15. 生物学专业1995级"娘子军"和指导老师回校前与保护区干部合影（1998.7.15）

∩ 16—17. 生物学专业1995级"娘子军"白天上山努力采集标本，晚上在住地认真制作标本（1998.7.10）

Ⅷ 茂名大雾岭保护区昆虫资源调查（1988）

1. 中大教师梁铬球、陈振耀，省昆虫所研究员平正明、彭统序（左起）在海拔1703米的广东第二高峰大田顶上（1988.7.3）

2. 昆虫学专业1986—1988级硕士生6人、动物学专业1985级学生5人与老师在大田顶上合影（1988.7.3）

3. 采集途中两名女生携手相助，勇跨急流（1988.7.10）

IX 深圳市卫生昆虫调查

⬆ 1. 梁铬球（右1）、陈振耀（左1）与深圳市防疫站干部在深圳铁岗水库周围调查（1998.7.1）

➡ 2. 生科院1994级学生刘志雄（前）与深圳市防疫站干部在梧桐山下调查（1998.4.29）

⬆ 3. 陈振耀在光明农场调查采集（1999.6.22）

X 深圳内伶仃岛昆虫资源调查

1. 陈振耀（左3）、庞虹（右1）、温瑞贞（左2）与内伶仃保护区相关人员在调查采集时合影（1999.11.3）

2. 陈海东（左3）、温瑞贞（左2）、彭启昇（右2）、谢委才（右1）等在北湾采集（1998.5.10）

3. 陈海东等4人在蕉坑采集（1998.5.7）

4. 陈振耀在南湾采集（1999.11.2）

XI 郁南同乐保护区昆虫资源调查（1999、2000）

1. 陈振耀（左3）与昆虫学1998级硕士生苏志坚等在同乐保护区楼前合影（1999.5.25）

2. 同学们在认真制作昆虫标本（1999.5.25）

3. 昆虫学1999级硕士生段金花在同乐保护区采集（2000.6.1）

XII 广东红树林昆虫资源调查

1. 梁铬球、贾凤龙、卜庆珠（保护区员工）、陈振耀（左起）在深圳福田红树林调查采集（1994.6.2）

2. 徐利生（左3）、陈振耀（右1）等在湛江雷州企水海角村调查采集（1996.8.14）

3. 陈振耀在廉江市高桥红树林采集（1996.8.15）

4. 考察队里中山大学的全体队员在“广东湛江红树林自然保护区”（廉江高桥）合影（1996.8.16）

XIII 编写《中国动物志（昆虫纲）》《中国经济昆虫志·半翅目（一）》时的采集活动

1. 在昆明举行第二次会议期间，编写组部分成员陈振耀（后排右1）等在昆明西山采集（1978.11.24）

2. 在内蒙古海拉尔宾馆召开《中国经济昆虫志·半翅目（一）》审稿会议期间，章士美（左4，主持人）、陈振耀（左1）等部分成员合影（1981.8.1）

3—4. 陈振耀在呼伦贝尔草原（鄂温克旗）采集（1981.8.2）

⬆ 5. 陈振耀在满洲里多轮池岸边采集（1981.8.6）

⬆ 6. 梁铬球、陈振耀、黄治河（左起）在新疆天池自然景观保护区采集，以新疆特产“馕”为午餐（1984.7.17）

➲ 7. 陈振耀在铁力买提峰上采集（1984.7.27）

➲ 8. 陈振耀在拜城千佛洞戈壁滩上考察采集（1984.7.25）

➲ 9. 伊犁察布查尔草原站的两位同志（左1、左2）陪同黄治河（左3）、梁铬球（右2）和陈振耀到乌孙山采集（1984.7.27）

➲ 10. 陈振耀走近和善的骆驼（1984.8.5）

⓿ 11. 黄治河、梁铬球、陈振耀（左起）在陕西华山上采集，背后为北峰（1984.8.24）

➲ 12. 陈振耀在乌鲁木齐红山采集（1984.7.17）

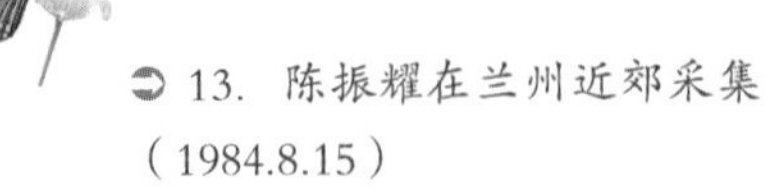

➲ 13. 陈振耀在兰州近郊采集（1984.8.15）

XIV 编写《中国动物志（昆虫纲）》《中国经济昆虫志·半翅目（二）》时的考察采集活动

1.《中国经济昆虫志·半翅目（二）》编写组在中山大学举行第一次正式会议，出席人员有章士美（前排左4）、郑乐怡（前排左1）、张维球（前排右3）等15人（1986.3）

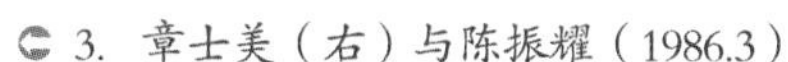

2. 与会者于中大校园合影（1986.3）

3. 章士美（右）与陈振耀（1986.3）

4. 郑乐怡（中）、张维球（右）与陈振耀（1983.3）

5.《中国经济昆虫志·半翅目（二）》编写组部分成员在贵州雷山县雷公山采集（1983.7.13）

6. 陈振耀在黄果树采集时与黄果树瀑布留影（1983.7.8）

7. 在云南西双版纳进行《中国经济昆虫志·半翅目（二）》审稿期间，正值傣历新年“泼水节”，编写组成员与傣胞同乐，在公园与傣族小女孩合影（后排左起：吴武、陈振耀、章士美、张维球）（1987.4.15）

8. 陈振耀（前左1）、李长安（后）与傣族小朋友在一起（1987.4.15）

9. 吴武（左）、吴军（中，动物学专业1981级校友）、陈振耀在“中国实验动物中心”附近采集后，涉水过流沙河回景洪（1987.4.6）

10. 陈振耀在勐腊县勐仑植物园采集（1987.4.12）

11. 陈振耀在植物园附近的罗梭河沿岸采集（1987.4.10）

XV 新丰县云髻山保护区昆虫资源调查（1991）

1. 芳村区各中学生物学教师昆虫标本采集制作培训小组进山采集（1991.5.27）

2. 陈振耀（右1）示范昆虫标本制作（1991.5.27）

3. 陈振耀与昆虫学1990级硕士生翁仲彦（左）、陈永革（中）在山顶上采集（1991.7.8）

4. 部分师生在山顶防火瞭望亭合影（1991.7.8）

5. 部分师生在云髻山保护区山顶上合影（1991.7.10）

XVI 参加全国性昆虫学术研讨会后的考察采集活动

1. 在西北农林科技大学举行的第五届全国昆虫分类区系学术研讨会期间，梁铬球（右）、陈振耀与周尧教授（中）合影（1999.8.30）

2. 会后，部分与会者到天台山保护区采集，途经秦岭界碑时合影（1999.9.3）

3. 中科院北京植物所举办全国生物标本馆技术研讨会，会后成员到灵山考察采集。陈振耀在中国科学院北京森林生态系统定位研究站前留影（2000.9.27）

4. 陈振耀在灵山保护区采集（2000.9.28）

⊂ 5. 湖北宜昌举行中国昆虫学会2000年学术年会，中大昆虫学研究所与会者庞虹、张景强、梁铬球、庞义、古德祥、陈振耀、张宣达（左起）合影（2000.10.20）

⊃ 6. 会后，庞义（右）、陈振耀参加大会组织的调查考察队到神农架考察（2000.10.22—23）

XVII 为老人事业做点有益的事

1.陈振耀夫妇为生科院离退休分会80岁以上老师及分会干部在蒲园餐厅举行午餐会（2004.11.13）

2.生科院离退休分会为庆贺陈蕙芳老师95岁寿辰在康乐园餐厅举行宴会（2005.8.19）

⊂ 3.生科院离退休分会干部与离退休处、校离退协部分干部在南昆山举行2007年总结会时合影（2007.12.6）

XVIII 青出于蓝胜于蓝，张北壮老师退休后的主要业绩

（XVIII 1—4由张北壮提供，2023）

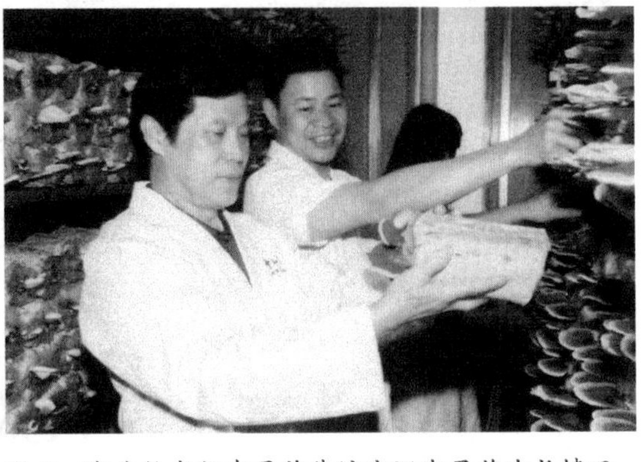

2. 张北壮老师在灵芝栽培室巡查灵芝生长情况

1. 张北壮老师荣获2018年度中国老科学技术工作者协会奖

3. 张老师检测灵芝孢子破壁率

4. 张老师于河源紫金扶贫期间在田间指导农民蜜柚栽培技术（2017）

5. 生科院离退休党支部组织参观张北壮同志创办的灵芝智能栽培技术基地，支部书记何国锋（站立者右）主持，张北壮（站立者左）介绍灵芝栽培技术（2018.12.6，邓钧华提供）

XIX 校离退协和《中大老园丁》

1. 校离退协会会长魏聪桂（中）、秘书长邓良炳（右）、副秘书长陈振耀在康乐园餐厅举行的祝寿会上合影（2012.3.13）

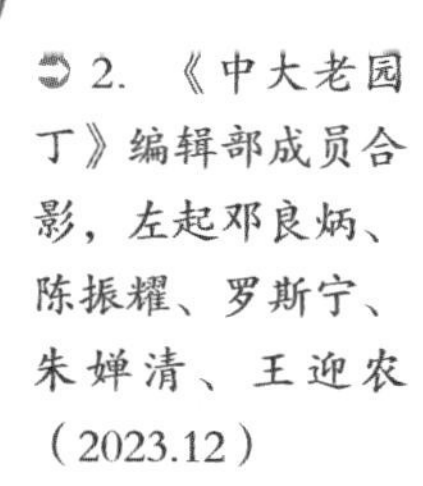

2.《中大老园丁》编辑部成员合影，左起邓良炳、陈振耀、罗斯宁、朱婵清、王迎农（2023.12）

3. 离退休处和离退协领导杨球英（左1，副书记）、魏聪桂（右6，离退协会长）、许圣清（右4，副处长）与生科院分会理事在阳山举行年终总结会时合影（2005.12）

XX 2001年后大雾岭昆虫考察采集

1. 带队教师与保护区干部合影（2002.5.29）

2. 昆虫考察采集队成员与保护区干部合影（2002.5.29）

3. 采集队成员登上大雾岭最高峰后兴奋地合影（2002.5.29）

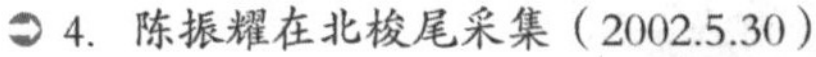

4. 陈振耀在北梭尾采集（2002.5.30）

5. 香港昆虫摄影爱好者刘国亮先生在认真地寻找昆虫（2002.5.29）

XXI 2001年后大东山昆虫考察采集活动

➲ 1. 昆虫学2000级硕士生（5人）和教师、保护区陈志明在担杆冲采集，在磨刀坑河边“午餐”（2001.6.6）

➲ 2. 师生回校前与保护区干部合影（2001.6.9）

➲ 3. 昆虫学博士后张春田（左1）、张丹丹（右1）及昆虫学2003级硕士生邓柯波、方小端等在考察采集结束后与保护区干部合影（2004.6.25）

➲ 4. 昆虫学2007级硕士生汪芸（前排左2）、何凤侠（前排中）、韩小磊（后排左1）前往茅坪采集时与老师合影（2008.7.8）

5. 陈振耀在大东山采集，乐在其中（2008.7.6）

6. 师生爬了一天山回到住地，穿上时装在大东山管理处楼前合影（2010.8.3）

7. 陈振耀与两位“老学生”陈海东、黄日强到茅坪采集，三人乐融融（2010.8.3）

8. 年已七十三的陈振耀在深山老林里采集，老有所乐（2010.8.6）

XXII 2001年后的昆虫考察采集活动

（庞虹、张兵兰提供，2023）

1. 庞虹（左）在连州田心保护区考察采集（2003.3.16）

2. 张兵兰（前）在连州田心保护区考察采集（2003.3.16）

3. 贾凤龙（右）、陈海东（中）在东莞莲花山采集（2004.4.21）

4. 陈海东在东莞莲花山诱虫灯下采集（2004.4.21）

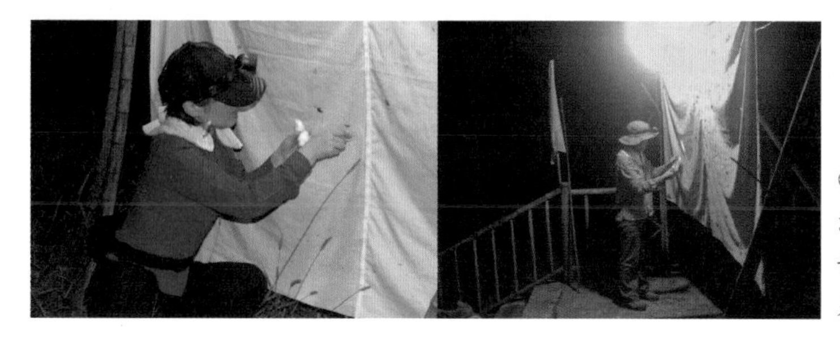

5—6. 张丹丹在江西九连山保护区诱虫灯下的挂网上采虫（2007.8.28）

7. 庞虹（左1）、张丹丹（右1）与江西九连山保护区领导合影（2007.9.1）

8. 庞虹（前）与陈海东等在黑石顶诱虫灯下采虫（2010.5.8）

9. 张丹丹（左）在黑石顶诱虫灯下采虫（2010.5.8）

10. 陈海东等在黑石顶采集昆虫标本（2010.5.8）

11. 陈海东（左）、张丹丹在江西井冈山采集昆虫（2010.9.15）

12. 张兵兰在广州海珠湿地挂的马氏网，能诱集许多昆虫（2019）

前 言

Preface

我1999年退休，返聘两年，2001年4月办理退休手续，但我仍未走下讲坛，也未退出科学研究阵地，还多了一份参与生科院教职工离退休分会的管理服务工作。那时生科院已退休的老人，很多是我在中大生物学系就读时的老师。为他们做点有益的事是本分，心里也很乐意为他们服务。与他们接触多了，增进了解之后，得悉生科院已退休的教职工中有许多好人好事，也体会到离退休教职工协会组织的温暖、老同事间的深厚感情。2005年，我给《中大老园丁》写了第一篇稿：《感人的小事——生科院离退休教职工互相关心、互相帮助的事迹点滴》。此后经常投稿该内部刊物，并与之结下不解之缘。自2012年至2024年3月担任《中大老园丁》责任编辑。我有资料积累的习惯，每次都会将已发表的文章复印剪贴保存，久而久之，集腋成裘，现已剪贴成4本，近60篇文章。随着年龄的增长，在没有写作能力时，我会把这几本散文剪贴本交给孙女陈希比。乃因其父母管教严格，她一贯用心向学，深爱文学，在东川路小学读五年级时被评为越秀区优秀学生，六年级被评为广东省优秀少先队员。在广州二中应元学校读初中二年级时被评为广州市优秀学生，2023年6月，在二中读高二的她又被评为广州市优秀共青团员。我想，将这些“作文”交给她，她不会当垃圾丢弃，会保存好。祈望她学有所成走向社会时，再拿出来看看，审视、慎思，或许对她做人处事会有所帮助。

2023年5月初，我突发奇想：从几十篇“作文”中选取一些文章整合成一本文集出版，作为礼物敬献给母校中山大学建校和生物学系成立100周年。本文集46篇文章中，《隆重纪念江静波教授百年诞辰》、《生物博物馆的前世今生》、《张北壮老师著作〈舌尖上的安全〉出版》和《十八岁的〈中大老园丁〉》4篇文章署名时的第一作者不是我，但都是我执笔和定稿的。5月24日，我给东莞的朋友杨建松打电话，实话直说，问他有无可能资助我几万元出版一本书，他的回答很干脆，说：“陈老师，您的事就是我的事，我支持您把出版书的事办成。”6月13日，他专程来我处商谈此事，还带来一个消息，他把这件事向其读中学时的同学、中山大学生物学系毕业生蓝德安说了，蓝很高兴，要与他一起把这件事办好。他们俩与我有较深厚的缘与情，在这里感谢他们的深情厚谊。

2002年，杨建松要在东莞市成立绿雅达有害生物防制技术有限公司，他专程来中大找我。我俩从未谋面，但一见如故。知其来意，我当场表示会在技术上无保留地支持他。20多年了，他不仅在东莞站稳了脚跟，公司业务范围不断扩大，还把技术服务扩展到云南西双版纳。

蓝德安是中大生物学系动物学专业1982级学生，1985年春季学期选修了我开的“昆虫学”课程，9月份我与梁铬球老师带选课组的学生到黑石顶进行教学实习，采集昆虫标本。当年9月10日为我国第一个教师节，我带领蓝德安等四位学生和一位采集员冒雨穿越了黑石顶保护区的核心区，尽管衣裤湿了，但大家兴致勃勃。后来我指导他写毕业论文，他在大埔丰溪保护区采获蝽科一新种，获评优等毕业论文。他毕业后又在中大昆虫学研究所攻读硕士学位。蓝德安的夫人李云姝是动物学专业1985级学生，亦选修我开的“昆虫学”课程，1988年7月也是我与梁铬球老师带选课组学生到大雾岭保护区进行教学实习，采集昆虫标本。夫妇俩十分有缘，更值得庆贺的是，如今他们均事业有成。

本文集整编的过程中，得到诸多帮助：中大生物博物馆馆长庞虹教授给予了热情支持和鼓励；张兵兰副馆长曾多次与出版社的嵇春霞副总编辑联系，落实出版事宜；蔡浩然老师作为我的委托人更是花费很多时间和精力在照片的扫描、资料的打印等事上，尤其是暑假期间，没有学生助理帮忙，编辑的许多琐事就都由他完成。对他们三人深表谢意，也对十多年来为打印发表于《中大老园丁》的几十篇文稿付出劳动的生物博物馆学生助理们深表感谢 。

中山大学出版社的嵇春霞副总编辑对文集的出版作了许多具体的指导，并建议本文集采用“中大情缘”之名，谨致谢忱。

《中大情缘》能出版，幸获广州市仟味食品有限公司和东莞市绿雅达有害生物防制技术有限公司全额资助出版费用，深表谢意。

本书图版所用照片除注明出处外，均为作者提供。

编著者

2023年12月8日于中大生物博物馆

目录 CONTENTS

四　爱校敬业

一 感恩党和国家的培育

忆大学五年学习生活点滴

我于1959年考入中山大学，就读生物学系动物学专业。大学五年的学习生活中有许多往事深深印在脑海里。可以说，大学的五年为我铺设了一条人生道路，如果没有经过大学这五年的培养，我几十年的人生经历必然是另一个版本。这五年决定了我要走的人生道路。我感恩党和国家的培养，感恩老师们的教诲。在这五年成长的道路上，有些学习生活点滴值得回顾。

党和国家哺育我们成长

我入读大学时正值新中国成立十周年。随着社会制度的变革，国家的建设面临许多问题，特别是教育。党必须制定怎样培养人、培养什么人的教育方针政策。要培养大批忠于党、忠于国家的接班人，把无数先烈用生命和鲜血换来的江山守住，把革命事业一代一代地传承下去。至今我还清楚地记得，当时大礼堂（又称风雨操场）舞台两侧墙上挂着两条非常醒目的标语：“领导我们事业的核心力量是中国共产党。指导我们思想的理论基础是马克思列宁主义。”“教育必须为无产阶级政治服务，教育必须与生产劳动相结合，培养德智体全面发展的劳动者。”后者是当年党的教育方针。新中国刚成立，为了清除旧中国残留的不良风气，党很重视政治思想教育，尤其是对青少年的思想教育，倡导“爱祖国、爱人民、爱集体、爱劳动、爱护公共财物”的“五爱”教育，新的社会风气蔚然成风。“五爱”

的思想教育深入人心，对我们这一代影响极其深远，使我们从心底里热爱新中国，热爱共产党。在大学的五年中，校党委很重视青年学生的思想教育，特别是爱国主义教育，将其贯穿于大学教育始终。党很重视引导青年一代走“红专”道路，要把青年培养成“又红又专”的革命事业接班人。党组织还经常组织我们向各行各业的英雄模范人物学习。1963年3月5日，毛主席向全国人民发出“向雷锋同志学习”的号召。全国上下以雷锋为榜样，争做好人好事。至今，雷锋精神已激励了我们三代人。这是新中国成立以来，对全国影响最深远的向英雄模范学习的范例。回顾在中大学习的五年，我深深地感到是党哺育了我们，使我们成长。

上好劳动必修课

“教育必须与生产劳动相结合”，当时学校把体力劳动当作全面发展的重要内容，在每学期的每周安排一个下午劳动，称分散劳动；每学年安排一次2—3周的集中劳动，各系以年级进行安排。我们年级入学后的第一次分散劳动，是各班派数名代表到学校总务科（小礼堂地下室）领取锄头，每人一把，为兴建新生物楼清理地基，挖竹头。在兴建生物楼之前，这块地的东边竹子及杂草丛生，西边是水塘。以后的分散劳动工种多样，铲除校园杂草、打扫环境卫生、为校农场干农活等，偶尔也会到附近打扫街道，到某单位如电器所打扫卫生，等等。集中劳动共有五次，其中第一次集中劳动是1960年元月份，考完试放寒假之前，全级到新滘公社琶洲大队参加农田（菜地）劳动，晚上还经常组织身体较强壮的男同学，由菜农引领，划小艇到市区沿江路一带收运居民的粪便作肥料。这一次干农活共18天。第三次集中劳动是1961年春季开学后，在现在自来水加压站和老人活动中心所在位置开挖鱼塘，挑土。当时正值三年经济困难时期，缺少肉食，因此挖塘养鱼。其余三次集中劳动分别是东区新建学生宿舍运送建筑材料、琶洲畜牧场劳动、番禺石楼公社海心大队收割早稻。我们每个同学都有劳动习惯，干起活来大家都很积极，重活抢着干。尤其在经济困难那三年，我们与党同心同德，为国家分担困难，经受住了考验。

专业设置变动频繁

在大学一、二年级时，生物学系的专业设置变动频繁，进行了三次调整。大学一年级第二学期末，我被安排在海洋生物学专业。1960年暑期，钟恒老师带领五八级的阎家林，五九级的林振达、许洁珍及我到湛江港、霞山区海滨、特呈岛、东山岛和硇洲岛进行海洋生物调查，为期一个多月，我们学到了许多课堂上学不到的知识，收获颇丰。对于长期生活在山区里从未见过大海的我来说，这次经历使我大开眼界，终生难忘。到了二年级，全系调整为生物物理、生物化学和地生物学三个专业班。学生所学专业是“被”安排的，非学生本人意向。其中，生物物理专业号称国家的尖端科学专业，把所谓“家庭出身好”的同学安排在这个专业，我也被安排在这个班。全级的住房按新的专业重新调整，“同班”同学一起参加每周一次的政治学习和分散劳动。这一年都是上生物学基础课。到了三年级，还没有跨上“马背”的生物物理专业“下马”了，大家高高兴兴回到招生时的四个专业，读至毕业。

四年级时，动物学专业开设三个专门化选课组：无脊椎动物组、脊椎动物组和昆虫组。三个专门化组分别由江静波、周宇垣和蒲蛰龙、利翠英等名教授担纲。我选修了昆虫组，学习了昆虫形态分类学、昆虫学野外实习，写作昆虫领域的毕业论文。

三年困难时期

大学第一学期，一日三餐都可以吃饱饭，每餐除了定量的干饭外，还有不限量的粥，饭量大的同学也可以填饱肚子。1960年春节后，已感受到经济困难时期到来了。此后的三年可以说没有几天是吃饱了的。当时虽然每天平均还有一市斤大米下肚，由于肉类等食品奇缺，油水又不多，大家总是感到饥饿。学校想方设法办好养猪场、开挖鱼塘养鱼以增加肉食门路。饭堂也找窍门增加出饭量，“发明”了双蒸饭，将米饭蒸两次，米饭膨胀了，似乎饭量增加了，可是改变不了“物质不灭定律”。

三年困难时期，对党的领导干部的智慧和才能进行了一次检验，也考验了广大党员，磨炼了全国人民，尤其是青年一代。在党的领导下，全国上下一条心，同甘共苦，共渡难关，仅三年时间便恢复了元气。

新生物楼落成启用

1962年上半年，新生物楼竣工交付使用。当时系领导动员本系的学生参加生物楼的搬迁工作，将旧生物楼（哲生堂）的教学设备及生物标本搬至新楼。我们动物学专业班参加昆虫标本的搬迁。我还清楚地记得，在搬迁前，我们同学集中在旧生物楼南门前，蒲蛰龙教授站在门前的台阶上对我们讲了搬迁昆虫标本的注意事项，要求我们一定要保护好标本，不能损坏。我们小心翼翼地把存放标本的标本盒以接力的方式搬到了新生物楼三楼标本室。

感恩众师教诲

在大学就读的五年中，我学习了20多门课，除了外语、政治、高等数学、普通物理和4门化学课由外系教师讲授外，生物学系领域的课都由生物系老师讲授。一年级时，江静波和李毓茂两位教学经验丰富的老师分别教授无脊椎动物学和植物形态解剖学。他们的教学风格给我留下了极其深刻的印象。二年级至五年级由陈蕙芳、李国藩、高琼珍、徐豪、陈俊民、曾淑云、谢申玲、庄豪、马炳章、林浩然、李宝健、华立中、唐秋华、陈晓雯、朱金亮（朱志民）等老师教授生物学的基础课。他们各自的教学场景至今仍历历在目，众师的教诲也都铭记在心。1963年元旦前后，华立中、包为民、刘顺邦等老师带领我们昆虫组的13位同学到海南省陵水吊罗山进行为期近一个月的教学实习。这次实习对我来说极为重要，为毕业后的工作打下了良好基础。

《中大老园丁》2017年第2期，第26—28页

努力践行入党时的誓言

我于1972年12月5日被批准加入中国共产党。入党48年来，我努力践行加入中国共产党时的誓言，虽没有丰功伟绩，但在每个工作岗位上都能保持党员本色，发挥党员作用。

忠诚党的教育事业

1973年，我进入教师行列。不管领导把我安排在哪个岗位上，我都扎根在此，尽力做好工作。1999年退休后，我又被返聘两年，直到2006年下半年才走下讲坛，退出教学阵地。我时刻牢记党员身份，爱岗尽责的敬业精神为广大学生所敬重。

1．注重教书育人。教书育人是教师的天职。在教学的阵地里，无论是课堂教学、教学实习，还是带毕业论文，都注重教书育人，需要努力提升教育质量。我主要承担的是昆虫学基础课“昆虫形态分类学”的教学活动，要求学生掌握基本理论、基础知识和基本技能，并注重理论与实践的结合，把基础课教活。同时注意思想教育，结合教学内容，把爱国主义教育贯穿始终，激发学生的学习兴趣，把枯燥无味的课讲好，达到较好的教学效果。

1996年春季学期，我为本校文、理本科生首次开出“昆虫世界与人类社会”公选课，至2006年春季学期，连续开了11年。很多学生对这门课感兴趣。我用当时的教学设备投影仪、幻灯、照片和标本，以通俗的语言使文、理科学生都能听懂。将昆虫世界展现在学生面前，让他们了解身边还存在着一个充满奥秘和多姿多彩的昆虫世界，掀起其神秘面纱，尽管只能窥视其一斑，也能撩起他们认识昆虫、更多地了解昆虫的兴趣，使一听到昆虫就有“恶心”感觉的学生，对昆虫有根本性的观念转变；引发学生对昆虫的兴趣，让他们了解小小的昆虫竟有那么多奥秘，原来那些令人“深恶痛绝”的小虫子跟人类关系那么密切，并非全部都是“害人虫”；对一些孩儿时代就不喜欢生物学的“纯文科学生”起到启蒙作用，让他们知道昆虫与人类交融在一起，密不可分；陶冶了学生的情操，培养了他们热爱大自然的感情。

“严于律己，为人师表，身教重于言教”为我从教多年的座右铭，并博得同学们的赞颂。中文系九六级陈锦华：“最重要的是我从陈老师身上学到一种精神：敬业精神。一丝不苟的授课，深深感动了我们，并影响到今后我的工作和学习。”财税系九五级徐荫：“老师的严谨治学态度给我留下深刻印象。我想，如果大家都能有您的精神，中华教育的飞跃指日可待。”中文系九六级范跃民：“老师诲人不倦的精神给予我很大的启发。”经济系九五级黄璇娟：“谢谢老师的精心备课和辛勤的授课。”财税系九六级贺艳：“老师讲课幽默风趣，让我看到了一位成功的老师该具备

的因素。”药学系九六级蒋次莲：“老师讲课讲得很活，并不照本宣科，作为学生，对这样的课是很感兴趣的。”中文系九六级童雯雯：“我觉得我还学到了一些学习方法，老师的严谨治学态度，等等，这些都可借鉴并运用到我的文科的学习中去。”生物系九六级彭雅林：“这门课是不可多得的好课。”经济学九六级赵一岚：“我选修这门课两学期了，纯粹出于兴趣，现攻读经济学科，难免与自然科学脱节，学校提供了这样的学习机会，丰富了我们学生的课外自然知识和很多常识。”（学生的这些话引自1998年6月考试时“你学了‘昆虫世界与人类社会’有何收获？”一考题的答卷中）学生的赞扬激励着我更努力地教书育人，不断提高教育质量。

2．带好教学实习。生物科学是实验性学科，我视教学实习为一门课程，是课堂教学不能替代的。我带实习既不搞“放羊式”，也从不游山玩水，每次实习前都会公布评分标准。我所带的实习共42次，681天，多在自然保护区的林区内。全队人每天早出晚归，每人以一包饼干为午餐，自带饮用水。天天爬山涉水，穿密林，很辛苦，短者8天，长者1个月。1998年7月8—16日，我带九五级生物学专业7位学生教学实习，其中6位是女生。当时，我担心难以完成实习任务。结果不仅顺利完成实习任务，同学们对这次实习评价也很高，这从他们的实习报告中可看出。施海琼：“在实习中有许多甜酸苦辣，很大程度上锻炼了我们的毅力和耐力，受益不浅。”谭乐：“我觉得这次学到的知识最多，也最丰富，大家称之为‘一次真正的实习’。老师对我们日程及路线作了合理安排，我们对这次实习比较满意，感觉是累了些，但收获很多，很有意义，是一次难忘的实习生活。”蔡于琛：“这次实习，对我来说有着十分重要的意义，遇到了许多人生中的第一次，学到了许多课本上无法学到的知识，体会到山里人民朴素而艰苦的生活。我觉得这一次才算得上真正意义上的实习，每一天都过得很充实，每一天的目的都很明确，每一天的任务也完成得比较好。”吴秀菊：“我希望能再有一次这样的实习机会。”萍帕（老挝留学生）：“这次实习给了我机会能跟老师、同学在一起，互相帮助、互相了解。这次实习大家都能完成任务，大家都很认真很努力去做。我希望能有更多的机会出来实习考察。”后来，我悉心指导萍帕顺利完成毕业论文，使她进一步了解中国教师的品格。

3．当好班主任。1975年，本校昆虫学专业在四会大沙办了“昆虫学班”，哲学系在鼎湖办了“马列班”“社来社去”，学生毕业后回到原来的公社或农场，国家不分配。昆虫学班共招35人，其中5人来自广西和贵州，他们毕业后回去由省（区）政府分配工作，享受大学毕业生待遇。

昆虫学班原由周昌清老师担任班主任，负责学生的政治思想教育和管理工作。1976年春，周老师出国深造，由我接任班主任工作，一直跟班活动至1977年11月这班学生毕业回乡。1976年暑假期间，本班学生回乡进行结合专业的社会实践，我与叶育昌老师到肇庆地区6个县7位学生的公社、大队、生产队了解他们的社会实践情况，并进行家访，向他们的家长汇报其子女在校学习情况。1977年暑假，我又到3位学生所在的龙川、连平和连县教育局、农业局及公社摸查他们毕业回乡后的工作安排问题。我与他们在一起生活、学习、劳动，经常促膝谈心，建立了亲如兄弟的新型师生关系，了解他们的家境，特别关注两位家庭特别困难的学生，帮助他们渡过难关。

在特殊年代，中大这两个班的学生毕业后，遇到了学历、工作岗位和待遇等问题。1978年初，马列班的班主任黄佳耿老师与我到时任省教厅李又华厅长家，向他汇报了当前这两班同学回乡后的境况，强烈要求落实他们的干部待遇指标，并特别申明要按名单落实到县，以防挪用。经过各方努力，问题得到解决，我们的心头石才放下。

班里一位来自贵州威宁的男生，毕业前几个月患精神病，入住芳村精神病医院。我视他为弟弟，几乎每月都买些水果去看望他，并经常写信将其病情告诉他哥。1978年5月初，我接他出院，并请黄治河老师协同我把他送到贵州农科院报到。农科院不接收，他哥又不同意带他回家。经过艰苦的协商，他哥在提出的保留医疗费、生活费和工作岗位的要求得到满足后，才勉强同意带其回家。半年后，他被安排在威宁县农业局工作。

爱校如家

1992年7月至2004年12月，我负责的6人团队承担中大康乐校园房舍白蚁防治工程。我们以团结协作，苦干、实干、巧干的蒲蛰龙精神，以为学校服务为宗旨，以开展研究为基础，以灭杀为手段，实现白蚁治理之目标。鉴于校园房舍和园林树木白蚁为害情况严重、复杂，我们采用了“抓重点、铺全面”的防治策略，经历了几年不怕累、不怕脏的苦干，终于把梁銶琚堂、英东体育中心、电教中心等多个主要受害单位的白蚁为害压

低。同时，选取了51栋1984—1991年新建的房舍进行了为期8年（1992—1999）的跟踪查治；每年于上、下半年两次对全校所有公房进行全面查治，控制了白蚁为害，较好地解决了室内的白蚁虫源。我们还免费治理住房白蚁蚁患，为学校和住户减少损失作出贡献。我们也关注园林树木的白蚁为害，花了一年多，借助本科生的力量，做了基础性的摸查和灭治工作。至今，每年白蚁纷飞的季节，我都关注校园中常见的三种白蚁的消长情况。

因所从事的专业关系，我深知昆虫标本的重要性，不仅退休前关注标本安全，退休后20年来仍协助管理员管好昆虫标本馆（室），确保昆虫标本长期保存完好。可以说，我们的昆虫标本馆（室）从年头到年尾，每天都有人管着，周一至周五由管理人员管着，周六日、公共节假日、寒暑假，我会主动照管，不为名，不图利，默默地为昆虫标本馆（室）的安全，为保护学校和国家的珍贵财富付出微薄之力。

淡泊名利，热心社会工作

1979年初，蒲蛰龙老师派我代表中大昆虫学研究所协助广东著名白蚁防治专家李始美研究员筹备成立广东省白蚁学会。1979年4月5日，广东省白蚁学会成立，蒲老师到会祝贺，我当选为第一届理事。至2006年12月，我连续担任8届学会理事，曾先后担任副秘书长、秘书长和副理事长，与李始美先生共事12年。李始美先生是我的良师益友，让我受益匪浅。在学会工作27年，虽无报酬，但我任劳任怨地做好学会工作。任职期间，协同其他理事办好学会的内部刊物《白蚁研究》，举办了多期房屋和水利工程白蚁防治技术培训班，为广东和南方各省（区）培养了一大批技术人才，为学会的发展和白蚁防治水平的提升贡献微薄之力。

退休后，2001年5月至2018年7月，我先后担任中大教职工离退休协会生科院分会理事、分会长和校离退协理事、常务理事，2018年7月至2024年3月继续留任《中大老园丁》责任编辑，20年来，诚恳地为本校离退休老人做点力所能及的工作。

在举国欢庆中国共产党成立百年之际，衷心祝愿在以习近平总书记为核心的中国共产党领导下的社会主义中国更加繁荣富强。

《中大老园丁》2021年第2期第31—35页

党永远在我心中

2022年是中国共产党成立101周年。目前，举国上下各行各业正奋发创造优异成绩迎接党二十大胜利召开。2022年12月5日是我加入中国共产党五十周年的日子。回眸自己的成长路，在党的长期教育下，我不断进步，深感党恩。党永远在我心中。

/ 党引领我不断前行 /

在新中国成立后，直到1950年我才有机会走进正规小学的大门。自小学五年级开始接受党的启蒙教育，直到高中毕业都受到良好教育，这为我的成长打下了基础。

1959年秋，我怀着深厚的感恩思想走进中山大学校门，感谢共产党和毛主席把我这个穷孩子送进了高等学府。在大学的五年中，在党的教育和老师们的教诲中，我的学习目的逐渐明确，思想上和学习上都求上进，尊敬师长，团结同学，一心向学，在“红专”的大道上一步一个脚印，稳步前行。大学的五年一晃过去，在毕业鉴定时，组织上给我的评语是：能站稳立场，能分清大是大非，工作踏实，学习目的明确，有刻苦钻研精神，学习成绩优良，生活艰苦朴素，劳动表现好，但未能主动争取工作，不能大胆向别人提意见，希望今后加强政治理论学习，不断提高阶级觉悟。

1964年4月毕业后，我万万没想到农家子弟能留校工作，成为大学教师。在走上工作岗位后，我对自己的要求更为严格，为不辜负党的期望，决心努力搞好工作并创造条件争取入党。自1964年至1972年，我曾多次向党组织提出入党的申请，在党的教育下和党员同志的耐心帮助下，加强学习马列主义、毛泽东思想和党章，对党的认识逐步提高；努力做好本职工作。1972年9月23日下午，党支部召开支部会审议我的入党申请。参加支部会的党员同志一致同意我的入党申请。12月5日，党委批准我成为中共党员（当时的党章没有预备期的规定）。在支部会通表后，我作了简短的发言，并作出以下承诺：决心在参党后，更加严格要求自己，以党章规定的共产党员必须做到的“五条”为自己的行动准则；努力学习和实践马克思主义、毛泽东思想，刻苦改造世界观；积极为党工作，勤勤恳恳为人民服务，对党、对人民无限忠诚……自己的一切属于党，把一切献给党，为实现党的最终目标，生命不息，战斗不止（这一发言稿我至今仍保存着）。在加入党组织的50年中，我努力践行这一诺言，紧跟着党不断前进。

党给我战胜困难的力量

在我几十年的教育和科研生涯中，前进的道路不是一帆风顺的，总是会碰到这样或那样的困难和问题，但只要想起自己是共产党员和入党时的诺言，就有战胜困难和解决问题、搞好工作的勇气和力量。几十年来，我的生活和工作中发生过几件很快就解决好的事。对我来说，党的力量、党员行为约束力的作用不可低估。

1975年下半年，生物学系昆虫学专业招收了35名“社来社去”学生到肇庆四会大沙教学点办学。10月15日，蒲蛰龙教授、周昌清老师等多位老师到教学点为该班同学举行开学典礼。我因负责“昆虫分类学”的教学，也参加了开学典礼。蒲老师在开学典礼上对同学们寄予厚望：希望你们学好本领，为改变我国落后的农业作贡献，为农业服务，为农民服务。我听了蒲老师的教导，颇受教育。当晚蒲老师住在教学点，与同学们促膝谈心，谈得很投机，很融洽。我跟班上了一个学期的课，1976年初接过班主任的担子，直至1977年11月，陪伴着他们毕业离校。那时，我两个孩子尚且幼小，大的七岁，在附小读一年级，小的仅两岁。因我妻在校外工作，小的由家住广州园艺场（新滘大塘）的岳母照管，岳父仍未退休。大孩子住在中大，早晚由他妈妈照料，早餐后他妈妈上班，他上学，脖子上挂着一串开家门的钥匙，他妈妈还经常叮嘱他：带好钥匙，别丢了。中午放学，他回家拿饭盒到教工饭堂买饭吃；下午放学，常常站在家门口等妈回来。每周只有星期六晚妈妈带他到公公婆婆家与弟弟团聚。星期天晚饭后母子俩又回中大，年复一年。我驻点大沙跟班很少回家，最牵挂的是两个幼小的孩子。虽然如此，但只要想起自己是党员和入党时自己的表白，便会很快专心致志地投入学生管理和教学工作。至今，我每次想起那几年的生活，都很感激毫无怨言的岳父、岳母和同样身为党员的妻子，他们三人含辛茹苦、同心协力助我把两个孩子抚养成人。我刻骨铭心，深切地怀念他们。还有，蒲蛰龙和利翠英两位恩师也很关心我。有一次利老师给我30元钱，并说："给你两个孩子各买套衣服。"我感激涕零。1976年7月1日，中国共产党成立55周年，我被校党委评为"好党员"，这是"七一"后，生物学系办公室主任杨白清同志到大沙教学点了解办学情况时告诉我的，并带来一本校党委发的"好党员"纪念品笔记本给我。这又成为激励和鞭策我不断前行的动力。

1992年下半年，学校有关领导要我组织队伍把中大康乐校园房舍楼宇的白蚁防治任务承担起来。我在昆虫分类室和应用昆虫研究室抽出6人组织白蚁防治团队。我们6人团结协作，经过13年的努力，使得本校园房屋的白蚁防治取得良好成果。那时，正是我向正高职称拼搏的时候，突然要我主持这项工作，无疑将影响到我科研项目的进程。当时，我的思想很矛盾，经再三考虑后认为，身为党员，又是中大培养的学子，且生活、工作在康乐园中，为学校做好这件事是本分。因此，在工作过程中，我下足功夫，花了很多时间和精力，带领团队把任务完成好，保护了国家的财产，很有意义。尽管我的正高职称未能解决，但心甘情愿，毫无怨言。

1997年9月，昆虫标本室由生物楼搬入新馆马文辉堂，标本的保存和教工的工作条件大有改善。刚搬入的最初两年，整理标本花了不少时间，又没有清洁工打扫各楼层的公共卫生。我是昆虫分类研究室的负责人，无疑，本楼层的公共卫生我理应承担起来。所以只要我在校，每晚21时，我工作结束后便把四楼走廊、卫生间拖扫干净才回家。那时是我向正高职称作最后拼搏的时间，1999年要退休了，机不可失，时不再来。自知党员身份，责任所在，多流汗，多出力，习惯成自然，乐在其中。万幸，我于1998年7月获正高职称。

永远跟党走

中国共产党是伟大、光荣、正确的党。党领导全国各族人民几代人经历101年的艰苦而卓绝的伟大斗争，从站起来、富起来到强起来。中共十八大以来，在以习近平同志为核心的党中央的坚强领导下，中国沿着中国特色社会主义新时代的道路阔步迈进。富强的社会主义中国屹立在世界东方。最近十年，国家全方位的发展举世瞩目。在中国共产党成立百年之际，中国消除了绝对贫困，全面建成小康社会。最近三年，在党的坚强领导下，全国人民众志成城，奋起抗击新型冠状病毒肺炎，取得了一个又一个阶段性的胜利成果。人民至上、生命至上的社会主义优越性为世界各国所公认。中国的制造业、智能技术和数字经济的发展成绩可喜。当今世界形势，老牌帝国主义者竟然频频在我国门前耀武扬威、招摇过市。新时代的社会主义中国拥有政治思想过硬和军事技术与军事装备先进的“强军”——中国人民解放军，才能保家卫国、国泰民安、世界和平。

习近平总书记掌舵的“中华复兴号”巨轮在惊涛骇浪中勇往直前，胜利驶向光辉的彼岸。

与党同心同德，紧跟着党向前行。

《中大老园丁》2022年第2期第13—17页

永恒的思念

在夜静时，我脑海里经常浮现我校昆虫学科的发展历程并极其怀念为其奉献了毕生精力的同事们。

/ 光辉历程 /

我自毕业留校工作至退休的几十年，都在生物学科昆虫学领域中度过。回顾几十年的工作历程，往事像放电影般一幕又一幕浮现在脑海中。本校昆虫学科的发展，除了20世纪50年代至60年代初那一段，1964年以后的几十年，我几乎都经历过。昆虫学科的发展曾在中山大学的史册中谱写了光辉的一页。半个世纪以来，昆虫学科团队在党的长期教育和蒲蛰龙教授的高尚品德及严谨的治学精神的熏陶下，成为整体素质优良的团队，是曾为学校和国家作出贡献的一支队伍。这支队伍在磨炼中前进，在蒲老师的带领下，一步一个脚印往上攀登，翻山越岭，攀爬一座又一座高峰。1958年，建立了可控光照和温度的复式恒温实验室。1978年，经教育部批准成立了中山大学昆虫学研究所，是教育部设在重点大学的研究所之一，为全国第一批博士点、博士后科研流动站和国内访问学者接收单位。1988年，我校昆虫学科被评为国家重点学科。1989年，经国家计划委员会、国家科学技术委员会和国家教育委员会批准，在昆虫学研究所的基础上筹建生物防治国家重点实验室，1995年通过国家验收并正式对外开放。2005年，生物防治国家重点实验室拓展研究方向，并经科技部批准，改名为有害生物控制与资源利用国家重点实验室。蒲老师为国家和中大的科学和教育事业，历经千辛万苦，耗尽了毕生精力。很不幸，蒲老师已于1997年12月31日驾鹤西去。我们痛失了一位好老师。利翠英老师也于2004年8月29日病逝。

深切怀念蒲、利两位老师的恩典。

情谊永存

历经了半个多世纪的洗礼，在本校昆虫学科这支队伍中，早期参加工作的成员已是白发苍苍的老人了，不幸的是，有6位老师已先后离开人世。永远怀念他们。

目前，在生科院昆虫学研究所退休的教工有30多人，其中80岁以上的有8位。6月14日，乘饮早茶之机会，我们备好蛋糕为他们祝寿。退休教工从60岁左右到近90岁，为两代人，如年近90岁的梁凤清老师和她的女儿都在我们这群体中。庞义老师接任所长后，每年举行全所性的聚会活动时都邀请退休人员参加。他退休后，全所性的活动少了。2015年初，他提议今后昆虫学研究所退休教工每两个月举行一次饮早茶聚会活动，得到教工一致同意。这项活动使长期共事中结下的情谊传承下去，让互相关心的传统发扬光大。

颂扬党支部

在20世纪60年代初，昆虫学科管辖昆虫生态学研究室、昆虫学教研室、昆虫标本室和电镜室，当时便有基层组织党支部。我觉得，几十年来，虽然党支委经历多次换届，但昆虫学党支部一直是很优秀的党的基层组织，是充满正能量的组织，不仅党员能团结一致，起模范带头作用，还能很好地团结党外群众，同心合力做好每一项工作。在蒲老师带领整个团队向上攀登时，党支部的鼓劲，使整个团队团结一致往前迈进。中大昆虫学事业的辉煌，除了有目光远大的蒲先生引路和齐心合力的团队，还有扎根在团队中的党组织的“战斗堡垒”作用。

/ 赞团队精神 /

昆虫学科研究团队能在引路人蒲老师的带领下不断前进，乃因整体素质较好。

团结合作，正能量大。蒲老师是团队的首领，他非常重视团队的团结和合作。蒲、利两位老师也非常关心家庭经济比较困难的教工。20世纪60—70年代，整个团队多为青年教工，工资不高，子女幼小，有的甚至夫妻各居一方，生活比较困难。蒲、利二老时常接济较困难的教工，大大激励了教工的工作热情和同心合力的团队精神。

训练有素，技术过硬。蒲老师有远见卓识，以各种方式培养人才。如让刚毕业留校的青年教师，利用现有的设备和实验条件练好基本功，掌握研究技术；通过举办研究班以提高教师的理论水平和实验技术；派青年教师到校外科研单位学习有关实验技术；经常举行学术文献报告会，关注国内外本学科发展动态。通过一系列的措施提高整个团队的素质。

/ 感恩业师 /

1964年7月毕业留校，与我同时分配到蒲老师创办的昆虫生态室工作的还有同班的李济才、颜丽英和化学系的杨承炽。办好报到手续后，有一天，蒲老师请我们到他家见面，并当即布置工作和学习任务。要我们生物系毕业的3位同学先做一些准备，开学后由华立中老师带我们去粤北及海南进行野蚕资源调查。蒲老师很重视野外调查。很幸运，在我初出茅庐的几年中曾数次跟随蒲老师到农村稻田、果园、山地及林场、微生物厂进行调查研究。1966年5月间，蒲、利二位老师带领我们几位青年教师到湖南湘西山村驻点，指导我们做柞蚕放养技术研究。这些对我的成长起了很重要的作用。到了70年代初，蒲老师又为我确定了半翅目昆虫的分类研究方向，并经常指导我开展研究工作。

1979年初，广东省拟成立省白蚁学会，蒲老师派我作为中大昆虫学研究所的代表协助白蚁防治专家李始美研究员筹备成立学会工作。这不仅使我有更多机会接触白蚁研究和白蚁防治技术工程人员，广交朋友；同时，也使我有更多机会学习和研究白蚁问题，拓展了我的昆虫学研究范围。90年代初，蒲老师很支持我们白蚁防治研究课题组承担中大校园（康乐园）和深圳大学校园房屋的白蚁防治研究。

亦师亦友

我几十年从事昆虫学教学与研究的根基是教我昆虫学这门课的华立中和包为民两位老师帮助修建的。后来，又在众师，尤其是蒲、利两位老师的教导下，根基不断增宽加厚。华、包两位老师教授这门昆虫学专业基础课时，华老师主讲，包老师指导实验课。他们都很注重基础理论、基础知识和基本技能的“三基”教学。后来，他们又一起带我们昆虫选修课组的同学到海南吊罗山进行为期近一个月的教学实习，因此，我的昆虫学基础打得扎实。后来，我担任昆虫学的教学时仍坚持“三基”的授课原则。

我留校工作后，华、包两位老师既是我的老师，又是同事。我很尊重他们，他们也很乐意帮助我、指导我，师生情永存，亦师亦友。可惜，包老师已于2002年离开人世，我至今仍深切怀念他。目前，华老师已85岁高龄，而仍在攀登昆虫学领域的另一座高峰的途中，祝愿他健康长寿。

《中大老园丁》2016年第2期第40—41页

新时代　新作为

——学习十九大精神的粗浅体会

坚决拥护以习近平总书记为核心的党中央

坚决拥护党的十九大，确立以习近平新时代中国特色社会主义思想和以习近平总书记为核心的党中央。

具有近百年历史和拥有9000多万党员的中国共产党，在马克思列宁主义的指导下，结合中国的国情，在近百年的斗争实践中，产生了毛泽东思想、邓小平理论、“三个代表”重要思想、科学发展观和习近平新时代中国特色社会主义思想，发展了马克思列宁主义和丰富了马克思列宁主义的内涵。在毛泽东同志等老一辈无产阶级革命家的领导下，经历了前赴后继、艰苦卓绝的斗争，推翻了压在中国人民头上的“三座大山”，中国人民站起来了，新中国屹立在世界东方。1978年，邓小平同志果断地实行改革开放，并坚定不移地把握改革开放的正确方向，近四十年来，我国全方位的飞跃发展举世瞩目，尤其是中共十八大以来的五年，在以习近平总书记为核心的党中央领导下，习总书记的从严治党、治国理政的理论与实践，使社会主义中国快速地富起来，强起来。

谋划建成现代化强国蓝图

自开放改革以来，尤其最近五年，以习近平总书记为核心的党中央领导全国人民脚踏实地，一步一个脚印，实干、苦干、巧干，屹立在世界东方的中国突飞猛进，国力不断增强，人民生活水平不断改善，六千万贫困人口稳定脱贫。为决胜全面建成小康社会、全面建设社会主义现代化国家、实现中华民族伟大复兴的中国梦，以习近平同志为核心的党中央对“三步走”的战略目标作出周密部署，带领全党、全国人民攻坚克难，坚决打赢脱贫攻坚战，到2020年我国按现行标准农民人口实现脱真贫、真脱贫。按照十六大、十七大和十八大提出的全面建成小康社会的要求，在中国共产党成立百年之际全面建成得到人民认可、经得起历史检验的小康社会。

在全面建成小康社会的基础上，再奋斗十五年，基本实现社会主义现代化。为实现更宏伟的目标，全党和全国人民要坚忍不拔，锲而不舍，努力在中华人民共和国成立百年之时全面建成社会主义现代化强国。

习近平主席引领中国走向世界舞台中央

2013年，习近平主席在访问中非和东南亚时，分别提出建设“丝绸之路经济带”和“21世纪海上丝绸之路”的“一带一路”倡议。历史上，陆上丝绸之路和海上丝绸之路就是我国同中亚、东南亚、西非、东非、欧洲经贸和文化交流的通道。“一带一路”秉承共商、共享、共建原则，通过平等互利方式，加强交流，促进世界和平发展。“一带一路”坚持共享原则，秉持互利共赢的合作观，寻求各方利益交汇点和合作最大公约数，对接各方发展需求、回应人民现实诉求，实现各方共享发展机遇和成果，不让任何一个国家掉队。2014年，包括中国、印度、新加坡等在内的21个首批意向创始成员国共同决定成立亚洲基础设施投资银行，总部设在北京，支持各国共同发展。2017年1月，习主席在世界经济论坛会上发表的《共担时代责任，共促世界发展》主旨演讲中，提出“构建人类命运共同体”的“中国理论、中国主张、中国方案”，充分展现了习主席的巨大感召力和影响力，引领中国走向世界舞台中央。

“中国发展不对任何国家构成威胁”，“中国无论发展到什么程度，永远不称霸，永远不搞扩张”，这是中国的一贯立场。可是有的老牌帝国主义国家总是以小人之心度君子之腹，将其以强凌弱的逻辑思维和所作所为强加给发展中的中国。目前，世界风云复杂多变，时而惊涛骇浪，坚信习近平主席掌舵的中国巨轮定能乘风破浪，驶达光辉的彼岸。

不忘初心，为党的事业奋发向上

我们离退休的党员和教工，虽然离开了工作岗位，但作为共产党员应牢记初心，不忘入党时的誓词，关心国家大事，注重学习，思想要跟上新时代新潮流。身体尚好、有专业特长的同志，可发挥余热，为新时代社会主义建设添砖加瓦。有相当一部分刚退休的教职工，儿女正值中青年，孙辈尚小，管教好孙辈既是秉承中华民族优良传统的美德，也是社会责任，为子女解除后顾之忧也是间接为国家作贡献。习总书记很重视家庭美德和个人品德的建树。家庭是国家的一个细胞，每个细胞都健康，国家机体才健壮。随着国家的发展，社会保障体系日趋完善，高龄多病离退休同志要把心放宽，与国家同乐，乐观地对待疾病，重视医治疾病，延年益寿，多享受国家飞跃发展带来的福祉。

可敬的是，在我校3500多位离退休教职工中，不仅有一大批共产党员和教工还在工作岗位上发挥余热，还有为数不少的老同志在校“关工委”、离退休党工委各支部、老教授协会、教职工离退休协会、老年文体协会等组织中担任职务，尤其离退休协会各分会的理事同志，乐做义工，把党的温暖、领导的关心送到老同志家中、医院病房中，甚至带着深厚的感情为逝去的同事送上最后一程。不少同志一干就是几年十几年，乐在其中。

把老龄事业办得更好

老龄事业是党和国家社会建设的系统工程，与千千万万的老人及其家庭密不可分。党的十九大报告提出，在发展中保障和改善民生，使老有所养，完善老年人关爱服务体系，促进家庭美德、个人品德建设，激励人们孝老爱亲。居家养老是中华民族坚守了几千年，亦为现代多数老年人认同的养老方式。中大南校园离退休的教职工都乐于在康乐园居家养老，因为康乐园是很多老同志工作了大半辈子的地方，对环境优美的校园的一草一木都怀有深厚感情；同事多，而且居住比较集中，一出门便可见到许多熟悉面孔，拉拉家常聊聊天；身体较好的还可到老人活动中心或老年大学活动、学习，促进身心健康。只要改善居家养老的环境条件，就有可能把康乐园家属区建成具有典范意义的居家养老小区。

《中大老园丁》2018年第1期第12—14页

家仇国耻不能忘

最近清理亡妻的遗物时，在床头柜找到一本写其“家史”的笔记本，是20世纪60年代“忆苦思甜”时按其父讲述的史实所写，记述了她家解放前几十年的苦难日子和新中国成立后十多年来的幸福生活。我反复看了数次，每次都边看边流泪，感慨万千。当看到记述她父辈在日本铁蹄下的血泪史时，我更是满腔怒火。当看到虽然她在抗日战争胜利后出生，但国民党统治腐败，民不聊生，幼小的她度日艰辛，受尽了人间苦，她姐弟三人只有她幸存下来的惨状时，我不禁泪下。“家史”中有一段是记述她家在日本侵略我国时期，全家老幼十口，死的死、散的散，家破人亡、流离失所的境况。那段苦难日子不堪回首。她父亲告诫子孙后代不能遗忘，不忘家仇，更不能忘记国家分崩离析、几乎亡国的耻辱。现将原文抄录如下，作了少量的文字修改。

我父亲原籍顺德勒流。他七八岁时，因住房失火烧毁，全家老幼十口无家可归，将仅有的二三亩桑基鱼塘典当给地主，借点钱盖了一间小房子。由于利上加利，无能力偿还，不几年，桑基鱼塘被地主强行占有。年逾花甲的祖父为了我父八兄弟姐妹能活下去，将仅有的一点能吃的食物给孩子吃，他却活活饿死。祖父死后，只有13岁的我父亲便到广州找工做。后来日本鬼轰炸广州，我父亲找不到工做。那时，家乡已无田地，住的房又被地主拆了，无家可归。我的三个姑姑失散了，至今下落不明；两个叔叔也先后饿死了。当时，我伯父与父亲沦落在番禺一带，到农村为地主做雇工，学耕田、种地。后来我父亲流落到黄埔新埠被日本鬼子抓去做苦工，并被强行押上船，运到广西南宁，在那里为日本鬼子做了六个月的苦工。在日本鬼子撤退至广州黄埔新埠时，又把我父亲押运回来，继续为日本侵略军做苦工。有一天，我父亲正准备开工时，无故被日本鬼子抓了起来，并将我父亲重重地摔在地上，连续多次。从早上七八点钟到下午五点多钟，强迫我父亲承认参加了东江游击队，还灭绝人性地把杀虫水洒在我父亲身上，皮肤都烧烂了，这让父亲痛苦万分。下午四点钟左右，日本兵又拉了一批人，一个个审问，严刑拷打，逼他们承认参加了东江游击队，很多人被打成残废。听说，也有不少人当晚被拉去杀害了。下午五点半钟左右，日本鬼子又拉我父亲到日本侵略军的巢穴“司令部”后院里再行审问，并用一条粗绳将我父亲绑起来吊在荔枝树上，用棍棒拷打，后来剥光衣服拷打，打得我父亲死去活来、遍体鳞伤、浑身发肿、手脚麻木。最后把我父亲推出门外。傍晚时分，幸好得到众乡亲的帮助，我父亲被抬回他们的住地，乡亲们凑了一些钱，买了一些中草药为我父亲治疗伤痛。足足一个星期，我父亲伤痛难受，卧床不起，既不能入睡，也不能起床坐，更不能落地行走。在乡亲们的精心照料下，我父亲逐渐地恢复健康，幸免于难，保住了性命。我父亲寻找机会逃离恶魔巢穴，到别处找工做。

还有一宗永不会忘记的家仇，日寇占领广州的时候，我有一位堂兄（我伯父之子）在广州一间豆腐铺做工。一天，他担着豆

腐上街卖，遇上了一个喝醉酒的日本兵狂笑，要我堂兄将豆腐挑到日本兵住处，然后把门关上。我堂兄见势不妙，找机会逃脱，就在他拔脚向外跑时，日本鬼子开枪打伤了我堂兄，堂兄不久含冤死去。我的家庭本来已风雨飘摇，日寇入侵加速了其衰落，我祖母什么时候死，死在什么地方至今都不知道。一家十口，死的死、散的散，家破人亡，到新中国成立时，只剩下我伯父及我父亲，到20世纪60年代才找到抗日战争时流落到英德的一个姑姑。广州沦陷时期，我父亲日子过得极其艰难，无家可归，以祠堂、庙宇门口为家，天冷时，到禾田找些稻草当被盖，经常两三天没有一粒米下肚，连续几年都是如此。我父亲当时接近三十岁了，还孤身一人，自己养活不了自己。

日本侵略军入侵我国，神圣的国土任其践踏，资源任其掠夺，国人任其侮辱、宰杀。在日本侵略者的铁蹄下，中国人民的生活艰难。当前，以安倍晋三为代表的极右势力否认其侵略罪行，歪曲历史，侵略者的嘴脸暴露无遗。我们中华民族儿女要世世代代不忘家仇，毋忘国耻，只有国强才能家兴。全国各族人民要紧密地团结在以习近平为总书记的党中央周围，发奋图强，把国家建设好，不再受人欺负。

《中大老园丁》2014年第2期第30—31页

二

牢记恩师的教诲

蒲蛰龙院士的民生观

蒲蛰龙院士的一生都与人民同呼吸共命运。他在读中学时就对中国农村贫穷、农业落后的状况不满意，期望国人能过着丰衣足食的生活，因而萌发献身改造和发展中国农业的志向。为此，高中毕业后他就选读中山大学农学院，攻读农业科学。燕京大学硕士研究生毕业后回到中山大学农学院任教，7年后晋升为教授。1945年获美国国务院奖学金，赴美国攻读博士学位。1949年10月，新中国刚成立，他毅然放弃美国优越、舒适的条件，携夫人回国，将自己毕生精力献给了中国人民。蒲蛰龙院士学识渊博，他的研究领域涉及昆虫学的各个方面，研究方向与民生息息相关。他的害虫生物防治与民众食为天紧紧相连，“造福人类”。他的成就举世公认，“南中国生物防治之父”众人皆知。

蒲蛰龙院士另一关注民生的研究项目鲜为人知。20世纪60年代初，是我国缺食少穿的困难时期，蒲先生急民众所急。在民众穿不暖的年代，他力图开发利用野蚕资源，在衣着方面为民众解难，让国人过上丰衣足食的生活。

我国是世界上养蚕历史最悠久和养蚕业最发达的国家。中国是家蚕和柞蚕的故乡，野蚕资源也很丰富，蒲先生希望能找到更多可饲养利用的种类，他于1964年9月至10月派华立中、李济才、颜丽英和我前往粤北各地调查野蚕资源。同年11月至1965年1月又派华立中、李济才和我到海南岛的坝王岭、尖峰岭、五指山、黎母岭、吊罗山等地调查野蚕资源。1965年4月初至6月下旬，再派李济才和我到湖南湘西黔阳地区和土家族苗族自治州调查野蚕资源。遗憾的是这3次野外调查都未找到有利用价值的野蚕种类。同期，蒲先生还安排叶育昌、林佩卿、梁永坚对山蚕，包金才（包为民）对燕尾蛾进行饲养研究，这两种野蚕的利用价值都不高。蒲先生决心将我国北方的柞蚕引到南方放养。他组织了当时昆虫生态研究室的主要力量，做了一系列“北蚕南养”的基础性研究。柞蚕原产我国辽宁、山东、河南，以柞树的叶子为主要食物，是一种野性很强的蚕种，其产值仅次于家蚕。南方虽有丰富的饲料植物，但因种种原因未能形成产业饲养。蒲先生于1964年至1965年间，从辽宁、山东引柞蚕种到广州，原来北方一年两代的柞蚕，到广州后一年只一代，经对其进行生物学、生态学研究，发现通过对其加长光照时间可改变其化性，每年可增至四代。他看准了柞蚕南养的发展前景，下定决心，精心组织科研队伍，周密实施研究计划。

蒲先生安排古德祥、魏聪桂、周昌清、叶育昌、张孟丹、林佩卿等将北方引种的柞蚕在实验室内及在清远飞霞林场室内以枫树叶插枝饲养，同时对其生物学、生理学、生态学进行基础性研究。

1965年8月中旬至10月底，蒲先生安排我和刘复生、赵克豪等人带备实验室内饲养的第三代柞蚕种（卵）前往河南信阳柞蚕原种场，置于野外以柞树叶子放养，边进行科研任务，边向原种场技术人员学习柞蚕放养技术。此次任务最终获得成功，我们将所收茧蛹带回学校作蚕种用。

1965年11月21日至12月13日，蒲先生派刘复生与我到湖南湘西黔阳地区（现为怀化市辖）和湖南郴州地区调查柞蚕饲料植物资源及了解当地历年的气象资料，寻找柞蚕放养场地。湘西柞树资源很丰富；湘南柞树资源较少，虽有一定数量的枫树，但因树高大，不宜放养柞蚕。1966年元月3日至14日，蒲先生亲自带领我和卢爱平到韶关曲江林场、乐昌坪石和乳源五指山调查柞蚕饲料植物资源，试图找寻省内柞蚕放养山地。

蒲蛰龙教授根据各地调查资料，决定于1966年上半年在湖南黔阳地区设立柞蚕放养研究基地，将昆虫生态研究室的主要力量投入柞蚕制种、野外放养、收茧保种整个生产技术流程研究中，并与黔阳地区及各县的科委、农业局、外贸局、供销社等部门联合举办柞蚕放养技术培训班，为当地利用野生资源发展柞蚕生产培养人才，以“传帮带”的教学模式把技术教给他们。

柞蚕放养技术的第一关是制种。1966年3月，蒲先生派卢爱平、赵克豪再到河南信阳柞蚕原种场学习批量的制种技术，然后赶到黔阳放养基地指导制种。

1966年上半年，黔阳县的江市公社申坳大队和源神公社源河大队设立了柞蚕放养研究点，与第一期春蚕放养技术培训班同步进行，一期学员34人。令我难忘的是，因当时交通极不发达，由广州到试验点行程需4至5天，蒲先生及其夫人利翠英教授背着自带的被铺行李，翻山越岭，5月18日来到申坳大队研究点，入住农舍，驻点指导柞蚕放养技术研究。5月20日及28日，蒲、利夫妇先后两次爬了一个多小时的山路来到源河大队研究点的各个山头察看柞蚕的放养情况，指导研究工作（图版I 5—6）。5月31日，蒲、利夫妇离开湘西前往长沙向湖南省科委领导汇报柞蚕放养研究情况。春蚕放养，丰收在望，但在收茧的前夕，柞蚕科研人员被“文化大革命”的洪流冲下山，因奉命回校参加“文化大革命”，没能看到自己的劳动成果就离开了试验基地。1966年8月中旬至11月，蒲先生派我和周少钦前往黔阳源河大队继续秋蚕放养研究，黔阳地区各部门共派出17名学员组成秋蚕放养技术培训班，与秋蚕放养同步进行，秋蚕放养试验又获成功。

1967年春，为了使柞蚕放养研究不至中断，蒲先生借助“抓革命，促生产”的“最高指示”，毅然决定派出我和周少钦、刘复生、叶育昌、李济才、赵克豪等科研人员组成更大的科研队伍再度前往黔阳地区进行大面积的柞蚕放养，为黔阳地区大面积推广生产做准备，分别在黔阳县、新晃县和通道县设点研究。柞蚕放养试验再次获得成功，得到湖南省和黔阳地区有关部门的重视，并于1967年5月20日在黔阳召开柞蚕放养现场会，与会代表数十人参观了黔阳、通道试验点的柞蚕生长情况，高度赞扬蒲蛰龙教授柞蚕研究队伍的吃苦耐劳精神。黔阳地区的柞蚕放养从无到有，从小到大，研究成果日趋成熟，可大面积推广生产。在有望取得重大科研成果的关键时刻，“文化大革命”的烈火越烧越猛，殃及柞蚕研究，研究无奈被叫停，蒲先生及柞蚕研究团队深叹惋惜。由于历史的原因，虽然蒲先生为柞蚕研究呕心沥血，但为民“丰衣”的雄心壮志未能如愿，甚憾。

纵观蒲蛰龙院士几十年来的学术思想和科研方向，可看出他爱民、亲民、为民的民生观。

《中大老园丁》2011年第3期第22—24页

蒲蛰龙院士的教育观

——纪念蒲蛰龙院士诞辰100周年

2012年是著名的昆虫学家、教育家蒲蛰龙院士诞辰100周年，逝世15周年。正如中国科学院尹文英院士、钦俊德院士对蒲蛰龙院士的确切评价："治学育人院士楷摸，德高望重风范长存""毕生孜孜育桃李，害虫生防献丰碑"。蒲老师为培养青年一代呕心沥血，在20世纪70年代初，年逾花甲的他，不仅在校内为学生授课，还不辞劳苦，每年多次到四会大沙综合防治水稻病虫害研究试验点和教学点为昆虫学专业学生授课、指导研究和试验，甚至到交通极不方便的粤北天井山林场为"开门办学"的学生授课。蒲老师把毕生精力献给了中国的教育事业和自然科学事业。蒲老师为人师表的道德风范永远激励着我们晚辈（图版I 14）。

蒲老师是一位杰出的教育家。他有独特的教育思想和教学风格。

教书育人，以苦学为乐

蒲老师严谨的治学精神和诲人不倦、循循善诱的教书育人风格堪称"治学育人院士楷模"。蒲老师常常以自身苦学为乐的经历教导学生，要立志为祖国的科学事业多作贡献，为人民多做有益的事。他总是满腔热情地教育年轻一代，1992年他已年逾八十，还勉励学生"科学无止境，探索自然，改造自然，为人类造福，这个光荣而艰巨的任务将历史性地落在青少年身上，只要你们胸怀大志，勇于攀登，就一定能够取得丰硕的成果"。

上世纪70年代初，正值"文化大革命"，教育的制度遭到破坏，正常的教学秩序受到严重干扰，此时此刻，蒲老师不管是课堂讲课，还是与学生促膝谈心，总是勉励学生要勤奋苦学，打好基础，学好本领，为农业服务，为改变我国落后的农业作出贡献。1970年，生物学系设立"农业生物学"专业，实为农业昆虫学方向，在"文化大革命"中招收第一届"工农兵”学生，1972年以昆虫学专业招收第二届“工农兵”学生，至“文化大革命”结束后的1977年恢复高考，昆虫学专业共招收了7届学生。由于蒲老师自青少年时代对农业怀有的特殊感情，当时的昆虫学专业与农业关系密切。蒲老师对历届昆虫学专业的教学都极其关心，经常亲临教学第一线，为学生授课，了解教学情况，掌握学生的思想动态，有的放矢地开导学生，与其他教师一道，克服种种困难，把昆虫学专业办好。

1975年，“学朝阳农学院”形势逼人，鉴于昆虫学专业与农业的关系密切，学校要昆虫学专业设立“社来社去”试点班，并在远离学校的四会县大沙镇办学。10月15日，此班在大沙教学点开学，蒲老师亲临开学典礼，并讲了一席语重心长的话，希望同学们学好本领，为改变我国落后农业作出贡献，为农业服务，为农民服务。当晚，蒲老师就住在大沙教学点，与学生促膝谈心。后来，他曾多次到大沙教学点看望学生，帮助解决办学中遇到的问题和困难。蒲老师在教学中坚持言传身教，年逾六旬的老人，还与师生一道为建设教学点出力（图版I 9）。

蒲老师的一生，与人为善，其“爱民”“亲民”的品德也体现在师生关系上，他对学生的满腔热情和良师益友风范，有口皆碑，为后人传颂。

注重基础，根基厚实

蒲老师自青年学生时期就注重基本知识、基础理论的积累和基本技能的磨练，成为学识渊博、根基厚实的教育家和昆虫学家。蒲老师对学生历来注重基础教育，讲课时经常强调基本知识、基础理论和基本技能的重要性。他在一次讲课中谈到一件似乎很微小的事：一位在读硕士研究生送一篇论文给他审阅，他看后觉得奇怪，所有的昆虫学名的定名人姓氏都加上括号，问其何故，此生说，为了格式的统一、美观。蒲老师对他说，学名定名人的姓氏的括号有特定意义，有则不能省略，没有则不能随意添加，这是生物命名法规的基本知识，不懂会闹笑话的。

蒲老师始终坚持在教育第一线，为培养学生，他辛苦耕耘了一辈子。1974年五六月间，我和华立中、古德祥带领昆虫专业72级学生到乳源天井山林场进行为期一个月的“昆虫分类学”课程的“开门办学”。6月12日至14日，年逾花甲的蒲老师由徐利生老师陪同亲临山高皇帝远的天井山林场看望“开门办学”的师生，大大鼓舞了师生的积极性。13日上午，蒲老师

还讲了半天“有关昆虫分类问题”专题课，内容有昆虫命名、昆虫的分类文献、昆虫分类的发展史和昆虫分类工作意义。身为昆虫分类专家的蒲老师，给大家上了一节非常专业的基础课，在场师生都受益匪浅，也对我从事昆虫分类工作有很大帮助，至今记忆犹新。

在打倒“四人帮”后，学院科研工作逐步走上正轨，按照科研自身规律运作。蒲老师深感提高对科研队伍的培训极为重要，必须从基础做起，就“怎样查阅动物学和昆虫学文献”问题，足足讲了3个单元时间，可见蒲老师对基础工作的重视程度。

早在20世纪60年代初，蒲老师就经常对青年教师讲，生物学是实验性科学，除了掌握基本知识、基础理论外，还要掌握熟练的实验技能，以实验手段揭示生物科学的奥秘。1963年，魏聪桂、周昌清、周少钦等老师刚毕业留校，分配到昆虫生态室工作，蒲老师要他们天天呆在实验室里，从最基础的昆虫形态解剖到昆虫生理、生态实验，反复磨练，掌握实验技术。蒲教授曾于1958年和1964年先后从北京大学、武汉大学、复旦大学、南开大学、西北大学、云南大学、山东大学、兰州大学和四川大学及本校招收了数名在职的骨干教师，组成以实验技术为基础的第一、二届高级（昆虫）生态研究班。1965年初，蒲老师确定开展北方柞蚕南方放养研究，当时，室中只有叶育昌老师1人来自华南农学院蚕桑系，李济才和我刚从学校出来不久，不懂养蚕技术，为了使柞蚕研究能快步前进，蒲老师派李济才、赵克豪和我于1965年2月16日至3月23日到省农科院蚕业系学习蓖麻蚕饲养技术。同年8月17日至10月31日派出刘复生、赵克豪和我到河南信阳柞蚕原种场学习柞蚕室外放养技术。1966年3月派出卢爱平、赵克豪到信阳柞蚕原种场学习批量制种技术。他认为，要取得柞蚕研究成功，掌握柞蚕饲养技术是关键。以上数例足于说明蒲老师非常重视科研人员的基本技能。

蒲老师注重基础，也可从他培养硕士、博士研究生中得到印证。

蒲老师注重基础的同时，也以科学发展的眼光看待生物世界，重视生物科学与边缘科学的相互渗透。

理论与实践密切结合

蒲老师在教学过程中紧扣理论与科学实验、理论与生产实践结合环节，这是蒲老师教育思想的又一突出特点。蒲老师选定科研项目的原则是为国计民生服务，为当前生产实际服务。他在教学中到生产第一线去指导学生，培养学生，这是不可缺少的教学环节。蒲老师经常强调生物科学是实验性科学，教导学生认识生物的宏观世界要从野外考察和实验开始。他认为：实验不仅能训练学生的操作技能，也能培养学生的智能；实验从安装仪器开始就要自己动手，能够培养学生的观察力、实验操作能力、自学能力和思维能力；要到大自然中去调查考察，要从生物因素和非生物因素构成的生态系统去认识生物的宏观世界。20世纪70年代初，年已花甲的蒲老师亲自为学生教授实践性很强的“害虫生物防治”专业课，系统地向学生介绍其多年来的研究成果。

蒲老师认为任何一门自然科学，其学习方法首先是知识的收集与积累。自然科学工作者必须借助有关学科的理论和实验手段，丰富该学科的内容和进一步揭示有关现象的本质。他在学生时代就进行了不少实验室和野外考察实验。他认为，野外科学活动是学习生物学不可缺少的方式。野外活动能够学到课堂上学不到的知识，祖国的美好山川，生物的千姿百态，不仅使人们大开眼界，也陶冶他们热爱祖国感情和热爱大自然的情操，是培养青少年的第二课堂。20世纪20年代，蒲老师在广州名校执信中学读初中时，便热爱野外活动，科学兴国的理想就像山间的清流悄悄地渗进少年的心灵，并成为其一生的追求。蒲教授选定广东的重要粮产区四会大沙镇，自1973年春开展“综合防治水稻病虫害”的研究和试验工作，不仅派出青年教师驻点研究，还每年多次到试验点进行调查并指导研究工作，时而在田头指导学生田间调查（图版Ⅰ3），时而在蜂站指导赤眼蜂繁殖技术（图版Ⅰ8)。蒲老师在大沙6万亩综合防治试验田里留下了脚印。

少而精、启发式的教学方法

蒲老师数十年如一日，坚持少而精、启发式的教学方法。讲课时扼要地、简练地讲清每一个问题的精髓，使学生领略重点，启发思维，决不照本宣科，面面俱到。如他讲授“昆虫分类”“害虫生物防治”等课时，对于基础理论和基本概念，讲深讲透，对于学生通过自学能弄通的问题，只作启发式的指引，一带而过，或只列出参考文献，不作繁多的阐述。

蒲老师教学方法的另一特点是条理清晰，层次分明。他讲的每一堂课内容先后次序排列一目了然。讲授时，由表及里，由浅入深，逻辑性强，注意启发和提高学生的逻辑思维能力。凡是听过蒲老师讲课的人，都有同感——蒲院士不愧为“南中国生物防治之父”和“南粤杰出教师”。

本文所记述的是笔者自20世纪60年代初在蒲老师直接领导下工作时所了解的情况，与蒲老师教育思想全貌有一定差距，或许不能全面地、客观地反映其教育观，借此拙文抛砖引玉。

《中大老园丁》2012年第2期第2—5页

蒲蛰龙院士的科学发展观

2012年6月19日，生科院为蒲蛰龙院士诞辰百年举行隆重的纪念活动。同年12月31日，是蒲老师辞世15周年忌日。为缅怀蒲老师，撰写此文以表思念之情。

蒲院士在阐述“科学”时说过：“古今中外的科学家，从自然现象的启示和自己的钻研，建立了许多假设、定律和原理，使自然科学不断发展，导致今天的科学昌明。”“科学无止境，胸怀大志，勇于攀登，就一定能够取得丰硕成果。无限风光在险峰！”

蒲蛰龙教授为中山大学昆虫学科的建设发展鞠躬尽瘁，他所领导的昆虫学科自1962年成立全校唯一的部属重点研究室——昆虫生态研究室，到1978年成立昆虫学研究所，1995年，在昆虫学研究所原有基础上筹建“生物防治国家重点实验室”并在1995年通过国家验收正式挂牌，为当时全校仅有的两座国家重点实验室之一。几十年来，蒲老师率领中山大学昆虫学科研究队伍，团结一致，努力拼搏，脚踏实地，一步一个脚印向上攀登，终于登上中国昆虫学科领域的峰巅，摘取“五星”[①]桂冠。蒲老师的成就在中山大学史册中谱写了光辉篇章。蒲老师顾全大局，与世无争，为人和

① 所谓“五星”是指中山大学昆虫学科为重点学科，有国家重点实验室、博士点、博士后流动站，是国内访问学者接收单位。

善，关心他人，团结同事的道德风范成为中山大学的宝贵精神财富，为后人树立了光辉榜样。

目光如炬，看准发展方向

蒲蛰龙院士既是杰出的昆虫学家，也是卓越的生物学家。他目光如炬，重视生物科学的发展，他认为生物科学包含着生物的宏观世界和微观世界两大内容。宏观世界是指生物在任何一个自然环境中，相互依存，相互制约，又与环境中的非生物因素经长期的相互影响而稳定下来，达到相对稳定的状态，即为生态平衡。一个生态环境中的一些生物受到干扰破坏，就会失去生态平衡，小者造成局部性破坏，大者可毁灭整个系统，带来灾难。在我国的“四化”建设中，处处涉及生态系统问题，保存和改造生态系统，使之导向有利方面发展，是十分必要的。至于微观世界，分子生物学是当前科学的一个前沿，具有无限生命力。生物学的各个分支学科也是朝着分子水平前进，能够更多更好地揭露生物的规律和奥秘。生物的宏观世界和微观世界，不是截然不同的两个领域，其间存在密切关系，宏观世界存在微观问题，而微观世界也存在宏观问题。蒲老师在数十年的科学研究中高度关注这个两面的结合，他所领导的昆虫学科研究历程足以证明这一点。不仅如此，他还要求生物科学工作者除了掌握较全面的生物学基础知识外，还要掌握一定数、理、化及相关科学的知识。随着科学的发展和计算机科学的广泛应用，他也很强调计算机科学在生物学中的作用。

精心组织，严密实施

几十年中，蒲老师以昆虫（牙甲总科）分类研究、生态学研究和生物防治研究为主线，以生态和生防研究为中心。蒲老师在国内攻读硕士研究生及在国外攻读博士研究生学位时，都师从名师，于昆虫分类领域深造，分类基础非常坚固，为国内外著名的牙甲科分类专家。尽管自新中国成立以后，他的主要精力投向与国计民生密切相关的昆虫生态及生物防治的研究与应用，但是直到晚年，他还一直在进行昆虫分类教学与研究（图版I2、10—12）和指导分类硕士、博士研究生。

几十年中，蒲老师会根据研究工作需要，精心组织研究队伍，有序培养人才和严密落实研究措施。1957年，他利用苏联昆虫生态专家妮·谢·安德列诺娃教授来生物系讲学的有利机会，部署昆虫生态研究工作。紧接着，1958年，他邀请苏联列宁格勒大学格里辛先生帮助建立可控光照、温度的复式恒温实验室，该实验室为国内最早的人工气候生态实验室。他洞察生态学与其他学科的密切关系，在校内开创了与物理系、化学系、地理系合作的先河。蒲老师以卓越科学家的敏感，意识到“在祖国的四化建设中，处处涉及生态系统问题，保存和改造生态系统，使之导向有利方面去发展，是十分必要的”。1958年，他把握机遇，从北京大学、南开大学、复旦大学、武汉大学、山东大学、兰州大学、四川大学、西北大学、云南大学及本校招收数名骨干教师组成高级（昆虫）生态研究班，欲使较落后的中国昆虫生态学研究快步赶上更高水平。1962年，高教部批准成立部属重点实验室“中山大学昆虫生态学研究室”。1964年，蒲老师又从山东大学、四川大学、兰州大学及本校招收数名骨干教师组成第二届高级（昆虫）生态研究班，再次为我国昆虫生态研究培养人才，组织力量。

20世纪60年代初，我国遭遇三年经济困难，在这个“人以着为先，民以食为天”著称的国家，全国上下缺衣少食，过着艰苦日子。蒲老师忧国忧民，日思夜想，可否在衣着方面发挥自己的专长，出点微薄之力。他把昆虫生态研究室的主力投向北方柞蚕南方放养研究，其中最重要的一关是，北方每年可放养2代的柞蚕移到南方后只能饲养1代，要打破柞蚕滞育的现状、并饲养2代以上才有其移养价值。首先，利用现有的实验条件，在室内做了大量的基础研究，最终探明“光照”为北方柞蚕滞育的主导因素。其次，他利用可控光照、温度的复式恒温实验条件，经过光照处理，使广州一年可饲养4代柞蚕，为北方柞蚕南方饲养攻克了第一关，蒲老师欣慰不已。紧接着，他组织人力攻克饲养技术关。北方柞蚕移到南方放养属昆虫生态学研究范畴，在蒲老师的直接领导下，研究工作进展顺利，理论与生产应用研究都获得重大突破，当时已在湖南湘西黔阳地区（现怀化）各县大面积放养成功。但在可望大面积推广生产和取得重大成果的时候，这些试验被“文化大革命”的烈火一烧而尽，令人十分惋惜。

随着“科学的春天”的到来，由蒲老师所领导的中山大学昆虫学科迎来了最佳发展时期。1978年，昆虫学研究所成立，蒲老师重新调整研究队伍，为充实研究力量，组织7个研究团队：昆虫病理与生物工程、昆虫生态与害虫控制、昆虫生理生化与发育调控、昆虫系统分类与生物多样性、生物防治与食品安全、生物信息与基础工程、结构生物学（电子显微镜学），展现了昆虫学科研究的新阵容，昆虫学科的综合实力又上了一个新台阶。1995年，“生物防治国家重点实验室”通过验收挂牌，标志着蒲老师所领导的昆虫学科登上了新的高峰。

“生物防治”的新境界

蒲蛰龙院士的害虫生物防治理论与实践是非常丰富的。在这一领域，他“造福人类”的贡献很多，主要亮点有：

1．赤眼蜂防治甘蔗螟虫。1950年开始研究，1951年已大量人工繁殖赤眼蜂，在蔗田散放，他首次突破以蓖麻蚕卵（大卵）繁殖赤眼蜂（小卵寄生蜂），为大量繁殖、利用赤眼蜂创造了条件。1956年，其在顺德建成全国第一个赤眼蜂站。然后，在中山、阳江、遂溪等县办起30多个赤眼蜂站，并在广西、福建、湖南、四川等省（区）推广这种方法。

2．荔蝽卵平腹小蜂防治荔枝蝽。1961年，蒲老师兼任中南昆虫研究所所长期间，领衔青年科研人员利用蓖麻蚕卵繁殖平腹小蜂防治荔蝽，在花县、从化、增城等地大面积推广。“文革”期间的1969年至1970年，他携夫人利翠英教授率领本校研究人员共12人到东莞，与该县“五七”大学共同举办“害虫生物防治培训班”，因地制宜，用土法繁殖平腹小蜂，在12个公社推广应用。直至21世纪初，深圳、香港等地荔枝园仍用此法防治荔蝽。

值得一提的是，利翠英教授为协助蒲老师攻克上述两项研究曾发挥过重要作用，她的赤眼蜂的个体发育研究及平腹小蜂的胚胎和胚后发育研究，为这两种卵寄生蜂研究做了极为重要的基础研究，已成为经典之作，被广为引用。

3．引进天敌昆虫防治害虫。1955年8月和11月，先后从苏联引进孟氏隐唇瓢虫和澳洲瓢虫，用以防治果林害虫粉蚧和吹绵蚧。澳洲瓢虫的成功引进足以看出蒲老师的昆虫饲育技术的高超和历来强调实验技术重要性的过人眼光。当时，从苏联寄来的一批澳洲瓢虫，经途中长时间的折腾，绝大多数已经死亡，只剩下活的成虫和蛹各1对。蒲老师如获至宝，精心饲育，当年便繁殖成群，散放在广州石牌的柑橘园中，翌年又将饲育的一批散放到广州河南（海珠区）台湾相思树防治吹绵蚧。1957年，他又将此虫引至电白博贺林带，为挽救吹绵蚧严重为害的木麻黄防风林带立了奇功。

20世纪80年代，松突圆蚧入侵广东松林，严重为害松树，广东省防治松突圆蚧指挥部聘请蒲老师任技术顾问兼副组长。当时，省有关部门邀请全国著名昆虫学家云集广州，商讨防治对策，惟有蒲老师眼光独到，找到解决问题的方法，他提出改善生态环境，引进天敌进行生物防治（图版I 4）。实践证明他的思想策略是正确的。

4. 改良“经典”的生物防治法。早在公元304年，我国南方就开始应用黄猄蚁防治柑桔害虫，已成为我国最古老的“以虫治虫”的成功范例。古为今用，蒲老师指点青年教师在四会柑桔产区黄田开展研究，扬长避短，改良、提高防治效能，使古老的科技成果萌发新芽。

5. 以病原微生物防治害虫。蒲老师在青年时期萌发的“生物防治”思想始于用微生物防治害虫的实践。这种思想随着他对病原微生物细菌、真菌、病毒广泛应用于防治各类害虫的深入研究，并成为其“生物防治”理论与实践的重要内容之一。

6. 水稻害虫综合防治。蒲老师提出“以发挥害虫天敌效能为主的害虫综合防治”（图版I 7）的思想策略把“生物防治”的理论提升到新的境界。他根据国内外防治措施和广东水稻害虫防治的实际，采用以下综合防治措施：应用农业技术除虫；养鸭除虫；保护青蛙食虫；保护三化螟卵寄生蜂；生产杀螟杆菌防治三化螟等害虫；生产真菌（白僵菌）防治稻叶蝉、稻飞虱和越冬三化螟；培养赤眼蜂防治稻纵卷叶螟；如秧田螟虫严重，用农药浸秧；点灯诱杀螟蛾及其他害虫；农药杀虫；做好害虫测报。

蒲老师的“水稻害虫综合防治”的理论与实践，把“生物防治”融入“保存和改造生态系统，使之导向有利方面发展”，成为一体，使“生物防治”的理论与实践达到了新的境界。

本人对蒲老师的科学发展观理解或许欠全面，恳望指正，以此拙文为引玉之砖。

《中大老园丁》2012年第3期第45—48页

为国为民，不辞辛劳
——蒲蛰龙院士野外研究散记

蒲蛰龙院士出身于书香世家，自幼受到严格的家庭教育。他是善于独立思考的人，冲破了旧教育制度的思想束缚，选择了自己想走的人生道路。他在青年时期，立下为改变中国贫困的农村和落后的农业奉献毕生精力的雄心壮志。蒲老师的一生充分体现了爱民、亲民，爱农、亲农的高尚品德。新中国成立以后，英雄有用武之地，他自20世纪50年代初以来，除了在实验室里做了大量的害虫防治和益虫利用的研究、试验外，还不辞辛劳，身体力行，在甘蔗地、水稻田、果园、山林进行了大量的调查、考察。他的足迹踏遍了大江南北、内陆和海岛。蒲老师一生穿着朴素，在田头、林间，除了戴一副近视眼镜外，十足老农模样。我有幸数次与蒲老师去农村、林区出差，随师而行，受益匪浅。几十年前的往事，不时在脑海中浮现。

在粤北寻找柞蚕饲放养基地。1966年元月3日，蒲老师带领卢爱平和我到粤北山区寻找柞蚕饲料资源，选择柞蚕放养基地。当时，蒲老师是大名鼎鼎的教授，他与我们初出茅庐的年轻人一同入住招待所。他与我同住一普通客房，交粮票和现金吃普通的客餐。4日上午，由韶关专署林业局干部带领我们到郊外的曲江林场，在山上调查柞蚕饲料植物枫树的数量、长势、面积，是否适宜放养柞蚕。4日下午，乘火车到坪石，入住镇上的一间极其普通的旅店，吃住其中。5日，蒲先生带领我们二人由坪石（水牛湾）步行到旧坪石和石灰冲等地，在山间调查了一天，来回共走了24公里，在武阳寺、旧坪石、石灰冲一带山间调查所走的路程也不少于5公里。元月6日，蒲老师先行回校，卢爱平与我继续前往乳源五指山调查。3日至6日，在韶关、坪石两地，蒲先生吃住标准与我们二人一样，几天餐费，每人2.81元，粮票2.2斤。

在湘西驻点研究柞蚕。1966年5月中旬，蒲老师与夫人利翠英老师，自带被盖行李，到湖南黔阳县江市公社申坳大队柞蚕放养研究试验点，行程4至5天。从广州乘火车到衡阳，再乘2天汽车到黔阳安江，再乘汽车到黔城，然后，从黔城步行15公里到江市，过渡，步行上山，山路崎岖不平，两人背着沉重的行李，举步艰难，走了一个多小时的山路，于5月18日傍晚时分到达申坳大队试验点。蒲、利两位老师与驻扎在此研究的青年教师刘复生、周少钦一同入住农舍。蒲、利两位老师住到5月31日才离开回校，在驻点期间，他们俩天天爬山，到各个山头察看柞蚕放养情况，对柞蚕的良好长势感到高兴，同时，针对存在问题，与青年教师现场商讨解决措施。

在申坳试验点附近还有源神公社的源河大队蒋家冲和坑脚两个试验点。三点品字形排列，点间相距一个小时行程。年逾半百的蒲、利老师多次到蒋家冲和坑脚试验点察看柞蚕生长情况。蒲老师根据各试验点的存在问题，于5月25日召集我们5位中大驻点研究人员，对如何继续做好下步试验和做好资料积累、整理等提出具体要求。

在四会大沙实地调查。1974年11月29日至12月3日，蒲老师率领昆虫教研室的古德祥、刘复生等9位青年教师前往四会大沙综合防治水稻病虫害研究试验点实地调查、考察，入住大沙微生物厂员工宿舍。年逾花甲的蒲老师与我们青年教师一样，骑着自行车，走富溪大队麦田，穿仁马大队蔗地，深入大德园果场和大南山林场，实地调查考察，到微生物厂察看生产流程。一连几天，不顾劳累，来去匆匆，马不停蹄，借助自行车提高工作效率。蒲老师一贯重视深入科研、生产第一线，注重调查研究的实干精神，为我们树立了光辉榜样。

蒲老离开我们已经十五年了，他永远活在我们心中（图版I 15—17）。

《中大老园丁》2013年第1期第33—34页

蒲蛰龙精神永存

在中华人民共和国成立70周年和中山大学建校95周年之际，深切怀念曾为国家和中山大学的教育和科技发展作出杰出贡献的蒲蛰龙院士。他为

祖国的社会主义建设勤勤恳恳地服务了近半个世纪，为中山大学的发展谱写了光辉篇章。

1949年秋，蒲老师在美国明尼苏达大学获得博士学位后，喜悉中华人民共和国成立的消息，谢绝美方和朋友多次挽留，怀着报效祖国的赤子心，携同时在该校获得硕士学位的妻子利翠英，放弃优越的生活条件，毅然回国。

爱国为民忠贞不渝

蒲老师爱国为民的光辉一生永远铭刻在我们心中。他在年幼的时候，目睹了中国农业落后，农村破败，农民贫困，萌发出献身中国农业，改变落后农村，改善农民生存条件的志向。19岁，他报读中山大学农学院农学系。在学习中，他看到害虫危害农作物、森林、桥梁、建筑物、危害人类健康；而益虫是人类的朋友，不少益虫是害虫的天敌，学好昆虫学必将大有作为。为此，他选择了昆虫学科为主攻方向。为学好本领服务祖国，四年大学期间，他学习自觉、勤奋，星期天和寒暑假多在实验室里度过，以苦学为乐，甚少回家，毕业时获得学校优秀毕业论文奖和优秀成绩奖。蒲老师非常珍惜学习机会，1935年秋考上燕京大学研究院生物学部，师从世界著名的昆虫分类学家胡经甫教授攻读硕士学位。1937年夏，他已完成硕士论文，但还未答辩就发生了“七七事变”，日寇入侵北平，他便回到中山大学农学院任教。1938年10月21日，日寇占领广州，中山大学紧急撤离。在日本鬼子的铁蹄下，他目睹祖国山河破碎，在颠沛流离的苦难生活中，仍不忘“科学救国”。在战乱中，蒲老师对害虫防治及昆虫分类的研究从未间断，毅力过人。从“七七事变”到1945年日本帝国主义无条件投降的八年中，因日寇步步进逼，中山大学农学院多次多地转移，1946年初才逐渐走上正轨。

1946年至1949年，蒲老师在美国攻读博士学位期间，除了完成博士论文，还自学了法、意、日等七门外语，充分体现了他为国而苦学为乐的精神。

蒲老师回国后，满腔热情地投入与国民经济密切相关的农林生产，以其为科研方向，利用自己的学术专长为国民经济建设、为国人“丰衣足食”作贡献。他经深思熟虑，再三衡量，认为害虫生物防治利国、利民、利保护环境，决定开展生物防治研究和试验。蒲老师在生物防治领域做了大量卓有成效的工作，被誉为“南中国生物防治之父”，其主要贡献有：始于1950年利用赤眼蜂防治甘蔗螟虫的研究和应用已取得显著效果，广为推广应用；1955年从苏联引进澳洲瓢虫为防治柑橘、木麻黄等果树林木的吹绵蚧已发挥了效能，保护了果林作物；1961年利用蓖麻蚕卵繁育荔蝽卵、平腹小蜂防治荔蝽已大面积推广应用；1973年提出“以发挥天敌效能为主的害虫综合治理”理论，并亲自挂帅在广东四会大沙镇建立大面积水稻害虫综合防治示范点，经20余年的系统研究，天敌保护利用、农田环境改善等措施为水稻安全生产打下坚实基础；20世纪80年代，严重为害松树的松突圆蚧入侵广东，蒲老师提出的“改善生态环境，引进天敌进行生物防治”的措施有效地控制了松突圆蚧的为害；利用昆虫病毒防治松毛虫的生物防治措施也有效地控制了松毛虫的发生。

蒲老师期盼国人过着“丰衣足食”的生活。在20世纪60年代，国家三年经济困难时期，他着力开发野蚕资源，投入了大量人力物力进行北方柞蚕南养的研究，从其生物学、生态学基础研究入手，在湖南湘西大面积放养，一年春秋两造已取得成功，正准备大面积推广时，因发生“文化大革命”而未能如愿。这对蒲老师及其团队来说，是憾事一宗。

共产党的诚挚朋友

蒲蛰龙老师是无党派人士，是中国共产党肝胆相照、休戚与共的诚挚朋友。1949年秋，他得知中华人民共和国成立的消息，同年11月便偕夫人利翠英谢绝美方和朋友的挽留，毅然回国，回到中山大学农学院任教，以高度的热情，投身新中国的社会主义建设。他在工作中深深感到共产党对他无限的信任和关怀。目睹新中国的面貌日新月异，无限欢欣鼓舞，以高度的责任感开展教学和科学研究工作。1950年开展以虫治虫的生物防治研究，并不断拓展研究领域，旗开得胜，取得了丰硕成果。1956年被选为全国先进工作者，并赴京出席“全国先进工作者代表大会”，同年调任中山大学生物系工作。蒲老师深知中国生态学很落后，立志要发展生态学，1957年，他邀请苏联昆虫生态学专家妮·谢·安德列安诺娃前来中山大学主讲“昆虫生态学”，为期一年。1959年，邀请苏联昆虫生态学家格里逊来生物系讲学，并帮助建立昆虫生态学实验室。在蒲老师的领导下，中山大学昆虫生态学科不断发展，1962年建立了部属重点实验室，昆虫生态研究室。被誉为“科学的春天”的1978年，涵盖昆虫学各个学科的昆虫学研究所成立，后来成为更高层次的生物防治国家重点实验室。几十年来，蒲老师引领昆虫学科不断前进，他的脚印踏遍大江南北，他的身影时常在农田、森林、果园中出现。他对国家和人民无限忠诚，不愧为人民的教师和科学家。党和人民铭记着他的丰功伟绩。1960年和1964年，蒲老师当选为广州市第四、五届人民代表大会代表。1964年至1992年，蒲老师连续被选为第三、四、五、六、七届全国人民代表大会代表，参政议政，商讨国是。1978年，利老师当选为第五届全国政协委员。蒲老师是一位成就卓著的教育家和科学家，国家和人民曾多次给予他非常崇高的荣誉：1956年被评为全国先进工作者；1963年3月2日当选为广州市先进生产（工作）者；1978年3月，蒲老师出席全国科学大会，他主持的“害虫生物防治研究”“森林害虫多角体病毒的研究和利用”两个项目和参与的一项“赤眼蜂繁殖和利用技术的研究”荣获全国科学大会奖；1980年11月当选为中国科学院学部委员（1993年10月改称院士）；1985年9月获“广东省高教战线先进工作者”，1989年3月被国家教委授予“老有所为精英奖”和被全国侨联授予“全国优秀教师归侨、侨眷知识分子”；1990年被国家教委、国家科委授予“全国高等学校先进科技工作者”；1992年被授予“广东省杰出贡献科学家”；同年9月荣获“广东省南粤杰出教师奖”；1993年蒲老师主持的“农作物害虫管理教学模型与应用”获国家教委科学技术进步二等奖；1996年9月被评为“广州科技之星”。另外，1980年获美国明尼苏达大学“优秀成就奖”。

1997年12月31日，蒲蛰龙老师这颗科学巨星陨落，党失去了一位好朋友，我们失去了一位好老师，极其悲痛。

致力造就精良团队

蒲蛰龙老师以毕生精力为中山大学造就了昆虫学领域的精良团队。自20世纪50年代他任生物学系昆虫教研组主任时便着力培养这个团队。当时这个团队除了蒲、利二位老师外，还有原岭南大学的教工周郁文、刘顺邦和梁凤清，同时也注入了一批新中国培养出来的新鲜血液，华立中、朱金亮（朱志民）、陈熙雯、古德祥、林典宝和包金才（包为民）。自1962年6月昆虫生态研究室（部委重点研究室之一）成立后，蒲老师着力配备与昆

虫领域密切关联的学科人员配置，并使其日趋完善，为日后成立昆虫学研究所和生物防治国家重点实验室创造条件。蒲老师作为团队的领军人物，眼看手下人员多了，队伍壮大了，怎样培养好、用好、管好这支队伍，多出成果，成为他的主要责任。

鉴于当时这支队伍的绝大多数成员是青年教师，加强培养其学术能力为首要任务，因此，蒲老师每月都为大家进行一次学术报告会，从文献的查找，论文的写作等基本知识开始，到昆虫学科各领域中的研究现状和展望，期望青年教师尽快入行上位。蒲老师曾多次强调生物科学是实验性科学，要大家不断提高实验技术。从事室内工作的同志，先从做虫体解剖到生理、生态实验，反复磨练，熟练实验技术。从事野外工作的同志，需要熟练掌握野外调查、标本采集及制作方法。由于当时青年教师的英语水平较低，所以每周抽1至2个晚上由利老师以英文版《昆虫学导论》为教材，为中青年教师举办英语提高班。蒲老师曾在1958年和1964年在本校举办了两期“高级（昆虫）生态研究班”，学员来自全国各名校的青年教师，不仅为国家培养了昆虫生态的高级人才，也加快了本校昆虫生态学科前进的步伐。

蒲老师非常注重培养团队的集体主义精神，经常利用每周一次的集中政治学习时间，结合实际，讲集体，讲团结。团队的精神是团队事业取得成功的必备条件。在这个团队里，人人关心、爱护这个集体的行为蔚然成风。蒲、利两位老师非常关心中青年教工，尤其是夫妻分居两地的教工，不少人接受过蒲、利老师经济上的资助。

蒲老师与昆虫团队党支部配合默契，党支部不断为这个团队助力，党支部的战斗堡垒作用和党员的先锋模范作用得到充分发挥。1986年，昆虫研究团队所在的党支部曾获“广东省先进基层党组织”称号。1989年，又获“全国先进基层党组织称号”。

蒲老师爱国为民，顾全大局，与世无争，为人和善，关心他人，团结同事，其治学育人的道德风范为中山大学昆虫学研究团队的精神支柱（图版I 13）。

如今，在蒲老师的引领下奋斗了近半个世纪的昆虫团队的“队友”们几都退休，在同一条“战壕”里建立了深厚的情谊。至今，每月仍举行一次茶聚，“队友”们的友情永存，蒲、利老师的光辉形象永不忘怀（图版I 1）。

《中大老园丁》2019年第3期第45—48页

三

崇敬吾师的品格

老教授的风范

新中国成立六十周年了。六十年来，中国的巨变震撼世界。中国教育事业的成就举世瞩目。虽然六十年来中国的教育历程是曲折的，既有经验，也有教训，直至今天仍有不尽人意的地方，但是，从总体看，中国教育事业成就巨大，风格独特，培养了大批真心实意为国家服务的爱科学、有文化、守纪律的劳动者。六十年来，尤其近二十年来，中国高等教育发展迅速，造就了数以万计为社会主义建设作出巨大贡献的栋梁之材。中山大学是一所闻名于国内外的高等学府。新中国成立之后，经过院校调整，中山大学迅速而稳步地向前迈进，为国家培养了大批建设人才。在“教育与劳动生产相结合”和“理论联系实际”的方针指引下，我校生物学系（即生命科学学院）将解决当时国家建设的生产实际问题作为教学科研的重要任务，建立与生产实际相结合的办学方向；在思想教育方面，十分注重为人民服务的问题。因此，新中国成立后，中山大学注重学生的德育、智育和体育的全面发展。年近八旬的林浩然、李宝健、华立中等都是新中国培养的第一代中大毕业生。他们是新中国培养出来的知识分子的典型代表。他们在学生时代，刻苦用功，为报效祖国努力学好本领。在进入中大教师队伍以后，扎扎实实地工作，埋头苦干，一步一个脚印地在教学科研领域里奋勇攀登。在中山大学几十年的教学与科研生涯中，辛勤耕耘，为人师表，注重教书育人；国家有困难的时候，与国家同呼吸共患难，充分体现了新型知识分子的风范。林浩然院士至今仍在教学科研的岗位上。李

宝健教授和华立中教授虽已退休多年，却一直努力工作，退而不休；为国家作出重要贡献，曾多次受到有关部门的表彰。

李宝健教授是国内外著名的细胞遗传学家。退休后，曾与钟南山院士共同合作，成功研究对抗SARS病毒的特效药siRNA，并在世界顶级科学杂志*Nature Medicine*（《自然医学》）上发表相关论文。随后又与广东省农科院赖来展等老专家合作研究“黑色食品作物种质资源研究与新品种选育及产业化利用”，2006年获得广东省科技进步一等奖，2008年获得国家科技进步二等奖。李教授退休后获得的惊人成果是汗水和心血换来的，充分体现了在新中国，中山大学培养的第一代大学生退而不休，再作贡献的银龄科学家的道德风范。

华立中教授自1991年退休后，至今一直以昆虫标本馆为家，在狭小的工作室里，日以继夜地工作，在没有科研经费的情况下，自筹资金，花了十多年时间，独自完成了世界排名第三的《中国昆虫名录（英文版）》巨著。全书共4卷，合计800多万字。全书记录昆虫33目，782科，14772属，76200种，查阅引用文献4497篇，工作量之大，可想而知。这是当今研究中国昆虫必不可少的一部专著。自2006年起，他又与日本、美国的天牛分类专家合作编写《中国天牛（1406种）彩色图鉴》，也是一本费时几年的巨作。2005年，世界科教文组织授予他“首批特殊贡献专家金色勋章”。现在，他又迈步攀登昆虫学领域里的另一高峰。

《中大老园丁》2019年第2期第11—12页

隆重纪念江静波教授百年诞辰

生命科学学院于2019年9月18日上午在中山大学怀士堂隆重举行纪念江静波教授诞辰一百周年大会。出席大会的有学校有关部门领导、生科院领导、国家级名师黄天骥教授、江教授的家属及历届学生代表、在学学生代表和生科院教师代表近200人。

大会由生科院副院长张文庆教授主持。生科院党委书记赵勇教授致辞，他高度评价江静波教授自新中国成立以来半个世纪对国家和中山大学的教育事业和科学研究发展的贡献、教书育人的师德风范。江教授的弟子李逸明教授对江教授的生平作了简介。教师代表黄天骥教授、学生代表伦照荣教授、家属代表江燕女士及档案馆周纯馆长先后以对江教授高度崇敬的心情作了热情洋溢的发言。

会后，由江教授的弟子、海洋学院原院长何建国教授主持，举行了寄生虫学学术交流会，江教授的两位弟子伦照荣教授、陈晓光教授，江教授的同窗好友、已故原中山医科大学徐秉琨教授的弟子吴忠道教授分别对其所从事的研究领域进行了学术交流。

江静波（1919—2002），原名鼎先，男，福建永定人。中共党员，中国民主同盟盟员，广东省第五届政协委员，中山大学生物学系教授、博士生导师，法国国家自然博物院外籍院士，国际著名寄生虫学家。江教授1945年毕业于福建协和大学生物系，1946年考入广州岭南大学研究院，专修寄生虫学，师从我国著名医学寄生虫学家陈心陶教授，1948年提前一年获得硕士学位并获“金锁匙奖”后，受聘岭南大学生物学系讲师。1951年晋升为副教授。1952年全国高校院系调整后，江教授转到中山大学生物学系任教。1978年12月，晋升为教授。江静波教授是我国著名的寄生虫学家和教育学家。他为国家和中山大学的教育事业和科学研究奋斗了半个世纪，为世界性的疟疾病防治研究作出重要贡献。

江教授长期从事“无脊椎动物学”的教学。江静波等编著的《无脊椎动物学》自1964年出版，并被定为全国统一教材和国际交流教材；到1985年修订出版后作为全国高等学校的统编教材被连续使用了31年，深得全国高校动物学专业师生的欢迎和好评，曾获国家优秀教材奖。在20世纪80年代，此教材也为中山大学申请高校国家重点学科发挥了重要作用。当时江先生眼疾非常严重，还亲自执笔撰写申报材料，结果耽误了眼疾的最佳治疗时间，而导致右眼因视网膜脱落而失明。但值得欣慰的是，中山大学动物学重点学科申报成功，并在教育部组织的历次评估中，一直处于全国前列。江先生功不可没。

江静波教授是桃李满天下的著名教育学家。自中华人民共和国成立，几十年间，他为国家培养了许多杰出人才。他长期在教学第一线，听过他讲授“无脊椎动物学”的学生对于他站在讲台上的风度、讲课时的语言风

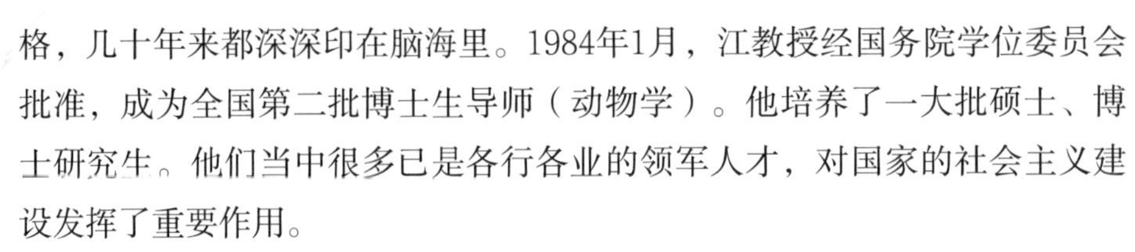

格，几十年来都深深印在脑海里。1984年1月，江教授经国务院学位委员会批准，成为全国第二批博士生导师（动物学）。他培养了一大批硕士、博士研究生。他们当中很多已是各行各业的领军人才，对国家的社会主义建设发挥了重要作用。

江静波教授是一位杰出的生物科学家。他治学严谨，学风正派，学识渊博。他的特长是寄生虫研究，特别是寄生原虫的研究。他最突出贡献是疟疾的研究，并得到世界同行的公认。新中国成立不久，江教授就关注到疟疾的危害性，由岭南大学转到中山大学生物学系后便投入疟疾病原体疟原虫的研究。1961年，他首次发现了我国一株特异形态的间日疟原虫并将其命名为间日疟原虫多核亚种*Plasmodium vivax multinucleatum*。他的研究团队与河南省开封卫生防疫站合作在开封市进行疟疾病研究。在开封县人民医院收治的病童中发现疟原虫密度较高，而且是典型的疟原虫多核亚种病例，后来经实验证实，流行于河南地区的间日疟原虫的潜伏期长达320天。这不仅是我国疟疾病研究史上第一次用实验证实了间日疟原虫存在长潜伏期，也为控制西南、华中、华北等此病流行区制定控制流行措施提供了科学依据。鉴于江教授团队对间日疟原虫潜伏期的出色研究，1984年9月，江教授应邀出席加拿大卡尔加里召开的第十一届热带病和疟疾病国际会议，并向大会作了《中国大陆长潜伏期间日疟原虫的研究》的报告，广受关注。

遵照毛泽东主席和周恩来总理的指示，1967年5月23日，我国启动了集中全国科技力量联合研制抗疟新药的代号为“523”的绝密项目。“523项目”由全国7个省市60多家科研机构、500多名科技人员协作攻关。当时我校疟原虫防治研究专家江静波教授率领梁东升和黄建成二位青年教师参加该项目研究工作。江教授是“523项目”研究团队的主要成员之一。中国中医研究院中药研究所屠呦呦研究员也参加了这项目，是主要成员之一。她被安排在中医药协作组并主持研究工作。那时，她的团队发扬百折不挠精神，经过艰苦卓绝的努力，经190次失败后，终于在1971年10月4日成功制取青蒿素提取物，经实验证实，这种提取物对疟原虫抑制率达100%。2004年5月，世界卫生组织正式将青蒿素复方药物列为治疗疟疾的首选药物。此后的十年，全球43个国家和地区疟疾病的发病率和死亡率都下降了50%以上。青蒿素复方药物对恶性疾病的治愈率达97%。鉴于屠呦呦教授的贡献，2011年9月她被授予国际医学大奖拉斯克奖；2015年，屠呦呦与另外两名科学家分享诺贝尔生理学或医学奖。

江静波教授团队负责“523项目”中有关人疟猴模的研究。他是这个研究团队的负责人。经过大量反复研究，证明人的恶性疟原虫可在换人血的猕猴*Macaca mulatta*体内繁殖并感染媒介按蚊。

青蒿素抗疟原虫的发现是“523项目”中取得的最重要成果，该成果取得的关键人物是屠呦呦研究员，为我国学者在世界疟疾病防治研究中的划时代贡献。在20世纪70年代末，江教授与广州中医院（现广州中医药大学）的著名疟疾临床研究专家李国桥教授合作，在我国海南岛疟疾流行区进行青蒿素与化学合成的抗疟疾新药甲氟喹治疗恶性疟的比较，论证两药的优劣。江静波、李国桥等的研究成果于1982年发表在英国的世界著名临床医学杂志*The Lancet*（《柳叶刀》）。这是中国科学家首次在国外刊物发表有关青蒿素临床治疗疟疾的论文。江教授在疟原虫研究做了大量工作，取得了重要成果。在20世纪90年代，国际疟原虫研究权威、英国皇家学会会员（FRS）甘南（P.C.C. Garmham）教授认为，中国在疟原虫研究领域中对世界有三个主要贡献：①青蒿素的发现和应用；②建立人疟猴模（切除猴脾脏，用人血细胞部分替换猴血细胞，成功实现了人类疟原虫在猴体内繁殖）；③发现了间日疟原虫多核亚种。后两项研究成果均为江教授团队取得的，为此，江教授在国内外获得不少奖项和荣誉。

值得一提的是，江静波教授不仅是自然科学家，也是文学家。他的文学造诣也很深厚，多才多艺，是文理兼备的学者。他曾先后出版长篇小说《师姐》、剧本《晚霞》和诗词。《师姐》还在报刊上连载，在广东家喻户晓；我国著名文学作家秦牧先生曾高度评价，并获得鲁迅文学奖；后来还被拍成电影，影响深远。令人难以置信的是，他的这两部作品都是在病房里完成的，又怕给医生和护士看见，是“偷偷”写出来的。江先生的文学造诣或许始于1937年日本侵华战争爆发后，他在新加坡的四年中曾担任过星中日报社校对兼记者及代理副编辑，除了写一些新闻稿外，还写散文和诗在报刊上发表。他还在民众义务学校担任中文教师。其文学造诣经漫长岁月的磨炼而造就。

（本文发表时的署名为何建国、伦照荣、白庆笙和陈振耀，由陈振耀执笔、定稿。）

《中大老园丁》2019年第4期第39—41页

感人的小事

——生科院离退休教职工互相关心、互相帮助事迹点滴

近两年，在生科院离退休分会中，出现了许多虽然可能微不足道，但十分感人的事，现记录下来，与大家共勉。

卢剑钊师傅是鱼类研究室的一位老渔工，退休回老家顺德养老，2004年暑假病逝。享年82岁，卢师傅病重的时候，年迈体弱的廖翔华老师曾专程到顺德探望他。后来，廖老师得悉卢师傅不幸病逝的消息后，他虽然行动不便，仍然坚持要到顺德为与其同事数十年的卢师傅送最后一程，一位有名望的老教授与一位普通老渔工在长达几十年共事中所建立的感情，不是兄弟，亲如兄弟，令人感动。

陈蕙芳老师是生科院分会的老寿星之一。几年前，与其相濡以沫的丈夫周宇垣教授去世后，陈老师没有感到孤独，因为在其身边有一个十多人的小群体，其中有她的学生，也有她的同事，如辛景禧、刘元、潘茂源、黄绍明、陈德勋、刘顺邦、周焕文、何国藩……呵护着她，经常陪她饮早茶、吃饭，如同儿女与母亲一样亲爱。尊师爱师，令人钦佩。

我们分会的陈晓雯老师，自退休后身体一直欠佳，因与其相依为命的女儿无能力全力照顾她，2003年上半年入住老人院。因陈老师退休比较早，退休金较低。她入住老人院后引起生科院离退休及在职教工和她教过的学生的高度关注。很多老师和校友不仅在经济上支持她，还在精神上关心她。不少老师曾多次到交通不便又偏僻的老人院看望她，黄云晖和邹韵霞老师把她当作亲姐妹看待，每逢大的节日都到老人院探望她，陪她吃饭。同事的关心，学生的爱戴，使她在老人院里能较欢乐地度过了最后时光。

朱婉嘉教授长期患病卧床不起，孩子在国外，年逾八十的夫妇俩朝夕相随。有时病情突变，急需住院治疗，同住一栋楼的梁意昭老师热情相助，曾为朱老师入院治疗出过不少力，帮了不少忙，可从不张扬，极少人知晓。

刘元老师年逾八十，身边无亲人相伴。多年来，徐利生老师几乎每晚都陪他散步，同他聊天，风雨不改，已成为天天相见的知心朋友，难能可贵。

去年暑假，昆虫学研究所有位教授动大手术，费用很高，个人难以承担，办公室发动全所教职工捐款，助其一臂之力。退休的教工得知这一消息后也纷纷参加捐款活动，还有一批非昆虫所退休教工也慷慨解囊，一人有难，大家相助。其中，卢爱平夫妇捐款1万元，捐款1千元的有刘兰芳、华立中、张宣达、周汉辉、刘复生、汤鉴球、林佩卿、古德祥等老师，还有一批离退休教工捐款者，如刘良式、张玉珍、周焕文、梁铬球老师等，难以一一列举。

生科院离退休分会的130多位教工，共事几十年，长者半个世纪，短者也二三十年。长期共事所建立的感情是家庭成员之间的感情替代不了的，别有情趣。互相尊重、互相关心、互相帮助已在我们分会蔚然成风，愿继续发扬光大，和谐永存。

《中大老园丁》2005年第4期第23页

四

爱校敬业

(一) 爱校及校园的一草一木

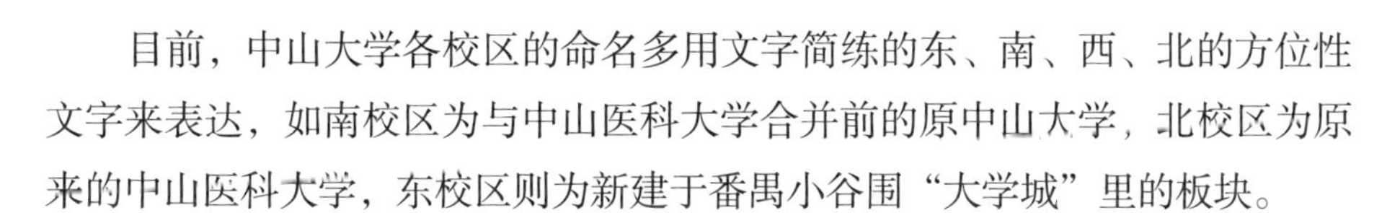

小议中大校区的命名

目前，中山大学各校区的命名多用文字简练的东、南、西、北的方位性文字来表达，如南校区为与中山医科大学合并前的原中山大学，北校区为原来的中山医科大学，东校区则为新建于番禺小谷围“大学城”里的板块。

笔者认为，校区的命名应考虑到该校区的地理历史文化内涵和本校的特色。南校区宜命名为“康乐园校区”，“康乐园”是一个非常好听、博人喜爱的名字。在建校前，此址属康乐村，地理历史源远流长。后来，岭南大学建校于此地，将校园定名为“康乐园”。1952年，岭南大学部分院系并入中山大学，从此，中山大学由石牌迁至康乐园。黄天骥教授在中山大学办学特色座谈会上说：“1952年中大与岭南大学合并，两者办学传统也合并交织在一起。合并前岭南大学因非常重视基础和传统教育出名。这种学风也随之影响到迁址康乐园的中山大学；而解放前中大拥有很强的革命精神，孕育了华南地区的很多‘革命种子’，具有很强的进取心，而且影响到50年代我们那时候的一代大学生。岭大和中大合并后，两校磨合得非常好”，“曾共舞朝阳，亦相扶风雨”。可见，“康乐园”这个名字与岭南大学及中山大学与岭南大学合并后的中山大学以至今天的中山大学一脉相承，具有丰富的地理、历史和文化的内涵，因此，“康乐园”在中山大学的版图中是不应被遗忘的名字，宜与日月共辉，与校共存，代代相传。

北校区可称“中山医校区”。不仅在国内，就是在国际上，“中山医”声誉也很高，名气很大，一说及“中山医”，人们就会联想到“中山医学院”或“中山医科大学”，并且知道她在中山二路。无论是“中山医学院”还是“中山医科大学”，大家都习惯称之“中山医”，可见，“中山医”在人们的心目中留下了不可磨灭的印记。因为中山大学与中山医科大学合并是强强联合，两校合并后的“中山医校区”乃是与中山医学院或中山医科大学以至现在的中山大学医学部板块一脉相承。其实，中山医科大学与中山大学合并多年了，社会各界都把“北校区”称为“中山医”，把其所辖的附属医院称“中山一院”“中山二院”……鉴于“中山医”在中国乃至世界的地位，应将“中山医”的名字和板块永久留在中山大学的校史和版图中。

把中山大学珠海市的板块称为“珠海校区”，并不完全贴切，实际上，“珠海校区”位于珠海市的唐家湾镇，而该镇是中国历史文化名镇。唐家湾镇始设于唐代，在清末是洋务运动的策源地，1930—1934年为中山模范县的县城。唐家湾是集中国近代名人故里、广东著名买办之乡、岭南百年古镇、南中国海防要塞、中国现代科技新城等近代文明的南中国海第一湾，为广东省五个“中国历史文化名镇”之一。因此，将“珠海校区”命名为“唐家湾校区”或“珠海唐家湾校区”更能体现其地理和历史文化价值。

至于“东校区”，位于番禺小谷围，可以原汁原味的“小谷围校区”或“大学城校区”相称。

《中大老园丁》2007年第4期第47页

康乐园生态小区建设的建议

在党的十六届六中全会通过的“关于构建社会主义和谐社会若干重大问题的决定”中，“人与自然和谐相处”是构建社会主义和谐社会的重要内

容之一。在第十届全国人民代表大会第五次会议上，温家宝总理的政府工作报告也多次提到“环境保护”问题。人与自然和谐相处是经济社会全面协调发展的重要条件。环境保护是“人与自然和谐相处”的重要内容。当人类生存的自然环境遭到人为破坏，自然往往就会以“天灾”的形式报复人类，让人类受尽“天灾”之苦。

康乐园是百年老校园，绿草如茵，树木参天，翠竹成林，近万棵形态多姿的树木与红墙碧瓦的岭南风格建筑群相映成趣，独具一格，为国内屈指可数的优美大学校园之一。树木种类繁多，引种于世界各地，为广州市独一无二的生态小区，是园林树木多样性的典范。据2000—2002年调查，成材树木有53科155种8580多棵。数代人的智慧和汗水营造了适于学习、工作和生活的优美自然环境。随着时代的进步，都市的快速现代化，校园内也出现了一些与环境不和谐的行为，以致园内的自然条件发生了变化。原来在校园内触目皆是的一些动植物，由于近一二十年的校园发展丧失了其生存条件，逐渐地消失了，如含羞草、褐云玛瑙螺（俗称东风螺）、樟蚕……“非典”发生后，由于大量地喷洒杀虫药，校园内的昆虫明显减少，尤其是蝴蝶。如美丽的报喜斑粉蝶，在2003年前极其常见，每到10月至11月份白千层树开花时，在花间飞舞，访花采蜜，到寒冬季节大量自然死亡，掉落地面，随处可见。2004年后，这种蝴蝶已近消失。在校园中，一些对环境因素比较敏感的动植物也消失了。生态环境的变化对人的影响应引起重视。我们不仅要造就校园环境的外表美，更要注重其内在美，要把康乐园建成人与自然和谐相处的环境友好型社区。因此特提出以下几点建议：

1．珍惜物种，爱护林木。据1995年调查，校园内的珍贵树种有23科39种57棵，有的树种是国内或省内仅有的。十多年来，如菲律宾山竹子、使君子 、丢了棒……多种树种在康乐园几乎绝迹了。引种一种树木要花大量的人力、物力，而不用吹灰之力就可把珍贵树木成废柴。大家要养成爱惜一草一木的美德，要防止伤害林木，更不能随意砍伐林木。

2．保护天敌，善待“害虫”。从生态角度看，人们认为是“害虫”的胡蜂（俗称马蜂）以捕食农林害虫为主，是害虫天敌，也是园林树木的保护神。其巢多筑在树顶，对人不构成威胁，不必治之。这有利于生态平衡和建立环境友好型社会。

3. 科学管理，监控用药。自家属区实施物业管理以后，物业在家属区的公共场所和绿化带经常全面喷洒杀虫剂的做法值得商讨。此种施药方式方法忽视了对人类生存环境可能造成的不良影响。施药要从实际出发，对用药的品种、浓度和用量要加强监管，防止滥用。

4. 分清敌友，治理得法。园林树木的白蚁防治要把生态效益和社会效益摆在首位，方法得当，不应在人口密集的校园中大面积施用严重污染环境的药物。在康乐园内入室为害建筑物、储藏物和为害园林树木的只有台湾乳白蚁（又称家白蚁），是必须灭杀的种类。在校园内常见的黑翅白蚁和黄翅大白蚁既不入室为害，也不为害园林树木，只取食老死而未脱落的树皮和枯枝落叶，在促进地表的物质转化、增加土壤肥力方面与蚯蚓有异曲同工之效能，而蚯蚓却不可替代其作用，因此，应将之视为益虫，加以保护，更不能斩尽杀绝。这两种白蚁的巢筑在土中，温湿度适宜时含着泥土爬出地面在树干上修筑土质的泥被泥线作掩体，在其内取食老死树皮。人们往往产生错觉，以为树干上的白蚁泥是白蚁为害树木的结果，从生态角度看，校园中树干泥被泥线的存在正是反映了土壤不受污染，校园生态环境保持着“原始”状态的表现，求之不得。与之相反，真正为害园林树木的家白蚁巢居树心或树头中，极少外露其为害特征，往往树已被蛀空，外表也难于觉察。因此，应以实事求是的科学态度友善宽容待之为好。

《中大老园丁》2007年第2期第44、47页

康乐园，植物园，你我的家园

中大校园树木参天，翠竹成荫，绿草如茵，环境怡人。十年树木，百年树人，建校前的康乐园原是一片水田和荒丘，今天的树丰林茂，是近百年来数代人辛勤培育的结晶。

康乐园的林木是中大一宝，其价值不可估量。中大校园林木具有以下特点：一是树种丰富。在楼房林立、人口密集的1.2平方公里的小区里有

几百种树木，而且很多都是国外引进的名贵树种，这在广州市内除了华南植物园外，恐怕别无他处可以相比了。二是百年老树、树王多。据查，校园里需几人合抱的樟树就有几十棵；有许多树王鲜为人知，如两人合抱的芒果树王和人心果树王，枝叶茂盛的伊拉克蜜枣树王，使君子藤王，树干巨大的罗汉松王等，不胜枚举。三是珍稀树种多。在校园里每种只有一两棵的珍稀树种就有23科39种57棵，好些树种有濒临绝迹的危险，有的树种是国内或华南地区或省内少见的。据缪汝槐教授称，常桉、圆锥花桉等树种，在国内其他地方已经很难找到其踪迹了。据记载，本校园是我国引种桉树最早、种类最多的地方。四是热带树种多。康乐园所植的许多树种引自东南亚、美洲、非洲、澳洲和我国海南岛，如南洋杉、巴西橡胶、大王椰子、人心果、芒果、第伦桃、柚木、菲律宾山竹子、菲律宾合欢等，热带林木遍布校园的每个角落，历经沧桑，在康乐园里定居下来。五是经济价值高的林木多。粗枝大叶的柚木，树干粗大的樟树，挺拔的马尾松和湿地松，香气横溢的白兰，果实供食用的芒果、人心果、荔枝、龙眼，可入药的白桐树（俗称丢了棒）、使君子和供观赏的南洋杉、大王椰子、罗汉松、木棉、紫荆、紫薇、榕等等，这些树木构成了一幅经济林相。

树种多样、树木密布所构造的林相的价值和作用是不可估量的，对于校园的绿化、美化和空气的净化功不可没。没有种类繁多、茂密的林木作依托，就不可能有环境优美的校园；没有这些“校肺”，校园里就不可能冬暖夏凉、空气清新；校园又似植物园，能够成为教学，尤其是植物分类学的教学园地；茂密的树林为鸟类提供良好的栖息场所，在树上生儿育女，繁殖后代，捕食昆虫，又抑制了林木害虫的发生，保护了林木。因此，康乐园小区是市内一个比较特殊和相对稳定的生态系统，在这个系统中林木起着主导作用。

为了保护好校园林木，我建议全校师生员工都应该提高爱护康乐园这块绿色宝地的自觉性，人人爱护园林绿化，爱护树木和草地；园林部门应建立校园树种档案资料，对珍稀、古树要标明分布图并挂牌，倍加保护；若因基建或其他原因要砍伐树木，如是珍稀树种要想方设法保存下来，就地保护或移植，力求保持康乐园树种的多样性；园内名贵树种，园林部门可通过采种育苗或无性繁殖的方法培育种苗，校内种植或校外销售，不致造成某些树种绝迹。

爱护绿化，爱护园林树木，造就一个优美环境，不仅反映出一间学校的管理水平，也反映出在其中生活、工作、学习的人们的精神面貌。让我们共同努力，使康乐园永远绿树成荫，绿草如茵，繁花似锦，永远充满勃勃的生机。

《中山大学校报》1995年9月28日第4版

竹缘

我出生于粤东北盛产苗竹的山区，童年在竹林环抱的山村度过。一方水土养一方人，家乡所处的环境山多田少，靠山吃山，竹子是当地村民的主要经济作物。竹子养育着世世代代生活在那里的山民，因此，童年的我躯体内就积聚了竹的“元素”。我十分感恩竹子，一辈子与竹子结下不解之缘。

1959年秋，当我踏入中山大学校门时，眼前一亮。校园内竟然有那么多竹子，许多种类从来没见过，让我大开眼界。在学植物学时，老师介绍校园植物种类，大谈康乐园的竹园盛况，进一步激发了我对竹子的好奇和感情，以致后来的学习、工作更偏爱竹类。

在康乐园的校园规划与建设中，“十年树木，百年树人”的思路非常深远。据记载，康乐园的 “竹种标本园”始于岭南大学建校早期的20世纪20年代。在校园的东南西北等方位共建了五个竹园，校园中的竹木与独特的建筑风格相映成趣，与校园的科学、文化融为一体，成为国内少有的美丽校园，耐人品味。50年代初，中山大学入址康乐园后，因学校发展之需要，四个竹园已先后因为改作他用而消失，只剩下西南区竹园了。有识之士，慧眼识宝 ，80年代，时任校长的黄焕秋教授指示要保护好这个竹园。张宏达教授用自己的科研经费修筑围栏保护这片竹林。2004年是八十周年校庆，学校拨出专款再从各地引入50多种竹子，使竹园内的竹种达120种，为我国著名的竹种标本园之一。步入竹园，空气清新，心旷神怡。当然，竹园的学术价值、生态效能及在本校科学文化氛围中的地位非人人皆知。目前竹园疏于管理，砍竹采笋时有发生；枯死的竹子没有及时清理；藤本植物覆盖漫顶，影响竹子生长，部分低矮竹种枯死，竹园的前景令人担忧，但愿“竹种标本园”在康乐园中永存，与校同辉。

值得一提的是，校园中还有一丛鲜为人知的“梨竹”，是从南亚引进的一宝。可惜，没有移入竹园加以保护，被冷落在校园的一隅。

结缘竹子的另一方面，是在几十年的工作中倾心于竹子。结合自己的科研方向，自选了一些与竹子有关的课题，为竹子的害虫防治做一些研究。在省内黑石顶、大东山等保护区昆虫资源调查时，注意竹子的虫害，尤其对危害竹子的半翅目昆虫（蝽象）做了系列研究，先后在多种学术刊物上发表了3个新种和研究论文6篇。1991年至1993年，与周汉辉教授等参与梁铬球教授主持的“竹蝗防治研究”，在有“竹乡”之称的广宁县与县政府“竹办”合作，驻点石涧镇横径管理区，在山间开展研究工作，每天在竹林里穿梭，乐在其中。三年的研究，取得了比较好的成果，以研究点的成果指导面上的防治工作，获得广宁县有关部门的好评。

《中大老园丁》2011年第4期第34—35页

我爱康乐园的绿

长年草木翠绿如茵的康乐园是国内屈指可数的最美校园之一，始于岭南大学在康乐园建校初期的规划设计师的神手妙笔。先师们对校园的楼宇及园林的精心布局，把原来的水田和荒丘建成美丽的校园，至今虽已逾百年，历尽沧桑，但“大学”气魄不减，美丽的景观犹存。以校园总体布局为基础，园林绿化的规划设计者瞻前顾后，用心良苦，使中西合璧的校园能永久不失“岭南”风貌，校园的中轴线拥有一片开阔的绿草如茵的大草坪，其两侧的路旁种植了大量的榕树、樟树等乡土气息浓郁的本地树种，其外围间种了许多从世界各地引进的热带亚热带树种，既宾主地位分明，

又体现了对客籍物种包容和厚爱的“岭南”风格。中山大学入址康乐园后，孙中山先生铜像屹立在中轴线中央，其后五星红旗高高飘扬，校园融入了新元素，旧貌变新颜，显得更加庄严肃穆，活力常驻。建校园初期，规划设计者的巧妙手笔，为康乐校园造就了一笔丰厚的人文景观宝贵财富。

“十年树木，百年树人”。百年来，康乐园历经数代辛勤园丁的精心培植和管理，树木茁壮成长，参天大树比比皆是，有的本属灌木的树种也长成了亚乔木。千余种植物，万多棵树木，常年翠绿，既为居住园中的师生员工造就了舒适的学习生活、工作和生活环境，也为鸟类、昆虫构建了良好的栖息场所。曾记得，20世纪五六十年代，马岗顶一带还保留着原始的生态景观，植被茂密，生物种类丰富，1962年8月27日，南开大学郑乐怡教授等利用在本校昆虫标本室查看标本之余，曾在康乐园采到半翅目昆虫一新种，于1977年11月发表，定名为“小筛豆龟蝽”，正模、配模及副模等模式标本共6头，保存于天津自然博物馆。

康乐园，植物园。近百年来，园中的植物为生物科学工作者所关注，早在岭南大学时期，该校的植物分类学家对园中的植物做过调查，共有1397种。中山大学迁入后，1954年，本校生物学系毕业生张超常等7位同学的毕业论文《康乐校园植物》记载了裸子植物、被子植物（蕨类及竹类植物除外）共900多种。为查清白蚁对校园内树木的为害，笔者曾组织生科院生物学专业1999级王智学、李杰等7位同学，于2000年底至2002年6月对校园7个区的成材树木做过逐棵调查，共有56科156种8580棵，有些树种为国内仅有。优良的植被环境，为鸟类和昆虫营造了理想的栖息场所。康乐园是鸟类的乐园，为广州地区最适于鸟类生存的小区之一；也是昆虫孳生、繁衍的福地，据华立中教授统计，20世纪50年代初定居于康乐园的昆虫有31目，近400科，1000多种。

长年翠绿，经数代人栽培的校园树木，历经沧桑，尤其在广州沦陷为日本帝国主义占领地时期，不少树木被砍伐作燃料；60年代经济困难期间，中区部分草地和东区大操场被改种花生、甘薯等农作物，植被环境遭破坏；在近几十年中，树种也不断更替。尽管如此，建校初期的园林树木固有特征尚存，校园绿色的基本色调未变，体现在以下几点：

1. 引种的树种繁多，造就了独特的校园绿化景观。校园修建初期从美洲、澳洲、东南亚以及省内海南岛、粤北等地引种的树种，在园中仍触目皆是，如桉树、白千层、湿地松、腊肠树、南洋楹、南洋杉、羊蹄甲、大王椰子等等，在校园的园林树木中仍占有很大比重。

2. **热带树种丰富，造就了逼真的热带风光。**在园内的东北区、东南区、西北区、西南区及蒲园区等小区种植了不少引自热带东南亚、澳洲、南美及我国海南岛等地树种，如巴西橡胶、大王椰子、第伦桃、南洋杉、南洋楹、木麻黄、凤凰木、银桦、龙牙花、柚木、红胶木、水石榕等，与独具一格的楼宇、水塘相映成趣，使地处南亚热带的校园具有浓郁的热带气息。

3. **在建校初期种植的树种仍遍布校园的每个角落。**如南洋杉、猴子杉、花旗杉、红千层、白千层、腊肠树、红花羊蹄甲、大王椰子、凤凰木、菩提树、罗汉松、木棉等，优美的树形，五彩缤纷的花色点缀着绿树，使校园更加亮丽。

4. **经济价值高的树种随地可寻。**如柚木、人心果、芒果、澳洲坚果、荔枝、龙眼、巴西橡胶等，广布于房前屋后。

5. **种类繁多的竹类植物使校园更具鲜明的岭南特色。**校园建园不久，便从各地引种许多竹种，在校园的各个方位共建了五个竹园，一踏进校门便可见到处都是成片的竹林，目前仅存西南区竹园，竹子仍有120种，是我国为数不多的“竹种标本园”之一。据称，在竹子种植鼎盛时期，校园内的竹种超过200种。

绿色，是植物的生命色，康乐园的基本色，为人类视觉感官最舒适的颜色。我爱康乐园的绿。感恩绿色植物给康乐园人带来巨大的生态效益，真诚希望园中人都成为护绿者。

《中大老园丁》2012年第1期第21—23页

康乐园中的老树名木和罕见树种

在已逾百年的康乐园中有不少老树名木和罕见树种，造就了具有独特林相和美丽的大学校园。名校有名园，名师育英才。建校初期，校园规划和园林绿化的设计者，颇费心思，精心打造热带、亚热带风光的校园。园林树木的种类配置、种植用心良苦，既有南亚热带的岭南风格，又具东南亚热带的自然景观。南北中轴线，原来在北门处至珠江边道路两旁栽种了产自澳洲的白千层（在建设北门广场市政工程时被砍除）。在北门内水塘东西两岸和南岸栽种了40多棵原产热带的大王椰子，百年来，历经了多少狂风暴雨，至今仍巍然屹立，顶天立地。中段，宽阔的常年绿草如茵的大草坪，其东西两侧路旁栽种土生土长的榕树，打造了两条一年四季常绿的百余米林荫大道。南段，怀士堂（小礼堂）后往南近百米路段两旁种植了数十棵白千层。康乐校园的脊梁——马岗顶路自北往南栽种了数十棵每年夏季准时换一次新装（树干脱皮一次）、其叶具柠檬香味的柠檬桉，整齐地排列在道路两旁。校园中的东南区、东北区、西南区和西北区是老树名木分布的核心区。多数产自中国大陆的乡土树种和从香港、台湾及国外引进的树种混杂栽种在这里。大王椰子、柠檬桉、南洋杉、凤凰木等景观树种与红墙绿瓦的岭南建筑巧妙地配衬，增添了热带风情和景观美感。靓丽的康乐园在岭南大学时期形成的独树一帜的园林风格富有历史文化内涵。自1952年中山大学从石牌迁入已70余年，康乐园保持和发展了原来的布局，当年栽种的园林树木已成老树名木了。

在康乐校园，树龄百年的老树名木触目皆是。尽管历经无数的灾害性天气袭击、害虫的为害和日本帝国主义者入侵广州期间的破坏，由于校中人的保护，校园中轴及其东西两翼的东北区、东南区、西北区、西南区的老树名木分布的核心地区仍存。

鉴于广州地处南亚热带，高温多湿的气象条件很适合白蚁的生存和繁殖，尤其是康乐园中的许多树木为原产广东和台湾的台湾乳白蚁（俗称家白蚁）提供了丰富的嗜食材料和适宜的繁殖场所。1995年上半年，我指导1991级生物学系动物学专业彭红的毕业论文《中大校园珍稀老树的白蚁为害情况调查》时，曾邀请生物学系植物分类专家缪汝槐教授指导老树名木的种类识别。2000年12月至2002年4月，我与包为民教授带领生科院生物学专业1999级王智学、俞陆军等7位同学，写成《中大校园（南校区）白蚁为害园林树木的研究》，对校园7个区进行系统调查，部分树种学名由缪汝槐教授和叶创兴教授鉴定。20多年弹指一挥间，有少数老树名木也被狂风暴雨击倒，也有些被人为砍掉而消失。现存数量较多的、树干巨大枝叶繁茂的乡土树种有樟树、垂叶榕、细叶榕、构树、朴树、阴香、白兰、木棉、石栗、荔枝、龙眼、蒲桃、马尾松、大叶紫薇、南岭黄檀、枫香、海红豆、乌桕、逼迫子、榲树、人面子（俗称银捻）、山牡荆、猫尾木、橄榄、鱼木、水榕（俗称水翁）、黄牛木、苦楝（俗称森木）、铁冬青、幌伞枫、黄皮、木樨（俗称桂花）、萍婆、假萍婆、榔榆、鸡蛋花、华南苏铁、落羽杉、短叶罗汉松、罗汉松、荷花玉兰、阳桃、红鳞蒲桃、水石榕、重阳木、枇杷、桂木等。从香港、台湾和国外引种的树种有白千层、大王椰子、银桦、柠檬桉、湿地松、羊蹄甲（多种）、南洋榲、南洋杉、腊肠树（阿勃勒）、凤凰木、杧果、红胶木、大叶桉（多种）、阳桃、柚木、人心果等。

现存只有2棵或1棵的老树名木有：苏铁、竹柏、牛心果、南紫薇、多花蒲桃、卫矛叶蒲桃、多花白竹子、杜英、银叶树、白颂树、长叶柞木、余甘子、银柴、边沁石斑木、牛蹄豆、花榈木、格木、大叶合欢、大叶相思、斜叶榕、降真香、光叶柿、二色柿、三脉马钱子、珊瑚树、复序厚壳等。

百年的老树名木对于康乐园的生态效益和构建景观特色的价值是难以衡量的。树木在其生命周期中也会衰老死亡。树木种类的更替是必然的，在校园中，除了不断栽种原有的优良树种外，还要有意识地增加新的优秀树种，使校园内的园林树木的种类更加丰富多彩。

据近20年的跟踪观察，康乐园中因白蚁为害、枯死而消失的树种有：弹帽桉、常桉、巴西橡胶、海桐花、使君子、白桐树等。其中的一棵常桉，据缪汝槐教授说，为我国大陆仅有的一棵，在南门内410号西南，最近几年已被砍除。巴西橡胶，在南门内西侧，校园内仅此一棵，近几年消失了。海桐花，本是灌木，经百年的栽培又长成小乔木，极为罕见，因白蚁为害，已于2017年枯死。该树种目前校园中仍有不少，都是灌木。使君子，为百年巨型藤王，极为罕见，主干铺地，枝叶繁茂，因衰老，多年前已枯死。白桐树（俗称丢了棒），因607栋修建一户一间的“杂物房”，被砍掉。爬藤榕，309号（陈寅恪故居）门前，本校园仅有的一棵，为一棵主干粗大，枝叶茂盛的藤状植物，数年前已被砍掉，树头仍在。

由于人的不当行为，有两种只有一棵的珍稀树种受严重伤害，几乎要在康乐园中灭绝，幸好它们有顽强的生命力躲过一劫。滇刺枣，在电教中心与公共科室的262栋东侧路边。1997年9月29日，国庆前全校大搞环境

卫生，有几位学生将垃圾树叶堆放在其树头附近点火燃烧，几乎将此树烧死，万幸，翌年春树头处长了几枝幼苗，现已长势茂盛的一丛。澳洲坚果，在爪哇堂西北侧的原“昆虫园”内，几年前因“砍树种草”的绿化理念而砍掉，翌年春天树头处长出一丛新苗，不致灭绝。

目前，校园内有的树种逐年减少，如台湾相思、木麻黄、大叶桉（多种）、苦楝、豆梨……

不仅触目皆是的景观树种大王椰子、柠檬桉、南洋杉的芳容深深铭刻在中大学子的心中，就连深藏在树林中的一棵百年树王人心果也在中大学子难忘的记忆中。去年夏天，外语系毕业多年的校友，身居海外，还专门请托他的亲友到中大原外语系办公室（东南区261号）东侧探看那棵人心果还在否，如在，请拍几张照先发给他，以观其芳容。在大钟楼西侧斜坡上的那片杜鹃花（映山红），为近百年的灌木丛，多少中大学者、诗人为她咏诗作词，如陈寅恪、邬和镒、易汉文、黄学林、徐主平、王启光等盛赞她。1952年春，杜鹃花盛开时，陈寅恪教授创作了《咏校园杜鹃花》：“美人秾艳拥红妆，岭表春回第一芳。夸向沉香亭畔客，南方亦有牡丹王。”几年前大钟楼一片有10多棵杜鹃花，在大钟楼周围环境“美化”时，受到严重伤害，现在只有2棵了，她的命运令人担忧。还记得10多年前学校园林部门曾从外地采购了10多棵，种在其附近，连成一片，让其“映山红”。可是，她们“水土不服”，不过三年全部先后枯死。

康乐校园的老树名木还有鲜为人知的一功是，为广东地区提供了种源。每年大王椰子、湿地松等珍稀树木果实成熟时，不仅广州的园林部门和珍稀树木种苗培植者都到康乐校园采集种子，甚至肇庆林科所员工曾多次专程来马岗顶北坡湿地松林地搜集松树种子。据报道，广州华南植物园的“梨竹”是1958年从中山大学康乐园中引种，2010年4月才结果。她已成为园中一宝。中大康乐园那丛也同时结果，果实累累，十分壮观。此后枯死了不少。目前，这种稀罕竹种在康乐园中只有一小丛，孤伶伶独居一隅，其前景令人担忧。

《中大老园丁》第4期第31—34页

康乐园的热带雨林林相景观

热带雨林是高温多雨，年平均温度20 ℃以上，冬月温度振幅很小，年降雨量2000毫米以上，而且分布均匀，无干旱季的林区，如亚洲的东南亚热带雨林和南美洲巴西亚马逊热带雨林。据邱华兴、张超常等7人1955年的毕业论文《康乐校园植物》记载，康乐校园地处南亚热带，气候一年四季变化不大，年均温度22.1 ℃，冬季一、二月平均最低温度14～15 ℃。相对湿度70%左右，年降雨平均1639.8毫米，三至九月为雨季，十月至翌年二月为旱季。校园中的林木绝大多数为引种的热带亚热带种类，多为常绿乔木，只有少数种类如木棉、榅树、凤凰木、苦楝、龙牙花等为冬季落叶乔木。百年来，校园自建校至今不时引种栽培，其来源多方面，多引种于国内的海南、北江地区和香港，国外引自美洲、澳洲和东南亚各国。按照景观和教学需要进行栽种，造就康乐园的园林景观。

康乐校园虽然不属热带雨林，但具有不少热带雨林的林相景观特征，其原因除了气候因素外，还有热带地区引种的树种仍保存着其固有的遗传因素，在异地表现出其原产地的生物学特性。康乐校园所表现热带雨林的林相景观特征有6种：

1. 藤本植物缠绕着树木（图版II 1 禾雀花藤缠绕在白兰树上）。

2. 大乔木的板根发达，这是热带雨林的重要林相特征之一。校园中木棉和枕果榕的板根最为典型（图版II 2 枕果榕的板根）。

3. 榕属植物树干上长出很多硕大的支柱根，其中以印度橡胶榕最为显著（图版II 3）。

4. 老茎生花结果现象。校园中对叶榕（图版II 4）较常见此种现象，阳桃和波罗蜜（木菠萝）也有这种现象。

5. 老龄乔木长有附生植物，校园中的老龄树木有数十种几百棵的树干上为附生植物所覆盖，尤以樟树和水榕（水翁）最为典型（图 II 5 水榕）。

6. 根蘖现象，有利于植物的蓄衍更新，是热带雨林的重要生物学特性之一，校园中最为典型的是在竹种标本园中和马岗顶的散生竹，竹根长竹笋成竹子（图版Ⅱ6）。

写于2023年5月，未发表

百年“竹种标本园”历沧桑

位于康乐园西南区，建于20世纪20年代，历经百年沧桑，繁衍不息的竹种标本园有别于常见的竹园，弹丸之地却拥有我国最多竹子种类的活体标本，是一座竹类植物活体标本馆。它是生物博物馆不可分割的一部分。在20世纪90年代，生物博物馆建馆选址时，张宏达教授等就考虑到与竹园连成一体的因素。至于模式标本，或许只有从事生物学，尤其生物系统分类研究的专家才能真正体会到它的含义和科学价值。岭南大学时期，在校园内的各个区域共有5个竹园，是该校园林绿化的一大岭南特色。据岭南大学生物系员工、生科院退休的97岁刘元老师说，那时5个竹园由范龙和冯钦两位师傅管理。1952年，院校调整后，冯钦师傅仍在中大生物学系管理竹园。在上世纪70年代初我也听冯钦师傅说过，岭南大学时期康乐园的竹子约有200种，其中有两种丛生竹，命名者即竹类研究专家McClure于1931年，以冯钦师傅的姓名funghom（广州音）命名竹名以示对冯师傅管理竹园的贡献的肯定和对他的尊重。据植物标本馆廖文波教授查证，其学名为*Schizostachyum funghomii* McClure，广东俗称为罗竹或沙罗单竹，在中大，人们称之为“冯钦竹”；1937年，为了感谢冯师傅，McClure又将另一种俗称鸡窦簕竹的竹子命名为“冯钦竹”，其学名为*Bambusa funghomii* McClure。据植物标本馆缪汝槐教授说，原来在西大球场西南角有一丛冯钦竹（罗竹），大概在20多年前在校园环境整治中，这一种活体模式标本被毁灭了。如果当时施工者征询一下张宏达教授等植物教研室的老师，相信“冯钦竹”仍在康乐园繁衍着。

中山大学从石牌迁入康乐园后，随着教育事业的发展，学校建设用地之需要，5个竹园已有4个竹园先后因改作他用而消失。在20世纪80年代，有人对唯一保留下来的西南区竹园虎视眈眈的时候，有识之士——时任中山大学校长黄焕秋同志慧眼识宝，指示要保护这一瑰宝。生物系主任、植物分类学家张宏达教授动用自己有限的科研经费，在竹园周围修建了坚固的围栏，对保护好这片竹林发挥了极其重要作用。后来围栏被拆掉，竹园成了无厣鸡笼。2004年，80周年校庆之际，学校还拨专款从各地引进50种竹子，使竹园的竹种恢复到110种。张宏达教授亲笔题园名为“竹种标本园”，为我国著名的竹种标本园之一。竹种标本园这一瑰宝的保留、恢复、发展，黄焕秋校长和张宏达教授功不可没。尽管如此，竹种标本园仍厄运多多，某年，幼儿园要扩容，看中了这一宝地，张宏达教授忍痛划了一小块竹园之地给幼儿园扩建之用。生科院因研究生毕业论文需一块地种植其它实验植物，竹园又被“借用”了一大块。几年前，西大球场修建地下停车场，又有人看中了竹园，计划在竹园中开一条汽车出入通道，幸好，当时生科院的领导和相关教师极力反对，竹园才躲过这一浩劫。

竹种标本园既是中山大学的一张名片，更是生科院的一张名片。它的生物学意义和对校园人文景观、校园文化的作用不可低估。它地处学校党政机关办公所在地中山楼的后院，地位显赫。为此，我建议：

1. 竹园的管理可由学校每年拨出专款，由生科院生物博物馆植物研究室（植物标本馆）雇请专人管理，因为竹种标本园的管理有一定的专业性，有别于一般的园林绿化管理。

2. 竹种标本园已是近百年的老竹园了，竹子生长环境越来越差，为了保证竹子有良好的生长环境，近年应有计划地从园外运入泥土，培厚土壤，改良竹子生长繁衍环境。

3. 要把生科院北侧那块被“借用”的地块，完璧归赵，还园予竹，将现有的植物移走；并有计划地从外地引种一些竹种，增加竹种的种类。为了铭记张宏达教授对竹种标本园的贡献和纪念他对茶科分类研究的卓越成就，建议将此地块的各种茶树移种到生科院北院西那块空地上，建立小型的“张宏达教授茶园”，与竹种标本园相邻。当然，这要征得学校发展与管理办公室领导的同意。

4. 每年要有计划地清除那些老死的竹子和覆盖竹子的藤本植物及杂

草，以利于竹子生长，也不至于影响校园的生态景观。

5. 每年竹子长笋季节，竹园管理人员协同校警加大力气管理，防止有人偷笋，因为无论是散生竹的一片竹林，还是丛生竹的一丛竹子，必然有爷、父、孙。世代同堂，竹子才能繁衍不息，保持种族繁荣。竹子行无性繁殖，只有父代才有长笋的能力，而且其繁殖期只有5年左右，尽管爷代可活二三十年，但爷代已没有繁殖能力。据我最近几年观察，有的竹种连续几年都没新竹成材补充孙代，皆因偷笋者猖獗，如再不加强管理，这些竹种将在竹园濒临灭绝。

《中大老园丁》2019年第2期第25—26页

昆虫园的变迁

早期的昆虫园

昆虫园不仅是岭南大学时期昆虫学教学、研究基地，也是康乐校园中的微型植物园。园内一年四季树木成荫，鲜花争艳，植物种类甚为丰富，为康乐园中植物种类的缩影。20世纪五六十年代后，昆虫园虽已失去昆虫学教学、研究的功能，但仍然是生物学系进行植物形态和分类学的室外教学园地。弹丸之地的昆虫园可进行一整天的教学活动，可见当时植物种类的丰富度。

据华立中教授回忆，坐落在西北区爪哇堂西侧的昆虫园占地面积约10亩，园内的房子是一栋平房，集研究室、养虫室、标本室于房中。园内不仅是良好的教学、研究场所，也是一个小花园。老园丁伍师傅精心培植园林树木，将花花草草摆放得整整有条，别具一格，步入园内，心旷神怡。岭南大学时期，园内除了昆虫研究专家贺辅民（W. E. Hoffmann）、嘉理思（J. L. Gressitt）、周郁文外，还有研究辅助人员刘顺邦和绘图员梁凤清（91岁，生科院昆虫所退休教师）。贺辅民是半翅目昆虫研究专家，嘉理思是叶甲科和天牛科昆虫研究专家。他们在昆虫园里做了大量的研究工作，发表了许多论著。嘉理思和周郁文合作的《中国柑桔果树介壳虫及其生物防治之初步研究》著作，在广州岭南大学自然博物采集所专刊发表。昆虫园也是广州岭南大学自然博物采集所之所在地。据贺辅民于1935年在《岭南学报》第4卷第3期发表的论文《岭南自然博物采集所》记载，1916年，岭南大学已开始采集植物标本，并成立植物标本室。1917年生物学系成立，并开始采集动物标本供研究和展览之用。翌年，植物标本室并入生物学系，同时，对本省的动植物标本进行采集。1932年，岭南大学切实施行研究工作，为使教学与研究均衡发展，将生物学系分为以教学为主、归属文理学院的生物学系和以采集和研究动物的研究机构，命名为岭南自然博物采集所，为直属于学校的高级行政机构，其级别高于本校各学院任何部门。生物学系主任贺辅民教授兼任主任，贺辅民、莫古礼教授（研究经济植物学）和麦加福博士（研究植物分类学）等三位高级职员为生物学系和本所理事。后来，贺辅民、嘉理思等曾多次到四川、云南、广西和广东的海南及粤北等地采集了大量昆虫标本。1952年院校调整后，原岭南大学自然博物采集所移交给中山大学生物系的昆虫标本有18万多头，目前仍保存在中大生物博物馆昆虫标本馆中。多年来，这些标本曾为国内外许多昆虫分类研究专家所利用。值得一提的是，他们在昆虫园里曾对几百种鳞翅目蛾类等昆虫的生活史和生物学特征进行饲养观察研究，将每一种观察研究结果都记录在卡片上。这些卡片目前仍保存在生物博物馆昆虫标本馆的资料室中。在20世纪60年代，中国科学院动物研究所夜蛾科昆虫研究专家陈一心研究员曾查阅过这些资料，这些资料为其编写夜蛾科经济昆虫志提供了许多有用素材。可见，这些沉睡了几十年的研究资料还是有利用价值的。

中华人民共和国成立初期，尽管外国昆虫研究专家已撤离回国，但是昆虫园仍保留原来的格局。园内的老园丁伍师傅仍把花草林木管理得整整有条。当时，校党委书记龙潜同志和校党委书记、副校长冯乃超同志曾先后到此园视察过，他们盛赞这里的花草林木和老园丁的精心栽培。伍师傅奉送了一盆盛开的艳丽鲜花给冯乃超同志。

昆虫园的植物

小小的昆虫园里植物种类繁多，中山大学生物系植物学专业1950级丘华兴、李娉嫦、李霭文、沈业英、张超常、黎敏萍、王伯荪等7位同学1955年6月的毕业论文《康乐校园植物》记载的植物有：康乐校园植物145科中昆虫园有80科，占55.17%；康乐校园566属中，昆虫园有193属，占34.09%；康乐校园880种中，昆虫园有233种，占26.47%。有两点必须说明的是：

1. 本论文所记载的植物种类没有包含校园的全部植物种类，禾本科只记述禾亚科，而竹亚科的有几十种没有鉴定描述，不在列；蕨类植物也未列入；康乐园中从澳洲引种的38种桉属植物，只鉴定和描述了16种，其余的因资料不足，也未列入。据岭南大学1947年编著的《康乐园植物》一书记载，康乐园植物有332科1397种，可惜没有标明每一种的具体分布区域。此书是岭南大学昆虫园工作的职工刘顺邦老师珍藏的，他于1987年退休时将此书送给我，近日经翻箱倒柜才找到，后来我送给生物博物馆保存。

2. 在昆虫园的233种植物中，有105种只在昆虫园中有栽培，在校园的其他区域无其踪影。

面目全非的昆虫园

昆虫园的变迁是教育事业发展的必然结果。中华人民共和国成立后，1952年，随着全国高等院校院系调整的潮流，中山大学从旧址石牌迁入康乐园，原岭南大学的部分院系并入中山大学，原中山大学的少量院系并入其他院校。康乐园为中山大学的发展提供了更广阔的空间。原中山大学迁入康乐园后，随着国家教育事业的飞跃发展，因教学科研的需要，几十年来，在保持“岭南”特色的校园风格的前提下，利用了一些“荒芜”地块和拆除了没有保留价值的建筑，新建了许多楼宇，增加了大面积的教学、科研、办公用房和学生、教工住房。昆虫园也发生了很大变化，面目全非，原来的平房早已拆除，先后在园内新建了三栋楼房，同位素楼、邹（福强）梁（意昭）楼、纳米技术研究和显示材料与技术研究楼拔地而起，为学校的教学、科研发展发挥了作用。当时的生态环境和生物物种保护意识淡薄，造成了许多植物物种的消失。现在，园中的林木和植物种类屈指可数。昆虫园的名字早也已被康乐园中人所遗忘，只有几十年前曾在园中工作、学习过的耄耋老人在脑海深深印记着她的名字和容貌。几年前，因个别人对园林绿化、美化校园采用砍树种草的错误理念，竟把园内的一棵古树名木澳洲坚果砍掉，生科院的师生极为震惊。植物是生物体，有一定寿命，这是自然规律，但也要防止人为破坏，尤其是古树名木、珍稀物种。校园的园林树木的更替要遵循树木生长的自然规律。

《中大老园丁》2018年第4期第25—26、27页

蜂趣

蜂类是人们熟悉的一类昆虫。其中，蜜蜂所酿造的蜂蜜为人人皆知的、老少咸宜的最佳天然食品。其实，蜜蜂访花传粉为人类所创造的财富远远大于蜂产品的价值。微小的寄生蜂在自然界中所起的生态平衡作用，只有从事其研究的生态学家才能作出恰如其分的评价。

人们通常称的“马蜂”主要包含胡蜂、马蜂、土蜂等蜂类。“马蜂”和蜜蜂都是有自卫能力和报复性很强的社会性昆虫，雌性蜂中的工蜂（职蜂）腹部末端的产卵器特化成毒针，若人畜侵占了其领地，毁坏了其巢穴，可惹来“杀身”之祸。因此，人们将之冠名为“恶蜂”“毒蜂”，甚至把少数极其恶毒的蜂种称为“杀人蜂”。除了美洲的毒蜜蜂等极少数种类外，在自然条件下，蜂类在人的身边飞舞或偶尔飞入室内也不会主动伤人，充分体现了蜂与人都属地球生物圈成员并能和谐相处的特性。四川成都黄田坝有一户三口之家住在一间只有15 平方米的房中，与一窝胡蜂同住七年之久，主人善待胡蜂，野蜂通晓人性，感恩主人善待，从不伤人，成为人与野蜂长时间和谐相处的范例。出于动物的自我防卫本能，如遭到外界侵犯，蜂必与入侵者决一死战，即使是人类驯养了两千多年的蜜蜂也不例外，当其群体遭到侵犯时，它们将拼命搏斗，舍生忘死，野性暴露无遗。2005年11月10日，本校生物博物馆南侧路旁白千层树近树顶部有一墨胸胡蜂巨型巢，被消防队击毁，无家可归的蜂四处逃逸，数以百计的蜂飞入博物馆4、5楼走廊及各室追袭人们报复，有5人被蜇伤，这是人视野生蜂为敌而引发人蜂都不得安宁的典型案例。

“马蜂”与蜜蜂有许多共同点：都属社会性昆虫，营群体生活于巢中；群体中有雌性的蜂后（蜂王）、职蜂（工蜂）和雄蜂，蜂王与雄蜂专司生殖职能，工蜂担负群体中的一切“劳务”；巢室呈六角形结构，巢室分层排列成巢脾；具有益与害的两重性。“马蜂”捕捉其它昆虫为食，属肉食性，但也会取食含糖类的成熟植物果实；而蜜蜂以花粉花蜜为食，为植食性昆虫。

多年来，笔者对蜂类颇感兴趣，今年曾在校园各区察看了半年，借助望远镜观察蜂类的营巢习性。在康乐园，最常见的“马蜂”有两种，一种是墨胸胡蜂，在木棉、白千层、柠檬桉、银桦等树的顶部，尤喜在木棉树筑巢，巢体大型，外露，是职蜂口衔虫尸、植物碎屑等纤维物质加上唾液，再以上颚、触角和足协同筑成，紧紧附在枝干上，初筑时呈圆球形，建成后呈椭圆形。有蜂居住的巢，能经受狂风暴雨的袭击。巢外层呈艳丽的螺纹状，防水性极好，巢内有巢室组成的巢脾7～8层，可容纳数以千计的蜂。今年，在校园内找到21巢，大的像水桶，小的似足球，多在离地面约20米高的树顶上，占据制高点，纵观四方，捕食各类昆虫，尤其是林木害虫，是园林树木害虫的天敌，为园林树木的“保护神”和维持生态平衡的有功之臣。据笔者在封开黑石顶和连州大东山保护区多年的观察，这种蜂在低矮的植物或草丛中筑巢也甚为常见，也偶有在庭院中低矮的树木中筑巢。2004年，冼为坚堂院内绿化带的一棵灌木便有一巢。如遇这种情况，宜在筑巢初期，趁巢体较小，蜂数较少时，在晚上烧毁之。这种蜂，体黑褐色，有棕黄色斑纹，体长23毫米左右，报复性极强，恶毒，对骚扰者会穷追不舍，应小心待之。

另一种为黑盾胡蜂，喜在墙缝、树洞等隐蔽处做巢，巢体不外露，巢较小。蜂体黄色，有黑斑，体形略小于前种，活动范围较窄，也不及前种恶毒。笔者近几年在校内见过数巢。2001年10月9日，应房主之邀，在蒲园区某栋305室，于久无人居住的室内书桌抽屉里药杀了一巢，收集成虫蜂数百头，整个抽屉为巢体填满，巢脾分四层，室内仍有不少卵、幼虫和蛹。2004年，校医院西北侧墙缝里有一巢，晚间趁蜂已归巢药杀，效果很好。2005年，生物博物馆南侧路旁一棵白千层树头内空洞中有一巢，有不少蜂飞出飞入，从不伤路人。2007年7月，校工会门外信箱内有一巢，笔者接电话后到现场察看，巢已被捣毁掉落地上，仍有不少蜂恋巢不忍飞离。

真正的“马蜂”在校园中时或可见，但其巢体小，群体小，数量也少。

生态环境失去平衡而导致某些害虫爆发成灾，是农林牧生产中常见的现象。国内某些地区恶蜂成灾，伤人事故频频发生。2000年10月，四川夹江县发生胡蜂蜇伤数百人，两人死亡，该县请防化兵动用火焰喷射器烧杀恶蜂，成为国内人蜂大战的典型案例。2005年9月至10月间，陕西安康市所辖七县区发生恶蜂蜇伤数百人、十多人死亡的大面积恶蜂伤人事故。无疑，灾区的生态环境发生了变化，如种植业的过于单一，恶蜂喜食物过多而导致恶蜂畸形增殖。上述两例足以告诫人们，保护生态环境，注重生态平衡何等重要。

万一给蜂类蜇伤，可用淡碱水、氨水或肥皂水等碱性药液涂洗伤处，中和毒液。如在野外，还可用自身的尿液涂搽伤处。不能用酸性的物质或热水洗敷，以免增加毒性和加速毒液的扩散。如被蜜蜂蜇伤，应先将其毒针拔出，然后涂搽药液。

《中大老园丁》2007年第4期第21—22页

（二）我与生物博物馆（昆虫标本馆）的不解之缘

生物博物馆的前世今生

昔日艰险经历

1924年3月3日，国立广东大学（1926年8月17日更名为国立中山大学）成立生物学系。1926年10月，中山大学生物学系拆分为植物学系和动物学系。由于黎国昌教授、费鸿年教授、陈焕镛教授和辛树帜教授等多次组织采集队到两广及琼崖等地采集动植物标本，标本积累日益增加，1927年6月，中山大学建立了比较完整的植物标本室和动物标本室各2间，标本制作室1间。1928年9月中旬，校长戴传贤以动物学系和植物学系“学生过少”为由将两系复合为生物学系。费鸿年被任命为生物学系主任。1926年4月，生物学系师生成立“中国南方生物学会”，12月成立“中国南方生物调查会”。同月，学校派调查会会长黎国昌教授、费鸿年教授和两名技师任国荣、邓俊民前往两广全省及琼崖各地采集动植物标本，为期三个月，采获标本五六千种，开创国人在粤从事生物学研究的先河。直到1949年新中国诞生，生物学系先后组织超过50次野外采集动植物标本，其中1931年4月13日至12月13日，野外采集历时8个月，在广西、贵州的两省采集到了大量的动植物标本、矿物岩石标本。野外采集时间超过3个月的有5次，2个月以上的有4次。老一辈生物学家的足迹踏遍广东（含海南）、广西、贵州、湖南、香港、台湾。在当时，采集条件非常艰苦，交通不便，土匪横行，盗贼猖獗，猛兽、毒蛇、恶蜂侵袭，人身安全毫无保障。尤其1937年至1945年间，日本侵略军的铁蹄践踏中国大地，1937年8月，日寇的军机轰炸中山大学的石牌校部，导致学校无法正常上课，数次迁校，虽然生活、教学条件极度艰苦，但是生物学系随校迁到哪里，动植物标本采集就到哪里。在云南澄江时，生物学系的师生学习、生活、工作热情很高。1939年7月，董爽秋、张作人、任国荣等教授带领8位毕业班学生到云南大理考察采集动植物标本，收获颇丰。除了组织野外采集，还组织各种形式的学术活动。在学校回迁到粤北坪石时，任国荣教授、张宏达老师组织学生到广东北江考察，采集动植物标本。为生物博物馆（生物标本馆）动植物标本积累付出了艰辛劳动，作出卓越贡献的老一辈生物学家陈焕镛、辛树帜、黎国昌、费鸿年、吴印禅、任国荣、石声汉、黄季庄、董爽秋、张作人、周宇垣、张宏达、李国藩、范增浩、何椿年、蒋英、蔡国良、顾铁符、陈兼善、姜哲夫、邓俊民、何观洲、梁任重、尹庭光等，还有他们为数众多的学生、本科生和研究生，他们所采集的标本，有许多仍保存在生物博物馆中，供后辈的研究者们研究，也有部分在展厅中陈列展出，供大众参观、学习。

值得一提的是，原岭南大学自然博物采集所的贺辅民教授（W. E. Hoffmann）和嘉理思教授（J. L. Greesitt）等组织采集的18万号昆虫标本已于1953年9月移交给中山大学生物学系，为建立中山大学生物学系昆虫标本室打下了基础，功不可没。据记载，中山大学生物学系生物标本采集队有昆虫标本采集记录的，在1928年至1931年间，有4次，采获的昆虫标本数量“种类极多”。在1952年10月中山大学自石牌迁至康乐村时，却没有昆虫标本。据华立中教授说，可能是昆虫标本留在中山大学农学院（现华南农业大学）。

我们不会忘记，“标本唐家”动物标本剥制唐家传人唐启秀（“标本唐家”的第二代传人，1927年11月受聘到生物学系工作，专职制作动物标本，后来去了国立武汉大学，成为武汉大学动物标本室的“开山鼻祖”）和1927年8月受聘为生物学系技术员的唐瑞斌，他们俩剥制的动物标本形象饱满，栩栩如生，保存时间长，在动物界享有盛誉。唐瑞斌在生物学系动物标本馆制作的标本不计其数，展厅的标本中，有许多是他的作品。唐师傅于1978年退休，其子唐兆恒半路出家，继承父业。

我们格外敬重在战争年代不顾安危保护生物学系标本的陈焕镛教授和徐贤恭教授。1937年8月底，中山大学石牌校部屡遭日寇军机轰炸，12月，陈焕镛教授将生物学系4万多份植物标本与农林植物研究所的标本并合在一起运往香港储存，1938年陈教授出资在港建立一栋三层的房子，将那批植

物标本转存在这里。1941年12月香港沦陷，1942年4月，他将这批标本运回广州，存放在岭南大学校园“旧女学”（现康乐园东北区378号）楼内。陈教授为了保护这批标本等物品，不顾自身安危，多次奔波于穗港之间。

1949年9月上旬，广州临近解放，理学院院长徐贤恭教授反对学校当局要把生物标本等物品运至文明路旧校址的平山堂的决定，他参加学生的护校斗争，组织力量保护生物标本，并派人将动植物标本搬上理学院顶层，用砖头把门堵死，使生物标本得于完整地保存下来。

（前面所述主要源自冯双编著《中山大学生命科学学院（生物学系）编年史：1924—2011》，中山大学出版社2011年版。）

/ 今天传承辉煌 /

1952年，生物学系随校自石牌校部迁至康乐校园，据华立中教授说，动物标本存放在陆祐堂楼上，植物标本分散存放在外语学系（现东南区261号）附近的几栋小楼内，原岭南大学移交给生物学系的昆虫标本存放在哲生堂（时称生物楼）三楼内。1962年7月，各类生物标本搬至新建的生物楼西侧二至四楼，分别为动物、昆虫、植物标本室。1997年，生物标本再次搬到新建的生物标本馆马文辉堂，化石、动物、昆虫、植物标本各居一层楼，为馆藏标本，只对相关的研究人员开放；一、三楼设有展厅，陈列着各类供参观的展品，周六、日及节假日对公众开放，供参观、学习。2000年11月11日，中山大学生物博物馆暨广东省科普教育基地举行命名典礼，以“中山大学生物博物馆”崭新的面貌首次与公众见面。馆外门前西侧墙上挂在一起的7块科普基地、爱国主义教育基地牌匾以及正对前门的“国家二级博物馆”牌匾，是中山大学生物博物馆发展的标志。还有两块重量级“牌匾”，“国家科技资源共享服务平台国家动物标本资源库分库”和“国家植物标本资源库分库”，则没有公开展示出来。

中山大学生物博物馆生物标本保存历史逾200年，系统性保存也已逾100年。现在馆藏标本120万号（份），其中约有3490个生物物种的模式标本，含植物腊叶标本、昆虫针插标本、动物剥制标本、骨骼标本，浸泡标本和化石标本，具有鲜明的华南地区动植物区系特点，这在全国科研院所中罕见。在馆藏的历史性、特有性、广泛性、代表性、区域性等方面独具特色，因此，奠定了中山大学在中国乃至世界生物系统分类与演化科学的地位。也因此，我校生物博物馆于2013年成为国家二级博物馆，是首家高校属性的国家级博物馆；于2020年成为科技部动植物标本资源库的分库。

标本是自然历史的凭证，具有唯一性和不可复制性，是科学研究的永恒材料，承载着历代前辈学者在科学探索过程中的艰辛付出、无我的科学精神和情怀。现存的120万号（份）标本是历史的沉淀，是数以千计的生物标本采集者和制作者汗水的结晶。生命科学学院（生物学系)是生物博物馆（生物标本馆）发展的靠山。定职在生命科学学院（生物学系）的教职工，长年累月驻守在生物博物馆（标本馆）中，以此为课堂，不分昼夜，辛勤耕耘，为国家培养了一批又一批高端人才。亦以此为基地，埋头苦干，科研成就果实累累。自2000年以来，生物博物馆的发展与国家的发展同步，收藏、科研、教育三大功能发挥良好。各类生物标本年为增量近3万号（份）；科研成果方面，已统计的发表论著共729篇（本），其中SCI科学引文索引收录562篇；教育功能之高端人才培养方面，已毕业的硕士生有75名，博士生有42名，已出站的博士后有15名，在读硕士生有29名，硕博连读生有4名，博士生有12名，在站博士后有15名。

为生物博物馆（标本馆）作出卓越贡献的老一辈生物学家蒲蛰龙院士、张宏达教授、周宇垣教授和标本制作与管理人员唐瑞斌、刘顺帮、任善相老师等勤勤恳恳的敬业精神为后辈树立了光辉的榜样。他们埋头苦干和忘我的精神永存。

当今生物博物馆人才辈出，同样，他们任职在生命科学学院和生态学院，以生物博物馆为工作平台。他们率领硕士生、博士生、博士后爬高山、穿密林、足迹踏遍祖国的大江南北，不顾辛劳，采集生物标本。今非昔比，目前，生物博物馆的馆藏比20多年前生物标本馆藏数量接近翻了一番。今天群星更辉煌。

（本文未发表，文章署名李鸣光和陈振耀，由陈振耀执笔、定稿，2022年12月定稿。）

生物博物馆之魅力

/ 显赫地位，众师造就 /

本校生物博物馆是在原来生物学系动物、植物和昆虫三间标本馆集合而成并发展起来的。本馆在国内外有一定的知名度，尤其在国内高校中，名列前茅，地位显赫，是中山大学的一张名片。本馆所收藏的标本涵盖动物、植物、昆虫及化石标本，有大量的模式标本和珍稀物种标本；历史久远，最早的馆藏植物标本采于1808年。植物标本馆建于1916年，动物标本馆建于20世纪20年代，而昆虫标本馆是在岭南大学自然博物采集所昆虫标本馆的基础上发展起来的。生物博物馆所收藏的标本，是近百年来历经数代人的辛勤采集和制作成标本积聚下来的无价之宝。

目前，植物标本馆收藏的标本有20万号，其中3万号采自世界20多个国家和地区。模式标本1400种，其中主模1100个，属模20个。本馆还有一个全国为数不多的木材标本室，内藏全国各地及国外珍贵树种的木材标本2000号。本馆还附属一个竹种标本园，据记载，早在1930年，岭南大学自然博物采集所莫古礼（F. A. McClure）先生等在广东、广西、江西及越南等地做了广泛的植物调查并采集到大批标本，以此为基础建立了岭南大学植物标本室和竹种标本园。当时，竹园内栽种了从各地采集到的竹类100多种，种类之多为本国各地和东南亚各国之首。1952年院系调整时，岭南大学生物学系并入中山大学生物学系，植物标本室及竹种标本园归属中大生物系管辖。20世纪五六十年代，冯钦师傅为竹园的专职管理人员，园内还有两种竹是以冯钦的名字命名的。那时是竹园的鼎盛时期，康乐园内有5个竹园，近200种竹子。当前，必须管好这个竹园，保护好现存的竹种。

动物标本馆，至今馆藏的剥制、浸泡及骨骼标本共有3万余号，有一定数量的模式标本，规模在国内高校中名列前茅。大部分标本采于我国华南地区，具有鲜明的南方特色。收藏的标本中属国家一级保护动物的哺乳动物有大熊猫、金丝猴、长臂猿、虎、豹等18种，鸟类有绿孔雀、孔雀雉、海南山鹧鸪、褐马鸡、丹顶鹤、白鹤、白鹳、朱鹮等26种，爬行类有辛氏鳄蜥、巨蜥、鼋、扬子鳄、蟒等6种，鱼类有中华鲟、白鲟2种，以及北极熊、鸵鸟、食火鸡、企鹅、蜂鸟、天堂鸟、猩猩、斑马、土豚等国外的珍稀动物标本。自1927年以来，唐瑞斌师傅在动物标本馆工作了半个世纪，经他采得和剥制的动物标本不计其数，因此，本校动物标本馆的剥制标本秉承了“南唐”的风格。我国动物标本剥制史上有南北两家，即“南唐北刘”，两家风格各异。“南唐”是以福建籍的唐旺旺和唐启秀家族为代表，自1896年首先创业，到20世纪50年代中期，唐家三代有20多人分别在全国各地10个单位从事动物标本采集、制作和教学研究工作，为我国动物学事业作出重要贡献。在中大工作的唐瑞斌及其儿子唐兆恒是“南唐”传人。“北刘”是以河北刘树芳为代表。

昆虫标本馆，是在1952年全国院系调整时，由岭南大学自然博物采集所昆虫标本室移交给中山大学，以此为基础发展起来的。当时，有针插标本18万多号。现在，馆藏标本已超过60万号，模式标本近600种。所收藏的标本除了来自全国各地外，还有世界五大洲地区的标本。

化石标本馆起步较晚，建于20世纪80年代末，但发展很快。目前，收藏全国各地不同地质年代、不同门类的动植物化石4000多件。化石标本所涵盖的地质年代从前寒武纪、寒武纪直到第三纪和第四纪等12个地质年代。化石门类包括从原生动物到脊椎动物，由低等植物到高等植物。

新中国成立前，尤其在抗日战争前，以辛树帜、陈焕镛、费鸿年、张作人、朱洗、董爽秋、任国荣等教授为代表的生物学家为生物标本馆所作的贡献已载入中山大学史册。新中国成立以后的几十年间，已有三代从事生物分类研究和教学的教师为生物博物馆的发展添砖加瓦。老一辈的以周宇垣、吴印禅、蒲蛰龙、张宏达等教授为生物博物馆的发展作出卓越贡献。以华立中等为代表的一大批第二代生物分类学教师，他们是新中国培养出来的，对生物标本馆的发展功不可没。他们现已退出工作岗位多年了，在安度晚年，祝他们健康长寿。

当前，从事生物分类研究和教学的第三代青年教师有庞虹、贾凤龙、张丹丹、廖文波、金建华、王英永、刘阳等，正为建设国内一流的生物博物馆而努力拼搏。

馆藏标本，来之不易

据校史的有关资料记载，生物学系于1924年成立，1926年5月至6月便组织队伍到广州近郊采集植物标本，此后，陆续到省内及邻省各地采集动植物标本。在那个年代，到深山老林采集标本不是件容易的事，盗匪猖獗，野兽出没，人身安全没有保障。自1928年5月至8月辛树帜教授率领生物标本采集队前往广西大瑶山、大明山开创性地大规模采集标本以来，直至新中国成立，生物学系曾组织数十次之多的前往大山、海滨采集动植物标本的活动，在战火纷飞的抗日战争和解放战争期间也没有间断。

1928年7月至8月，由费鸿年教授组织的海产及渔业调查队在广东沿海湛江、北海、海南岛沿岸等地调查采集动植物标本。在海南岛再分三路，一路西线沿海，一路东线沿海，一路进入五指山，收获甚丰。

1930年3月至5月、11月至1931年1月，黄季庄老师带领采集队先后两次前往粤北，采得大量动植物标本。

6月至7月，湖南标本采集队分两个分队，一队由尹庭光带领前往城步，一队由何观洲率领前往溆浦，两个分队都遭土匪抢劫，幸好人员未受伤害，标本也未损失。

1931年4月12月，由辛树帜教授率领一个队再次到广西大瑶山等地采集；由何观洲等组成的另一分队前往贵州武陵山脉的梵净山，苗岭山脉的云雾山、斗篷山和湖南西南的金童山等地采集；还有一个分队到粤北和海南岛等地采集。为期8个月，共采得动植物标本20多万号。

1933年4月，由黄季庄老师带队，一行6人前往广西西部大明山进行全面调查采集。

1934年3月至4月和9月，系主任董爽秋教授和朱洗、张作人两教授先后率领学生到粤北瑶山和厦门考察、采集。

1936年11月，董爽秋教授领队到湖南衡山采集动植物标本，成员包括张作人教授和任国荣教授及学生共20余人。

1937年7月7日“卢沟桥事变”后，全面的抗日战争爆发。8月，本校石牌校区屡遭日机轰炸，无法正常上课。12月，陈焕镛教授将4万号植物标本转移到香港保存起来。抗战胜利后运回广州。日本帝国主义大肆入侵，战火纷飞，导致校系四处搬迁，1939年初辗转到云南澄江。复课后，7月，董爽秋、张作人、任国荣等三位教授率领8位毕业班学生到大理考察、采集。

1940年6月至7月，由董爽秋、任国荣、吴印禅、张宏达等老师率领5位毕业班学生到屏边进行为期一个多月的考察、采集。同年8月，随校迁回广东坪石办学。12月，任国荣教授率领一班学生到北江地区考察采集。1945年抗日战争胜利，在抗日战争期间，结合教学的动植物考察采集一直没有中断。可恨，日本帝国主义的铁蹄残踏了采到的大批动植物标本、教学设备和图书资料。

抗日战胜利后，生物学系领导及教师为恢复教学秩序花了不少时间与精力。1947年12月初，吴印禅教授率领生物学系毕业班学生到虎门一带考察、采集标本。1948年10月，吴印禅教授及李国藩、唐瑞斌老师率领生物学系毕业班同学到台湾各地考察采集海洋生物标本。1949年5月，系主任张作人教授及吴印禅教授率领全系毕业班学生到台湾采集海洋生物标本；李国藩老师带领毕业班学生到香港采集海洋生物标本。1949年10月14日，广州解放，中山大学开始旧貌换新颜。

（本节所述主要源自冯双编著《中山大学生命科学院（生物学系）编年史：1924—2011》，中山大学出版社2011年版。）

精品云集，亮点多多

中山大学生物博物馆自2000年11月11日挂牌成立并同时对社会开放以来，已接待近28万人次。目前，本馆为国家二级博物馆，担负着“国家、广东及广州市科普教育基地”职能，每年都要接待不少批次的大、中、小学学生。生物博物馆内所收藏的大批研究标本，每年吸引了国内外许多生物分类研究专家来参观学习。因为博物馆的一项重要功能是爱国主义教育和科普教育，因此，馆内利用了很多空间展示具有代表性的生物各门类标本，其中有很多是在动物园里看不到的，是博物馆长期沉积下来的；有些物种已在地球上消失，以期唤醒人们热爱大自然、保护生态环境、保护物种的历史责任。综合展厅、化石与生命演化展厅、昆虫展厅、脊椎动物生态展厅和脊椎动物馆藏标本陈列室所展示的许多标本具有传奇色彩，如在综合展厅中的一对亚洲象。1983年下半年，其中一头在动物园的象园里意外掉到隔离沟里而亡，另一头为了救护伴侣，也掉入沟中，殉情而死。动物园领导决定将两头死象送给我校生物学系剥制标本。栩栩如生的北极熊标本是美籍华人刘国烈先生获准于1971年2月在美国的阿拉斯加采获并制

成标本，在2005年获美国政府批准运来我国，以广州花都刘振兴伉俪名义赠送给我校生物博物馆的，来之不易。化石展厅把人们带进远古时代的生物圈里，别有一番情趣。昆虫展厅，只是庞杂昆虫世界一隅，却展现了绚丽多姿的昆虫世界。三楼的脊椎动物生态展厅所模拟的野外生态景观，把亚、非、澳三洲动物世界的活动场所浓缩在一起，其中有一座2米高似山非山的白蚁巢，堪称动物世界一绝……

《中大老园丁》2015年第3期第42—45页

生物博物馆的新篇章

中山大学生物博物馆于2000年11月11日举行开馆暨广东省科普教育基地命名典礼。开馆20多年来，她担负着的收藏、科研及教育三大功能发挥良好，并快速发展，谱写了新篇章。

/ 收藏 /

生物博物馆是生物系统分类与进化研究的基地。生物标本是不可缺少的研究材料。馆藏的标本靠常年累月的积累，靠一代又一代的研究者及其学生不辞劳苦地采集、制作、收藏。没有标本教学便成“无米之炊”了。一所生物博物馆所收藏标本的历史沉淀、标本的量、标本来源区域的广泛性和对外开放程度，足以体现其著名度和科学价值。中山大学生物博物馆是国内高校中首个国家二级博物馆，可见其地位显赫。建馆之初，既有的植物、昆虫及动物标本共有83万号（份），化石标本极少。20多年来，标本增量每年超过3万号（份）。据2010—2020年统计，馆藏标本已超120万号（份），其中植物约30万份，昆虫约83万号，脊椎动物4万号，化石标本3万号。

自2000年后，博物馆收藏的各类标本有新变化：

1. 地区的广泛性，就国内而言，已涵盖全国各地，包括香港、澳门和台湾。

2. 化石标本从无到有，现馆藏标本约3万号。

3. 共享性，每年除了为数众多的国内外同行专家来馆查阅相关标本外，还与国内科研院校及国际著名博物馆借出、借入标本数以千计（号、份），促进学术交流，提升博物馆的著名度。

4. 交换标本，与同类的国内外博物馆或标本馆交换标本，互相填空补缺，已成常态。

5. 接受赠与标本，每年都有一定数量的赠与标本到馆，其中大型标本有祖籍花都的美籍华人刘国烈、邓倩桃伉俪馈赠北极熊（图版Ⅲ 1），都是极其珍贵的。

/ 科研 /

现在生物博物馆的科研团队主要是生科院和生态学院的教师和硕士、博士研究生。他们主要从事植物、动物和昆虫的生物系统分类与进化研究。教师们的教学和科研任务都很繁重，20多年来，他们的团队走遍祖国大江南北山高林密的自然保护区、森林公园和海滨红树林。每年都要进行数十个域区的野外考察，采集标本、分子材料、动物组织样品，拍摄生态图片及视频音频资料。艰苦的野外工作只有业中人才能体会到，甜酸苦辣俱全，乐在其中。

他们团队取得了丰硕的科研成果，据2010—2020年统计，在国内外学术期刊、出版社发表、出版的论著共656篇（本），其中SCI科学引文索引收录的493篇；发表的新属49个，新物种506种，其中古生物化石40属135种。

/ 教育 /

生物博物馆的教育功能主要分两个方向：全民科普和爱国主义教育，以及高端人才培养。

全民的科普和爱国主义教育是在开放生物博物馆展厅，由经过严格培训、本校学生为主的志愿者讲解员向参观者介绍各类物种在地球生物圈中的地位与其生存环境的关系，教育民众尤其青少年，保护生物物种、保护生态环境是为了保护我们人类。生存在我们祖国大地和河流、湖泊、海洋的生物是我们国家的资源和财富，国人要珍惜爱护。为了提高参观者的兴趣和便于他们参与，经常开展一些专题展览和讲座，暑假开办学生夏令

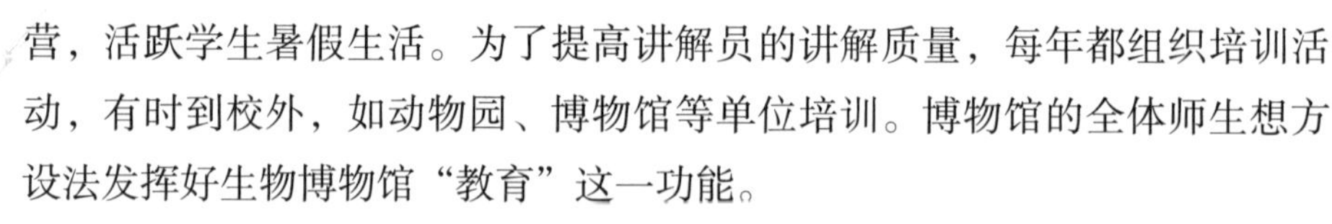

营，活跃学生暑假生活。为了提高讲解员的讲解质量，每年都组织培训活动，有时到校外，如动物园、博物馆等单位培训。博物馆的全体师生想方设法发挥好生物博物馆“教育”这一功能。

据统计，近十年博物馆年均接待参观者超1.3万人次，从2018年1月1日开始，全年免费开放（工作日仅接待预约团体），其中，2020年因疫情于1月24日至10月17日闭馆。

生物博物馆担负着培养高端人才的任务。本馆教师承担本科教学及研究生培养任务，为本科生和研究生所开课程为年均20门（图版Ⅲ 3）。据统计，2010—2020年，他们所培养的人才有：已毕业的硕士生60多名、博士生40余位、已出站的博士后10位，为国家培养高端人才作出贡献。

《中大老园丁》2021年第1期第46—48页

先师的无私奉献　珍贵的学术遗产

——中山大学生物博物馆（生物学系动物标本室与植物标本室）标本积累的苦难史

1924年3月3日，国立广东大学（1926年8月17日更名为国立中山大学）成立生物学系，费鸿年教授为首任系主任。1926年4月，生物学系师生成立中国南方生物学会，由生物系主任黎国昌任会长，费鸿年教授任动物部部长，郜重魁教授任植物部部长。

1925年11月3日，生物学系主任费鸿年教授偕陈兼善助教拟在寒假到厦门采集标本。

1926年10月，生物学系拆分为植物学系——郜重魁为系主任，和动物学系——黎国昌为系主任。拆分前生物学系教职员12人，学生3人，动植物标本4095种。1928年9月中旬，校长戴传贤以动物学系和植物学系“学生过少”为由将两系复合为生物学系。

1926年4月成立中国南方生物调查会，黎国昌教授任会长。据记载，中山大学生物学系采集动植物标本起始于国立广东大学时期。

5月至6月，生物学系与南方生物学会共同组织在广州近郊进行植物标本采集，共采获300多种，后来编成《广州植物志》。12月学校派南方生物调查会会长黎国昌教授、费鸿年教授与任国荣、邓俊民两位技师等人前往两广全省及琼崖各地采集动植物标本，除了采集动植物标本，还搜集当地黎族、苗族习俗，生活用品等材料供东方文化学院研究之用。因此，学校对这次南方生物调查会的工作相当重视，专门出具学校委员会委员长戴传贤签署的公函，亲自安排采集路线，对采集的成果给予很高期望。在采集途中，黎国昌因公提前在柳州回校，并将采获的五六千种动植物标本带回学校。这次采集意义重大，"是国人在粤从事生物研究的开端"。

1927年10月5日到8日，动物学系教授与助理员赴香港九龙大埔采集标本，共采到海产标本数百种，其中鱼类60余种，100余条，甲壳类20余种，贝类60余种，水母4种，海葵数种，棘皮动物13种，珊瑚9种，共装十多个大箱子运回学校。

10月22日，动物学系和植物学系教授再赴香港九龙大埔一带采集海产标本和植物标本，采得植物标本40多种，海产动物标本150多种。

11月4日，动物学系辛树帜教授偕同助理任国荣及植物学系助理黄季庄、学生何君等人赴广西灵山县和十万大山采集生物标本。这是中国科学家第一次到该地采集生物标本。采集队经梧州、桂平、贵县、横县、南乡、灵山县，入十万大山。

12月，植物学系主任陈焕镛教授与德国专家芬德尔教授为了进行教材研究，联合赴北江至南雄一带调查植物，采集标本。

1928年3月19日，动物学系费鸿年教授和陈达夫教授赴香港大埔采集动物标本，这次重点采集鱼类标本。

5月10日到8月中旬，辛树帜教授率领由石声汉、任国荣、黄季庄、蔡国良等人组成的动植物标本采集队前往人迹罕至的广西大瑶山、大明山采集标本。大瑶山是我国西南地区的植物宝库，但外人很难进入，因黄季庄与瑶胞结交朋友，他们方能自由进出大瑶山。他们在那里跋涉了整整三个月，战胜各种料想不到的困难，攀登险峻的山岩，穿越没顶的蓬蒿，钻过茂密的竹林，同毒蛇、恶蜂、山蜞周旋搏斗，白天在山上兴致勃勃地采集动植物标本，晚上在昏暗的油灯下采集歌谣并标注少数民族的语音，访问民间风俗。这次采集的标本大约有三四万件。其中植物近千种，3万份；

哺乳类动物10多种，100多份；鸟类100多种，近1000份；爬行类40多种，300多份，首次采集捕捉到鳄蜥28只；两栖类20多种，300多份；昆虫600多种，2000多份。另外，还第一次搜集到的瑶族服饰等物品数十件和当地风俗习惯记录1部。这次采集意义非凡，开启国内大规模采集之先河。

5月11日，植物学系主任陈焕镛教授率领学生10人前往鼎湖山采集标本。学校给驻防该地的国民革命军第四军陈可钰副军长发函，请求提供必要的保护。

5月21日，传闻日本占领中国西沙群岛，国立中山大学校长戴传贤请政府派遣一艘巡逻艇前往西沙群岛调查气候、地址、海洋、生物。由动物学系教授陈兼善和浙江水产学校制造科主任陈同白负责采集调查动物标本，在西沙群岛调查16天，采集到动物标本计有脊椎动物13种，节肢动物36种，软体动物75种，腔肠动物43种，海面动物4种。

7月6日，动物学系助教陈炳相到太湖调查淡水生物。学校致函江苏省太湖水利局，请予以惠借小汽船等支持。

7月16日，动物学系主任费鸿年教授组织的海产及渔业调查队到广东海南沿海进行考察并采集标本。考察队首先乘船到海口，再由海口到三亚，分三路进行采集。一路由费鸿年带队，由三亚经陵水，到清澜，再到西岸各港采集。另一路由大四学生吴瑞庭带队，由三亚到莺歌海采集；第三路由何觉带队，由藤桥进入五指山，再到博鳌一带调查采集。三路约定于9月初在海口集合，往北海调查，为期两个月。学校认为这次采集调查很有价值。

8月24日，植物学系助理黄季庄到云浮采集植物标本，学校致函云浮县县长刘学修及当地驻军，请求保护黄季庄。

1928年11月4日至1929年2月初，生物学系辛树帜教授等人组织考察队对大瑶山进行更大规模的考察、采集，他们所去之处比第一次增加了一倍。在三个月中所采获的标本仅鸟类就有100余种，2000余份，其中60多种都是首次发现。

1929年3月中旬，生物学系辛树帜教授派采集队到海南五指山采集动植物标本。

4月6日至6月9日，生物学系派标本采集队第三次到广西大瑶山采集动植物标本。采集队做了精心准备，队伍十分庞大，队员13人，挑夫36人，警员4人，共53人，竹箩筐行李等31担，在蜿蜒途中，极为壮观。队员包括黄季庄、吴印禅、梁任重、何观洲、蔡国良等人。这次采集的动物标本有：哺乳类百余个，20余种；鸟类1150个，170余种；爬行类（蛇）280余条，35种；两栖类140个，30余种；昆虫类，种类极多，其中以天牛及蝶类居多，计有140余种，1500双，为历次昆虫采集种类之最。植物标本共有400余号约300余种，4000件，分装10夹。由于大瑶山"时局不稳"，"有大批土匪盘踞""于采集工作殊多障碍"，学校专门给沿途的象县、修仁县县长发函，请求派警员予以保护。

5月27日至6月1日，生物学系大埔墟、澳门采集队在辛树帜教授带领下，一行6人前往香港、澳门、中山县采集植物标本，共采集获得标本600余份，100余种。

6月14日，生物学系主任辛树帜教授派大瑶山采集队队员何观洲从广西转道湖南，到安化、衡山等地采集标本，此次采集历时近一年时间，采集到有价值的标本千余种，对于湖南植物分布情况已知大概。其中在岳麓山采获的标本计有400余种，3000余份。

6月17日，生物学系主任辛树帜教授拟暑假组织采集队前往海南岛采集水产标本，并入五指山采集动植物标本。

11月24日，学校因生物学系辛树帜拟率领采集队赴瑶山一带采集标本，为旅途正常防卫，由学校拨给枪支发子弹，并请求第八总指挥部发给护照，是日，取得经字135号护照。

1930年2月19日，生物学系主任辛树帜教授致函校长，请求拨款，支持生物学系进行第四次广西大瑶山标本采集，同时支持采集队到湖南、贵州南部进行标本采集。

2月27日，生物学系湖南采集队出发北上，采集队由技术员何观洲、尹庭光、唐瑞斌3人组成，学校专门为此发函，请湖南省政府通知各县政府及教育局对采集队提供保护和指导，并发给采集护照。采集队在湖南武冈及云山、大关山、金紫山等地采集到大量动植物标本。6月17日，生物学系湖南采集队员尹庭光所率领的采集分队在城步山中遭土匪抢劫，被劫去猎枪1支，土鸟枪2支，子弹30余发，衣服等生活用品多种，损失物品价值毫券400余元。7月19日，何观洲率领的采集分队在湖南溆浦遭到20多个持枪土匪抢劫，何观洲用与土匪"结友"的方式巧妙地保护队员的安全并保存辛辛苦苦采集的标本。

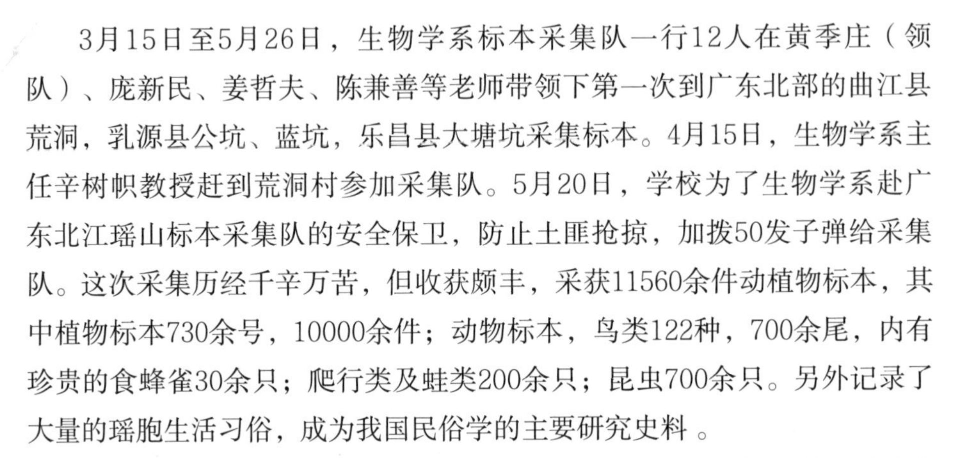

3月15日至5月26日，生物学系标本采集队一行12人在黄季庄（领队）、庞新民、姜哲夫、陈兼善等老师带领下第一次到广东北部的曲江县荒洞，乳源县公坑、蓝坑，乐昌县大塘坑采集标本。4月15日，生物学系主任辛树帜教授赶到荒洞村参加采集队。5月20日，学校为了生物学系赴广东北江瑶山标本采集队的安全保卫，防止土匪抢掠，加拨50发子弹给采集队。这次采集历经千辛万苦，但收获颇丰，采获11560余件动植物标本，其中植物标本730余号，10000余件；动物标本，鸟类122种，700余尾，内有珍贵的食蜂雀30余只；爬行类及蛙类200余只；昆虫700余只。另外记录了大量的瑶胞生活习俗，成为我国民俗学的主要研究史料 。

4月2日至6日，生物学系陈达夫（陈兼善）教授带领一年级学生到香港大埔采集动物标本。

11月11日至1931年1月10日，生物学系标本采集队一行7人，在助教黄季庄的带领下第二次到北江桂头、瑶山一带采集标本，采集队员有梁福泰、姜哲夫、方达成、张级等人。这次除采获大量的动植物标本外，还对瑶族同胞的生活习性、风俗等进行了考察，采获了大量歌谣、婚丧嫁娶等资料。

1931年3月底，生物学系组织赴贵州采集标本，采集队由8人组成，由技师何观洲领队。

4月10日至6月20日，生物学系组织采集队到广西大瑶山、贵州等地采集标本。这是生物学系第四次组织采集队到大瑶山采集标本。采集队分罗香支队和罗蒙支队，由庞新民、黄季庄、李方桂、姜哲夫、姜礼荣、叶忠、梁任重等人组成。在大瑶山的罗香、古陈、罗蒙等村采集标本的同时，还对当地瑶族的社会生产、生活习俗作比较详细的描述，并首次进行了比较研究。综合1930年春的调查，由庞新民写成《两广瑶山调查》，于1935年由中华书局出版，其内容偏重于衣、食、住、行和婚姻、宗教等。辛树帜教授等人先后四次组织采集队深入广西大瑶山和贵州苗岭山脉的云雾山、斗蓬山、梵净山，湖南南部的金童山，广东的北江乐昌、瑶山以及海南岛等地，采集的标本达20余万件，其中鸟类、兽类标本一直保存至今。可惜一部分两栖类、爬行类和鱼类标本在日本侵略者的铁蹄下丢失了。辛树帜教授等在大瑶山等地的数次调查采集，采获许多新属新种，尤其在罗运的小山谷里发现鳄蜥和许多鸟类新种，填补了世界动植物的空白。

4月13日至12月13日，生物学系赴贵州标本采集分队在广西平南与总队分离，赴贵州采集标本。采集分队由何观洲、张级等组成，采集分队经历了队员重病、交通极其不便（半个月仅走了300里路）、盗贼猖獗、经费缺乏等难以想象的困难，历经8个月，在云雾山、谷青山、梵净山等地采集到大量珍贵的动植物标本、矿物岩石标本、化石。其中植物标本1800余种，1万余件；动物标本，哺乳类11种，20余个；鸟类113种，730余个；鱼类40余种，150尾；两栖类七八种，50余个；爬行类30余种，65个；昆虫100多种，900余个；动植物化石10余种；矿物岩石60余件。有重要学术意义。许崇清代校长曾专门致电贵州省府主席毛光翔，感谢其对采集分队提供的大力帮助。

1933年4月25日，生物学系组织采集队，由助教黄季庄带领，一行6人到广西武鸣大明山进行标本采集。这次采集队对广西动植物进行了较详尽的调查采集，借以作为五岭山脉动植物分布研究根据。

1934年3月31日至4月7日，生物学系主任董爽秋教授率领生物学系全体同学到广东北江瑶山考察动植物分布情况及瑶族生活习俗，采集动植物标本，共采获植物标本210号，动物标本10余件。

1936年11月10日至22日，生物学系组织湖南衡山采集队，到衡山采集动植物标本。采集队由系主任董爽秋教授领队，成员包括张作人教授、任国荣教授，学生陈本昌、张宏达等20余人，采集队除了到衡山广济寺、方广寺及祝融峰采集标本外，全体成员还拜会了孙科及湖南省政府主席何键。何键对该团团员努力做文化工作极为赞许。

12月7日，经校长邹鲁批准，生物学系生物考察团成立，系主任董爽秋教授参加了成立大会。

1937年7月10日至下旬，生物学系大瑶山生物调查团到广西大瑶山采集动植物标本。由黄季庄助教领队，团员共12人，包括8名生物学系学生，团务分事务组和采集组。此前入大瑶山采集五六次，这次重点在对蜘蛛类的采集以补缺。调查团先后到罗香、罗云、古陈等地考察采集，并攀上大瑶山的最高峰圣堂顶，共采得动植物本200余号。由于山区信息闭塞，黄季庄等在返回平南的途中，才由一位蔡姓老乡告知，“卢沟桥事变”爆发，抗日战争开始了。

1939年3月1日，历经千辛万苦，辗转到云南澄江的生物学系学生正式复课。在澄江生活虽苦，但生物学系师生，教学、生活热情很高，除了组织到野外采集动植物标本外，每月还举办内容丰富、形式多样的学术、游艺活动的“夜月会”。

7月下旬，董爽秋教授、张作人教授、任国荣教授率领8名生物学系毕业班学生到云南大理考察，登苍山，宿中和寺，采集到植物标本300余号，其中包括40多号杜鹃花标本、100余号鸟类标本。

1940年6月至7月，生物学系组织考察队到云南屏边大围山考察，考察队由董爽秋教授、任国荣教授、吴印禅教授和张宏达老师带领5位1940届毕业班学生参加，考察队由云南河口进入屏边（金屏）大围山，为期一个多月，共采集到700余号标本。至此，生物学系在云南澄江办学期间，共采集到植物标本2000余号，大部分保存在华南植物园标本馆，一部分被吴印禅教授带去同济大学，抗日战争胜利结束后，同济大学东迁，这部分标本沉没在长江中。

因日寇进犯越南，威胁滇境，加之广东地方实力派要求中大迁回广东。8月，生物学系随校返回粤北山区坪石附近塘口办学，12月9日正式上课。

12月7至20日，任国荣教授、张宏达老师率领生物学系和师范学院博物系16位学生到广东北江考察，考察队采集到动植物标本“颇为丰富”，计有100余号。

1942年2月，中山大学农林植物部主任兼农林植物研究所代理主任蒋英教授带领研究生前往南岭山脉的莽山、衡山、阳明山一带，采集标本，并在那里建立一个拥有4万号标本的植物标本室，广东坪石沦陷后，他将这批标本运往20里外的坪游山村，抗战胜利后运回广州，与香港运回的标本合并。

4月5日至11日，生物学系任国荣教授和董爽秋教授率领学生到湖南沅江、常德一带野外实习，并在南岳衡山采集动植物标本。1月15日，学校发文同意拨给生物学系款项，支持组织南岭生物调查队进行生物调查。

9月30日，生物学系任国荣教授一行4人赴广东北江瑶山、东坡等地采集标本。

1943年3月25日，生物学系四年级本科生一行8人到湖南耒阳、衡阳，广西桂林阳朔等地进行毕业考察。

6月13日至22日，生物学系全体同学到丹霞山进行考察。

1944年4月底，生物学系组织旅行采集队到乐昌瑶山采集标本，“结果甚佳”。

5月5日至21日，生物学系组织考察队，一行16人，由系主任任国荣教授率领，到洞庭湖采集标本。这次采集成绩甚为优良，采集动植物标本各数百件，总计近千种。

1945年1月下旬，日寇进犯粤北，坪石无法进行正常的教学、科研，生物学系随金曾澄代校长，从陆路往东行，经龙川到梅县继续教学。生物学系部分老师留在连县三江镇分教处教学。4月18日复课。8月15日，中国抗日战争胜利，生物学系在梅县、连县的师生与当地人民一道欢庆抗日战争胜利。10月上旬至中旬，生物学系从梅县迁回广州。1940年1月7日，生物学系随学校迁回石牌校区办公。

1947年5月，受广东省政府派遣，张宏达讲师同中央研究院考察团一行8人，前往西沙群岛考察。到达永兴岛，在岛上及邻岛石岛和树岛（东岛）等地采集标本，共获100号。回程时，在海南崖县榆林港报山和戏沙等地继续采集标本。

12月5日，吴印禅教授带领生物学系四年级学生到虎门一带考察及采集标本。

1948年10月，吴印禅教授、李国藩讲师、唐瑞斌技术员等率领生物学系四年级学生前往台湾各地采集海洋生物标本。

1949年5月15日，生物学系四年级学生为了研究海洋生物形态，以充实毕业论文资料，在李国藩讲师带领下到香港考察和采集海产标本。

5月，生物学系四年级学生在系主任张作人教授，吴印禅教授带领下前往台湾各地采集海洋生物标本。

9月底，理学院植物研究所主任陈焕镛教授赴云南省进行植物调查。

10月14日，广州解放。

新中国成立前，有昆虫标本采集记录的，在1928年至1931年间，有4次，采获的昆虫标本数量、种类极多。1952年10月，中山大学自石牌迁至康乐村时却没有昆虫标本，据华立中教授说，可能是昆虫标本保留在了中山大学农学院（现华南农业大学）。

感谢冯双书记。他在生命科学学院任副院长时，百忙之中到相关单位查阅了大量有关生命科学学院（生物学系）近百年的档案和历史资料，并先后出版了2007年版和2011年版的《中山大学生命科学学院（生物学系）编年史》。不然，“无米之炊”的我写不出本文。

《中大老园丁》2023年第2期第23—30页

我与昆虫标本馆（室）的不解之缘

1953年，原岭南大学自然博物采集所18万多头（只）昆虫标本移交给中山大学生物学系，中山大学生科院生物博物馆之昆虫标本馆是在其基础上发展起来的。至今，昆虫标本馆收藏的研究标本已超过70万号。在国内高校中地位显赫，在国际上也颇有名气。这是中大人包括学生几代人爬山涉水，不辞辛劳的劳动结晶。当然，原岭南大学自然博物采集所师生也功不可没。

2013年，中山大学生物博物馆（含植物、动物、昆虫、化石馆）被评为国家二级博馆，是唯一纯高校属性的国家级博物馆，司收藏保存、科学研究和教学之功能。

结缘昆虫标本馆（室）

我与生物博物馆昆虫标本馆（先后曾为生物学系、昆虫学研究所昆虫标本室）的结缘始于20世纪60年代初。1962年7月4日，生物学系动物学专业59级学生到广州畜牧场新洲分场进行原定为期3周结合专业的劳动锻炼。接学校通知，因新生物楼竣工交付使用，要我们于7月12日早上6时离场回校，将旧生物楼（哲生堂）的教学设备、图书资料和动植标本搬至新生物楼。安排我们无脊椎动物班主要负责搬迁昆虫标本及昆虫标本室的设备。在搬运前，我们集中在旧生物楼南门前，由蒲蛰龙教授向我们申明搬迁昆虫标本的注意事项。因昆虫标本容易损坏，要我们在搬迁过程中动作要轻，标本盒要保持水平搬动，注意保护好标本。然后，将从旧生物楼到新生物楼的路程分为两段，以接力的方式将标本盒逐一捧送到新楼。标本盒为玻璃面盖的柚木盒子，重达10多市斤，里面的插虫板插着整整齐齐的昆虫标本，一人只能捧一盒。工作量非常大，共74套（148个）柚木标本柜，每个柜子有10个标本盒，共收藏着近20万号标本，这些都要放回原来的标本柜中，不能搞错。同时，安排人力用大板车将标本柜运送到新楼。7月21日才搬迁完毕。此前我还没有学过昆虫学，昆虫标本对我来说极有神秘感。

1963年，在大四分专业方向时，我选了昆虫学专门化组，修昆虫学课。同年12月中，由华立中、包金才（包为民）、刘顺邦3位老师带领我们同学13人到海南岛吊罗山进行为期近一个月的教学实习，主要内容有昆虫标本采集、制作和昆虫种类识别。我们首次将在吊罗山采集的一批标本存入昆虫标本室，为此感到无比兴奋。馆藏的每一头标本都来之不易。

1964年7月，我毕业留校，在蒲蛰龙教授领导下的昆虫生态研究室工作。同年9月初至10月中，受蒲教授派遣，华立中老师领我和李济才、颜丽英到粤北林区，11月初又带领我和李济才到海南岛进行以采集野蚕为主的昆虫采集，在海南的3个月中，我们走遍了坝王岭、尖峰岭、黎母岭、五指山和吊罗山五座大山，这是我们对海南进行的一次较大范围的采集活动，捕获了一批很有价值的昆虫标本。1965年4月至6月，我与李济才前往湖南湘西山区进行野蚕资源调查，同时也采集了一批数量可观的湘西昆虫标本。从湘西中南部的黔阳、芷江、新晃到北部的大庸（现张家界市）、桑植、龙山等12个县市，我们所行经的都是山路，身负20多斤的行李和采集工具，既要赶路，又要采集，真有“蜀道难，难于上青天”之苦。在大自然中陶冶了几年，我已感到闯入了庞杂而色彩斑斓、绚丽多姿的昆虫世界，眼花缭乱，异常精彩。

1973年，蒲蛰龙教授让我以半翅目（蝽类）昆虫分类为研究主攻方向。于是我自然成为昆虫分类研究室的一员和华立中老师的助手，与他共同承担昆虫分类学的教学任务，并每年都有3至4周带学生到林区采集昆虫标本的教学实习。我作为主要带队人之一，带过昆虫学专业6届学生，先后到过乳源天井山、肇庆鼎湖山、四会大南山、海南尖峰岭等林区调查昆虫资源，所采的标本都保存在昆虫标本室中。与学生一起爬高山，穿密林，既艰辛，亦乐在其中，甜酸苦辣交融在一起。至此，我已跨入昆虫标本室的门槛，与之终身结缘，并以此为“家”。

为昆虫标本馆（室）献力的黄金时期

1980年后的20多年是我野外采集昆虫标本的黄金时期。1978年“科学的春天”到来。1979年国家开放改革，经济建设已步入快车道，快速发展。党和国家更加重视教育和科学技术，基础科学研究经费有所增加。各级政府对环境保护更为重视，纷纷成立不少市、省级和国家级的自然保护区。我们昆虫分类研究团队捷足先登，先后与海南尖峰岭（时属广东省林业厅）、封开黑石顶、连州大东山自然保护区合作进行昆虫资源本底调查，分别由华立中、梁铬球和我主持。国家再次启动了《中国动物志》和《中国经济昆虫志》的编写，“英雄”有用武之地了。我生在旧社会，长在新中国，自幼养成了吃苦耐劳、热爱劳动的品性；正当年富力强，能承担比较艰苦的野外调查采集工作；有为国家科学发展多出力的心愿。自1980年起，我们团队对上述三个保护区先后开展昆虫资源调查，利用教学实习的机会，借助多届学生的力量，一举三得：完成教学任务，学生满意；三个保护区的昆虫资源基本查清，甲方满意；为昆虫标本馆（室）增添了一大批标本，其中有不少珍稀物种和新种、新属，我们自己满意。

自1977年至1987年，我参与编写了《中国经济昆虫志·半翅目》（一）（二）和《中国动物志》。编写组成员来自江西农业大学、南开大学、中山大学等12个单位近20人。期间，几乎每年开一次碰头会并组织一次野外调查采集。我跟随着队伍，足迹踏遍祖国大江南北的农、林、牧区，捕获了一批昆虫标本，为昆虫标本馆（室）增添了东北、华西、西北、西南、华东等地区的标本。

昆虫标本馆（室）的发展与国家的经济发展、基础研究地位的提升同步。20世纪70年代，馆内只有74套柚木标本柜和60套铁皮柜，到2003年先后两次共增置了200套铝合金柜，各种规格插昆虫标本的纸皮盒数以万计。目前馆内的标本柜摆置见缝插针，过道都很窄小。

1997年竣工的马文辉堂，是一栋为保存生物标本度身设计、建造的生物博物馆。在建筑前，为体现捐建者的心意，生科院领导曾邀请植物、动物及昆虫学科的专家教授与设计者共同论证设计方案。

同年9月，昆虫标本要从生物楼3楼搬入新馆4楼。9月8日，昆虫学研究所庞义所长率昆虫所党政领导察看本楼层各室情况，并作了具体安排。9月22日，古德祥副所长与我对标本柜的摆置进行划线、编号、定位。9月23日，由我和贾凤龙、谢委才实施搬迁事宜，19个搬运工在3天内完成。此时正值蒲教授生病，11月中旬我到医院探望他时，曾将标本馆的搬迁情况向他作了汇报，期盼他病愈出院后到新馆看看。不幸，他再也没有回来。那一学期，我除了完成教学任务，其余时间都与谢委才一起整理标本馆工作。

搬入新馆的最初两年，学院没有安排清洁工清扫本馆的公共场所，各楼层各自负责。我每天晚上9时后将4楼的走廊等公共场所拖扫干净才回家。后来我向学院黄治河副院长提出，希望学院安排清洁工负责本楼的公共卫生清洁工作，这才脱身出来。

/ 把微薄之力献给标本馆 /

在党和国家的长期培育和老师的教诲下，我逐渐养成了独特的爱业敬业、热爱自己所从事专业的风格。退休前几十年曾努力地去完成所承担的各项工作，退休后至今20年，为昆虫标本馆主要做了两件事。

（一）关注昆虫标本的安全

1953年，原岭南大学自然博物采集所员工刘顺邦老师调入中山大学生物学系，主要负责昆虫标本室的工作。他尽力尽责、默默实干、严格管理的精神对我的影响很深。广州的气候高温多湿，对昆虫标本保存极为不利。他经常检查并及时清洗发霉的标本。在每年“回南天”时，在绝对保证标本安全的前提下，使用电炉赶走湿气。到80年代，学校利用国际银行贷款购置了一批进口仪器设备，昆虫所标本室分得2台窗式空调和2台吸湿机，标本室的条件有所改善。随着国家经济快速发展，标本室的环境条件也不断改善。目前，有柜式空调6台，吸湿机6台，每天白天都在运行，尤其是吸湿机，周一至周五有专职人员管理，周六、周日、节假日、寒暑假和专职人员出差期间由我关照，早上开机，下午5时关机，倒水。退休20年如一日，已习惯成自然。我的动力源自蒲教授的教诲、刘师傅的影响和自身长期磨炼。2013年，我因家庭原因，有时未能坚守。20世纪70年代，我国有两所大学的生物标本馆因设备陈旧又疏于管理而发生火灾，所有标本化为灰烬，毁于一旦。当时蒲教授曾语重心长地对我们说，弄到不好，昆虫标本室也将毁在我们这一代。蒲教授的话，我刻骨铭心。昆虫标本不仅怕水淹火烧，管理不善也会发霉，变成废物。自刘师傅1987年退休至今已30多年，我一直关注着在生物楼的昆虫标本室和马文辉堂的昆虫标本馆的安全，协助专职人员管好昆虫标本馆（室）。不为名，不图利，默默地为昆虫标本馆（室）的安全付出微薄之力，乐在其中。

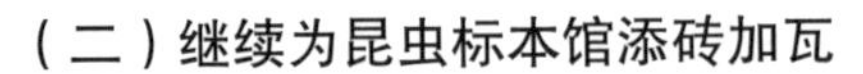

（二）继续为昆虫标本馆添砖加瓦

退休后，我仍保持着自幼养成的吃苦耐劳、热爱劳动的品行。在长期“专业思想”的熏陶下，我养成了珍爱昆虫标本的专业素养。在退休的前10多年我都会争取机会到大自然中去采集昆虫标本。2001年至2004年，我曾应生科院之邀带领过3个年级的本科生教学实习，负责指导昆虫学实习内容。5～6个小组，每天轮换，每个学生只有1天参加采集、制作昆虫标本和识别昆虫种类的机会。我会带领学生到各种环境中去采集不同种类的昆虫，因为环境的多样性造就了昆虫的多样性。一天安排得很紧凑，上下午带学生到野外采集标本，晚上在课室里教他们如何制作标本，最后教他们依据昆虫的形态特征，识别各类昆虫，过得很充实。我对2002年1月19日至26日珠海淇澳岛的那次实习特别印象深刻。在寒冬腊月、昆虫越冬季节安排实习是很难达到良好效果的。按常规的采集方法采不到多少昆虫，因此，我要学生多准备一些工具，除了网捕，还采用挖树皮、翻找枯枝落叶，开挖表土，寻找越冬的各类昆虫，不仅采集到11目27科昆虫，还了解某些昆虫的越冬场所和虫态（成虫、蛹、幼虫），较好地完成实习任务。

2001年至2010年，我还带领5批昆虫学研究所的硕士生、博士生、博士后及生物博物馆、昆虫学研究所的相关老师到大东山调查考察，采集昆虫标本。此外，还跟随相关老师到信宜大雾岭、清新笔架山调查昆虫资源，采集昆虫标本，为昆虫标本馆添砖加瓦。

前所述是我与昆虫标本馆（室）结缘的始末。中山大学博物馆竣工落成之日拭目可待。祈愿生物博物馆收藏的各类标本安然入驻，更加亮丽辉煌。

《中大老园丁》2020年第3期第40—44页

历史的沉淀　汗水的结晶

——生物博物馆昆虫标本馆（室）标本积累的艰辛历程

1953年9月，原岭南大学采集所教师周郁文（并入中大后为昆虫研究所室主任，副教授）将原岭南大学自然博物馆采集所收藏的18万头（号）昆虫标本移交给中山大学生物学系主任戴辛皆后，这些标本存放在生物楼（哲生堂）三楼，自此，这里便成了中山大学昆虫标本室。

1956年9月蒲蛰龙与利翠英两教授自华南农学院调来中大生物学系任教。不久，成立了以蒲教授为主任的昆虫学教研组。此后，生物学系开展了一系列昆虫采集活动，并把昆虫学教学与标本采集有机地结合起来，利于教学质量的提高与昆虫标本的积累。

依据查阅的相关资料和我历年来的野外采集工作日记，拜访了主要经历者，以时间为序，把昆虫标本的采集过程整理出来，以飨读者，并作为生物博物馆历史资料保存。自1956年至2021年可分三个阶段。

1956—1977　从零开始　迈步从头越

蒲蛰龙教授调来中大后，一手抓小蜂总科的分类研究，一手抓害虫生物的防治研究，但我却没有找到他在中青年时期野外采集昆虫标本的记录，只有1983年6月他与夫人利翠英教授到山西讲学，顺道去大同十里河、朔县神头采集水生昆虫标本（图版I 10—12）。

1956年7月，周郁文带队，陈德通、华立中、朱金亮（朱志民）、吴国泰、刘顺邦等老师与1953级动物学专业学生许实波、邓巨燮、关贯勋等12人前往广西各地调查危险性植物害虫并采集害虫标本。

1958年，高教部请苏联莫斯科大学的昆虫生态专家安德列安诺娃来我校讲课，举办全国综合性大学昆虫生态学培训班，参加人员有梁培宽（北京大学）、苏德明（复旦大学）、程振衡（南开大学）、张英俊（西北大学）、张淑德（四川大学）、程亮（云南大学），中山大学参班人员有陈熙雯、朱金亮、华立中和俄语翻译曾昭民、罗河清、纪经纬。7月，在鼎湖山进行各植物群落，如鱼尾葵群落等的生态环境调查和采集昆虫标本，晚上灯诱昆虫。

1958年秋，古德祥等人组成采集队前往广西龙州十万大山进行昆虫资源考察，标本采集。10月份，古德祥在龙津大青山采到一头体长23厘米的大型竹节虫，为标本馆中一宝。

1959年5月，华立中陪苏联麻蝇分类专家珞灯朵夫博士前往鼎湖山采集麻蝇标本。

1963年12月18日至1964年1月14日，华立中、包金才（包为民）、刘顺邦带领1959级动物学专业学生李济才、汤鉴球和我等13人前往海南岛吊罗山进行“昆虫学”教学实习，采集昆虫标本（图版Ⅳ 1）。在原始的热带雨林中采获一批珍贵标本。一天，刘顺邦老师与汤鉴球等4位健壮的男生登上吊罗山的最顶峰大吊罗采集，刘老师被竹仔头刺伤脚底，流血不止，经包扎后，止了血，由大个子的林振达同学背他下山，回到住地。

1964年4、5月间，汤鉴球、傅鉴辉由华立中老师指导毕业论文，在广州近郊萝岗等地采集蝗虫和蜻象标本。

1964年7月，华立中、包金才、周昌清带领蒲蛰龙教授的研究生彭统序、李兆华和1960级动物学专业学生何月秀等约20人到鼎湖山进行“昆虫学”教学实习，采集昆虫标本。有一天，华立中与彭统序等登上海拔1008米的鼎湖山最高峰鸡笼山采集，下午13时许才回到住地。

9月15日至10月10日，受蒲老师的派遣，华立中带领李济才、颜丽英和我到粤北英德、曲江、乐昌、连县等县林区进行以调查采集野蚕为主的昆虫采集活动，曾深入到连县的瑶安和乳源五指山原始林区调查采集。虽没有采到新的野蚕种类，但采到一批其他种类昆虫标本。

1964年11月2日至1965年1月28日，蒲老师再次派华立中带领李济才、华立中、罗裕良（原广东省昆虫研究所的采集员）和我前往海南儋县、坝王岭、尖峰岭、五指山、黎母山、吊罗山等地调查、采集海南地区的野蚕资源和其他昆虫标本。11月17日，在坝王岭雅加林场，每人拿一根甘蔗作为午餐和饮料。边采集边赶路，山很陡，一队人花了3个多小时才登上海拔1554米的雅加林场最高峰，也是坝王岭的主峰。山顶上有一个防火哨所。下午回程，走了3个多小时才回到坝王岭林业局所在地。华老师回忆说，就在这一天，他采到了一只绿色茧壳的大蚕蛾科活茧蛹，回来后将之交给省农科院蚕业研究所的育种专家朱绍濂先生。18日早上6时，乘林场到伐区运木材的车到10公里远的白晶林场，该地为海拔1000多米的原始林，昆虫种类丰富，我们采集得很开心，苦中有乐。

20日，华老师回校。我和李济才、罗裕良3人到尖峰岭等地继续调查采集。首先，我们在尖峰岭林业局和中国林业科学院热带林业研究所周围采集，然后到南崖林场和天池林场原始林区采集。采集到了不少热带雨林的昆虫标本。12月1日，离开尖峰岭经三亚转到通什附近和琼中（营根）采集。然后再转到黎母山采集了一周。12月19日到什运，准备上五指山。当时没有公路，全靠双腿登山。在什运做足登山准备后，找到了一位家住五指山的黎族村民与我们3人同行。中午时分，他找到一户黎族村民家为我们做午饭，不然午饭都吃不上。午餐后，给了粮票和饭钱，谢别了村民继续登山。当天足足走了8个小时始到达五指山公社。就在公社附近采集了3天，收获一般，没有采到罕见的种类。24日上午9时下山，走了6个小时到达什运，急忙到小饭店找饭吃。什运附近是采集的好场所，有山有水，有密林，也有灌木丛。25日，我们到河边采集，看到一群聚集在一起的“蜜蜂”，在灌木上筑了一个外露的蜂巢。我和李济才合力将之扫入捕虫网兜中，马上折转防止“蜜蜂”逃逸，放在水中将之浸死。回到住地听村民说了才觉心惊肉跳。村民说：“这是毒蜜蜂，叫‘排蜂’，我们都见而远之，不敢触碰，要是给它蜇了，痛得不得了。”这巢排蜂一直保存在教学标本室中，作教学标本用。

12月31日，我们转到文昌，1965年元旦是在这里过的。休整了一天，接着到文昌县的东北角龙楼公社采集。后来，又转到蓬来公社采集。1966年1月9日，前往万宁兴隆华侨农场采集。这里多为热带作物，如橡胶、咖啡、可可、胡椒等，昆虫采获不多。11日上午7时，我们步行到15千米远的牛古田原始林区采集。采到一些昆虫，但没有找到野蚕。

1965年1月13日，我们从兴隆华侨农场转到陵水县吊罗山。李济才和我是“旧地重游”，一年前，我们正好在这里教学实习，对当地的环境有所了解。我们在南喜林场和小妹林场重点采集。22日这次海南调查采集野外工作结束后，我们就收整行李、标本回校。虽然只找到一只活茧蛹，但其他昆虫标本采到不少。另外，还采到了十多根白藤做捕虫网柄，有弹性，很好用，我保存的那一根用到20世纪80年代。28日清晨，临近1965年春节，一行人回到广州。

我对这次几乎走遍整个海南的采集活动印象极为深刻，那次采集收获也很多。当时广东所辖的海南岛热带森林资源和生物资源很丰富。1958年，广东曾在热带森林资源较丰富的坝王岭、尖峰岭、吊罗山成立了广东省林业厅直辖的三个林业局，用于开发森林资源。那时正值大规模砍伐原始森林为国家提供大量优质建筑用材，当地曾为北京兴建人民大会堂提供了许多优质木材。1988年，海南建省办经济特区。上述五座大山分别成立了自然保护区，并停止森林砍伐。现这些保护区已成为海南热带雨林国家级公园。祈望海南的热带雨林更加郁郁葱葱。

1965年4月2日至6月23日，受蒲老师的派遣，李济才和我到湖南湘西黔阳地区的芷江、新晃、怀化、黔阳、凤凰、麻阳、沅陵以及湘西土家族和苗族自治州的吉首、大庸、永顺、桑植、龙山等县林区找寻野蚕资源，采集昆虫标本。我们一路背着十多公斤重的行李和采集工具登山涉水，虽没有找到有开发利用价值的野蚕，但采获一批难得的湘西昆虫标本。这次采集行程近3个月，当时湘西交通极为不便，我们只能靠迈开双腿向前行，真有“蜀道难，难于上青天”之苦。5月18日，自大庸教子垭向桑植县城进发，采集赶路两不误。有时天还下着雨，路难行，15千米走了3个多小时，方到达罗山公社，下午无法赶到下一个宿营地，只能就地采集。19日8时许，启程前往高海拔猪石头林场。约15千米的登山路，山高路窄，我们翻越了几个山峰，山外有山，汗水如豆粒，不断地掉下。汗水和雨水湿透了衣服，走了3个多小时才登上“山高皇帝远”的猪石头林场。下午在林场附近采集，虽然采集收获不多，但采到了高山上的一些种类。当天询问林场干部近日有无人到桑植县城，得知20日有人回县城。当即找到他。山里人很热情，很乐意带我们到桑植。得知有人同行，我们心里踏实多了。20日上午近9时启程，主要赶路，很少采集。走的羊肠小道，翻越了几座山，穿过了许多草丛，有时走的是悬崖峭壁。我虽然在山区长大，走惯了山路，但这样的“路”从未走过，十分害怕，恐“一失足成千古恨”。那天走了6个多小时，到县城时，汗水湿透了衣服，泥巴水染黄了胶鞋和裤子，十分劳累。查看了一下采获的标本，虽然不多，亦有一些，总算没有白走。22日至25日在桑植城郊、马合口、官地坪等地采集。26日到离桑植83千米的永顺，在城郊、高坪、雨禾等地采集。31日到与湖北来凤接壤的龙山县，在桶车公社境内林区采集6天，虽然这里的采集环境很好，但没有找到有用的野蚕种类。6月7日回到永顺，这里常见的野蚕种类较多，但我们虽细心寻找，仍未果。9日到吉首，在近郊采集。11日到凤凰县，也是在城郊采集1天。13日上午9时，背着行李和采集工具边采集边赶路，到30千米外的麻阳县，傍晚19时始达，已感到很劳累。在县城附近采集2天。16日到怀化，在城郊和新家庄采集。18日回安江，到洪江采集1天。至此，近3个月的湘西野外采集活动结束，遗憾的是没有采到有开发利用价值的野蚕种类，但采到了一批湘西昆虫标本，还是值得的。对我来说，粤北、海南和湘西三地半年多的艰苦野外采集生活的磨练，对自己的成长得益匪浅。

李济才同志是1959年3月就加入中国共产党的老同志。我与他一起走遍了粤北、海南和湖南湘西的大山大岭，同甘共苦，建立了深厚感情。很不幸，他于2022年4月14日病逝，深切怀念他。

1964年9月至1965年6月的野蚕资源调查采集告一段落。1966年上半年至1967年上半年，昆虫生态研究室集中力量在湖南湘西进行了三期柞蚕放养研究，均获成功。同时，以带班的方式为黔阳地区各县培养了三期柞蚕放养技术人才共81人（次）。

1966年至1972年，因“文化大革命”没有进行昆虫标本的采集工作。

1973年7月16日至21日，华立中、古德祥和我与云南大学进修教师王忠泽到鼎湖山采集昆虫标本。这是我第一次到鼎湖山采集。

1974年5月23日至6月25日，由华立中、古德祥、庞义、杨平均、陈润政、罗兴金和我带领1972级昆虫学专业学生张润杰、何新凤、廖诚等40人前往乳源天井山林场进行“昆虫学”课程的“开门办学”，约有1/3时间用于采集昆虫标本，这次采集人多、时间长，天井山昆虫种类又丰富，我们采获标本也多。6月13日上午，蒲蛰龙老师还专程来给同学们上了半天的“有关昆虫分类问题”的课。这次采集满载而归，至今我仍记忆犹新。

10月5日至11月6日，古德祥、林典宝和我带领1973级昆虫学专业学生王珣章、黄治河、李顺珍等29人，还有“工宣队”陈师傅前往鼎湖山进行“昆虫学”课程的“开门办学”，约有1/3时间用于采集昆虫标本（图版Ⅳ2—3）。采获的昆虫标本较多。

1975年6月9日至7月25日，华立中和我带领1974级昆虫学专业学生张北壮、陈海东等21人前往四会县大沙公社龙马大队进行“昆虫学”课程的“开门办学”，曾于6月14日至17日前往四会大南山林场、7月8日至14日前往鼎湖山、七星岩采集昆虫标本（图版Ⅳ4）。

1976年5月9日至15日，华立中和我带领1975级昆虫学专业学生王进贤等35人前往鼎湖山进行“昆虫学”教学实习，采集昆虫标本。

8月，华立中曾到四川峨嵋山和云南大理、盈江、西双版纳等地采集以天牛为主的昆虫标本。

1977年7、8月份，华立中、黄治河前往广西、云南采集昆虫标本。

主要采集路线为广西桂林、南宁武鸣大明山、百色、隆林金钟山，云南富宁、开远、文山、河口，广西钦州、上思十万大山、东兴、北海、玉林六万大山等地，采获很多昆虫标本。当时条件较差，交通非常不便，甚至有的地方人烟稀少，如隆林金钟山，条件非常原始，他们搭乘由县林业局联系到伐区运木材的车进入砍伐队住地，再由砍伐队派工人为两人带路上山，采集了一天。林场场长说，解放以来，从没有大学教师来金钟山采集，他交代饭堂员工杀鸡，好好招待他们两人。其他工人在饭堂连蔬菜都吃不上，大多是吃煮黄豆。第二天两人上山采集，饭堂又杀鸡给他们俩吃，本来打算采集3天，因饭堂天天杀鸡招待，过意不去，第三天谢别林场领导下山。回程时，运木材的车装满了木材，只能步行。从早上5点，两人就背着几十斤的生活用品和采集工具步行约40千米，到下午15时方到公路，等过路班车。随身携带的开水早已喝光，他们就到小溪取水送饼干吃午餐。回到隆林县时已是傍晚了。类似这样的经历在野外工作是常有的。

1978—2000　积年累月　集腋成裘

（一）自然保护区昆虫资源调查采集

1978年，全国迎来了“科学的春天”，中山大学昆虫学研究所适时成立。1979年，国家实行开放改革，经济建设、教育和科学技术发展进入快车道。各级领导对环境保护更加重视，纷纷成立不少县、市、省和国家级自然保护区。昆虫学研究所昆虫系统分类研究团队闻风而动，捷足先登，先后与海南尖峰岭、肇庆封开黑石顶、连县大东山等自然保护区合作，共同对3个保护区先后进行昆虫本底调查。每次由相关老师带领本科生、硕士生、进修生进行“昆虫学”教学实习，采集昆虫标本。

1. 海南尖峰岭热带林自然保护区昆虫区系生态研究（1980—1983）

1980年12月28日至1981年1月15日，华立中、黄治河和我前往广东省海南行政公署（1988年建省办经济特区）乐东县尖峰岭保护区落实研究实施细节，并进行昆虫种类的摸底采集。

1981年6月18日至7月15日，我和华立中、何国锋（图版Ⅴ 1）、潘瑞林、汪忠弦（广东省林业厅干部）带领1977级昆虫学专业学生吴武、李逸明等31人前往尖峰岭保护区进行“昆虫学”教学实习，采集昆虫标本。这次人多，时间长，采获的标本也很多。7月5日采集结束，却经历了一场狂风暴雨的劫难。13级强台风吹经尖峰岭天池林区，下大暴雨，住的地方被水淹没。这次还邀请本校电教中心三位技术干部同行，拍摄相关资料。

1982年2月17日至3月12日，我与梁铬球、黄治河、谭昆智带领1978级动物学专业学生邓日强等5人，前往尖峰岭保护区进行“昆虫学”教学实习，采集昆虫标本（图版Ⅴ2—4）。初春的海南让我们采获了不少昆虫种类。

11月8日至27日，我与梁铬球、黄治河、梁永坚带领1979级动物学专业学生江世贵等5人及进修生姚禄鹏、吴以宁前往尖峰岭进行“昆虫学”教学实习，采集昆虫标本（图版Ⅴ5）。

1983年7月，华立中带领1983级昆虫学硕士生龙建国、江世贵前往尖峰岭保护区采集昆虫标本。

11月5日至26日，我与黄治河、胡奕传带领1980级动物学专业学生黄亚欣等5人前往尖峰岭保护区进行“昆虫学”教学实习，采集昆虫标本（图版Ⅴ6—10）。

另外，尖峰岭保护区员工梁少营曾多次参加采集活动和灯诱昆虫，并定期将昆虫标本寄给我们。

在本研究项目进行时，昆虫标本室内曾设专柜保存尖峰岭标本，以便分类鉴定。

2. 广东省黑石顶自然保护区昆虫分类区系研究（1984—1987）

1984年5月25日至6月5日，梁铬球、黄治河和我带领采集员余翔及1980级动物学专业毕业班学生李穗长，魏永力前往封开黑石顶自然保护区进行昆虫种类摸底采集。

10月5日至19日，我与梁铬球、胡奕传带领采集员余翔，进修生陆活昌、周至宏和1981级动物学专业学生陈辉等8人前往黑石顶保护区进行“昆虫学”教学实习，采集昆虫标本（图版Ⅵ1）。

1985年4月7日至13日，我、吴武与《中国经济昆虫志·半翅目（二）》编写组主要成员章士美（江西农业大学）、郑乐怡与任树之（南开大学）、陈凤玉（贵州农业大学）、刘强（内蒙古师范大学）到黑石顶保护区考察采集。4月10日上午8时，一行人自保护区出发，经721（地名）到石门堂采集、午餐，再到冷水槽采集，经渔涝，下午6时回到保护区，穿越整个保护区的核心区。

8月11日至19日，我与胡奕传前往黑石顶保护区进行半翅目昆虫专题考察采集。

9月3日至13日，我与梁铬球、胡奕传带领采集员余翔，1985级昆虫学硕士生张文庆、冯国灿、甘才光、杨云峰、陈苍和1982级动物学专业学生蓝德安7人前往黑石顶保护区进行“昆虫学”教学实习，采集昆虫标本（图版Ⅵ 2）。9月10日，正逢我国第一个教师节，那天整天下着小雨，我带领余翔、李纯厚、冯志勇、蓝德安、杨国海作远程采集，由住地到石门堂时裤腿已经湿了。中午时分到矿山，当天教师节放假，矿山小学空无一人，但小门开着，我们进去坐在课堂里吃干粮稍作休息。到达黑石河时雨已停，采集了一段时间，下午13时45分沿着山边保护区员工巡山的小道边采集边赶路回住处（图版Ⅵ 3）。16时30分回到住处，湿透了的裤腿一天没干过。

1986年7月1日至10日，我和梁铬球、吴武、谭昆智、胡奕传与周昌清、刘复生带领采集员余翔和1983级动物学专业学生陆勇军、李汉荣等10人，以及进修生柯铭辉前往黑石顶保护区进行“昆虫学”教学实习，采集昆虫标本。同时，有一班香港学生也到黑石顶保护区实习（图版Ⅵ 4—7）。

1987年6月29日至7月11日，我和梁铬球、吴武带领采集员李学斌，1986级昆虫学硕士生何森、姜井泉，进修生周善义和1984级动物学专业学生贾凤龙等6人前往黑石顶保护区进行“昆虫学”教学实习，采集昆虫标本（图版Ⅵ 9）。

10月9日至14日，梁铬球和我带领采集员李学斌、1986级昆虫学硕士生吴葵葵前往黑石顶保护区进行“昆虫学”教学实习，采集昆虫标本（图版Ⅵ 8）。

本研究项目进行时，所采的昆虫标本，在标本室设专柜保存。

3. 广东南岭国家级自然保护区大东山管理处昆虫资源调查（1992—1998）

1992年7月7日至17日，梁铬球、贾凤龙和我带领1991级昆虫学硕士生艾新宇、刘军、庄美宝前往大东山保护区进行昆虫种类摸底调查采集（图版Ⅶ 1—2）。

9月2日至10日，梁铬球、贾凤龙和我带领1989级动物学专业学生陈兴永等16人，前往大东山保护区进行“昆虫学”教学实习，采集昆虫标本（图版Ⅶ 3—5）。

1993年9月8日至17日，贾凤龙和我带领动物学专业1990级学生徐建敏等7人前往大东山保护区进行“昆虫学”教学实习，采集昆虫标本。

1994年9月1日至10日，贾凤龙、谢委才和我带领1993级昆虫学硕士生刘礼平、张恒超，1991级动物学专业学生连常平等7人前往大东山保护区进行“昆虫学”教学实习，采集昆虫标本（图版Ⅶ 6）。自潭岭到大东山保护区的17千米中，有两段公路因暴雨被潭岭水库的水淹没，一行人只能借小船渡过。回程也是如此。9月7日上午8时许，我带领学生到南冲坑采集，途中要涉水过河，水有点急，女生何梅跌倒在河中，一同学赶快把她扶起，因其已浑身湿透，一女同学陪她回住处换了衣服再来，我们在对岸等候。

1995年6月30日至7月10日，我和贾凤龙、谢委才带领1994级昆虫学硕士生朱利斌、徐建敏、毛润乾、刘雨芳、段敏、余道坚，前往大东山保护区进行“昆虫学”教学实习，采集昆虫标本（图版Ⅶ 7）。7月4日上午8时出发，分两路到茅坪，我和保护区干部陈志明走对岸小路到茅坪。在半途中，我脚下一滑，差点跌到1多米深的河里，每想起当时的情景，心有余悸。7月7日8时许由保护区员工陈志明、黄清强带领贾凤龙、谢委才、余道坚到保护区边缘的潘家垌采集（图版Ⅶ 8），下午16时才回到住地。

1996年8月22日至30日，我和陈海东、谢委才带领1993级动物学专业学生陈省平、黄晓等10人前往大东山保护区进行“昆虫学”教学实习，采集昆虫标本（图版Ⅶ 9—10）。中大生物学系1951级校友莫乘风参加此次采集活动，他主要采集螨类标本。

1997年5月23日至6月1日，我和谢委才带领1995级昆虫学硕士生柴培春和1996级昆虫学硕士生郑姬、张晓馨、余榕捷、李建华、刘德广，前往大东区保护区进行“昆虫学”教学实习，采集昆虫标本（图版Ⅶ 11—13）。

7月3日至11日，我和谢委才带领1994级动物学专业学生苏志坚等17人前往大东山保护区进行“昆虫学”教学实习，采集昆虫标本（图版Ⅶ 14）。3日上午下着暴雨，一行人乘21:30的广州至连州的夜班车，行至清新县境内时，有路警报告阳山地段塌方，车折回清远市区往英德方向开，但这条路也被水淹没，再改道另找出路，至英德境内已天亮，后转到浸潭处上107国道，第二日早上8时许一行人才到清新县境内一个小圩镇吃早点。本来天亮前可达连州的，经一路折腾，中午12时许才到达。这次实习采集，几乎天天下雨，我怕不能完成每人采集70科的任务。于是每天灵活安排，采取几个人一组分散活动的方式，充分利用无雨或小雨时间采集和晚上灯诱采集。结果出乎大家意料，几乎每人都采获80科以上，其中苏冠华打破历届记录，采到107科。

马文辉堂于1996年校庆后建成验收。生科院领导要求各标本室于1997年国庆节前搬入新馆。1997年6月中旬，植物标本室率先搬入。7月初，动物标本室搬入，6人搬运，4天完成。9月23日至25日，昆虫标本室由“大众搬屋”公司19个工人完成搬运。

1998年5月31日至6月10日，我与谢委才带领1997级昆虫学硕士生欧阳晓光、张萍、刘静宇、彭启昇，1994级动物学学生陈志钊前往大东山保护区进行“昆虫学”教学实习，采集昆虫标本。

7月8日至16日，我与谢委才带领1995级动物学专业学生谭乐等7人（其中6位女生）和在连州工作的本校1975级昆虫学专业校友黄日强前往大东山进行“昆虫学”教学实习，采集昆虫标本（图版Ⅶ 15—17）。

4．茂名大雾岭自然保护区

1988年7月1日至12日，梁铬球和我带领昆虫学硕士生1986级张韶华，1987级汪泗水、张学武、何明生、程业伟，1988级贾凤龙和1985级动物学专业吴连英等5位学生，前往大雾岭保护区进行“昆虫学”教学实习，采集昆虫标本。广东昆虫研究所的彭统序、平正明也参加采集活动（图版Ⅷ 1—3）。

5．始兴车八岭自然保护区

1990年7月27日至8月1日，梁铬球和我前往韶关始兴车八岭保护区进行昆虫采集，并负责编写车八岭保护区昆虫的相关内容。项目主持单位的华南农业大学林学院的苏星、卢川川、李奕震参加采集活动。

6．深圳卫生昆虫和内伶仃自然保护区昆虫调查

1997年8月至1999年6月，梁铬球、谢委才和我曾4次到深圳并在深圳防疫站（疾控中心）协同下进行卫生昆虫调查（图版Ⅸ 1—3）。

1986年6月18日至23日，华立中前往内伶仃保护区及深圳梧桐山林场采集昆虫标本。

8月13日至22日，华立中带领1986级昆虫学硕士张韶华、邹钦前往内伶仃保护区采集昆虫标本。

1994年6月22日至24日，梁铬球、贾凤龙和我前往深圳内伶仃保护区采集昆虫标本。23日下午，船因退潮搁浅，我们傍晚7:30才开船离开内伶仃回城。

8月15日至17日，我与贾凤龙前往深圳福田红树林采集昆虫标本。

1998年5月6日至13日，我和陈海东、谢委才、温瑞贞、彭启昇前往深圳内伶仃保护区采集昆虫标本（图版Ⅹ2—3）。

1999年10月27日至11月3日，我和庞虹、陈海东、温瑞贞前往内伶仃自然保护区采集昆虫标本（图版Ⅹ1、图版Ⅹ4）。

7．云浮郁南同乐自然保护区

1999年5月24日至30日，我与谢委才带领1998级昆虫学硕士生苏志坚、汤慕瑾、杨波、谭玉蓉、曾伟平、康华春前往同乐保护区进行“昆虫学”教学实习，采集昆虫标本（图版Ⅺ1—2）。

2000年5月29日至6月3日，我与谢委才带领1999级昆虫硕士生李秋剑、段金花、陈森雄、胡晓晖前往同乐保护区进行“昆虫学”教学实习、采集昆虫标本（图版Ⅺ3）。

8．广东红树林保护区昆虫资源调查采集

1994年6月1日至3日，梁铬球、贾凤龙和我前往深圳福田红树林保护区调查考察，采集昆虫标本（图版Ⅻ1）。

6月22日至24日，梁铬球、贾凤龙和我前往深圳福田红树林采集昆虫标本。

8月15日至17日，我与贾凤龙前往深圳福田红树林保护区采集昆虫标本。

1996年8月11日至17日，我与谢委才前往湛江市红树林保护区进行昆虫种类调查、采集，曾先后到麻章区太平镇、雷州市企水镇、廉江市高桥等地调查采集（图版Ⅻ2—4）。

1999年4月6日至8日，我和贾凤龙、陈海东前往深圳福田红树林保护区进行昆虫调查采集。

9．教学采集

1978年6月，华立中、黄治河和我带领1976级昆虫学专业学生陈其津等30人前往肇庆鼎湖山进行“昆虫学”教学实习、采集昆虫标本，为期一周。

1979年9月，我带领1976级昆虫学专业学生陈其津、卢玉群、彭中健、陈玉俊前往四会大南山、肇庆鼎湖山进行毕业论文专题采集，为期一周。

1983年5月4日至7日，梁铬球与我带领1981级昆虫学硕士生吴武、张思捷、柯昭喜前往西樵山进行毕业论文专题采集。

5月17日，梁铬球、黄治河与我带领采集员余翔前往番禺莲花山采集。

5月19日，我与梁铬球、黄治河、蒲老师的博士生曾虹前往华南植物园采集。

（二）编写《中国动物志（昆虫纲）》《中国经济昆虫志》及昆虫分类专著的调查采集

1978年11月14日至24日，我参加在昆明召开的《中国经济昆虫志·半翅目（一）》第二次编写协作会，期间曾组织在昆明近郊的花红洞、黑龙潭、西山（图版XIII 1）、筇竹寺为期4天的采集活动。

1981年7月26日至8月9日，我参加在内蒙古海拉尔市（现呼伦贝尔市）召开的《中国经济昆虫志·半翅目（一）》审稿会（图版XIII 2），期间曾在海拉尔市近郊、鄂温克旗草原（图版XIII 3—4）、满洲里呼伦湖沿岸（图版XIII 5）、大兴安岭鄂伦春旗共采集了7天。

1982年6月，梁铬球到汕头、肇庆等地进行以蝗虫为主的采集活动。

7月27日至8月26日，梁铬球、黄治河与我前往川、黔、湘、桂采集。先到峨眉山，山上、山下共采集了7天，然后到乐山、灌县青城山各采集1天。8月11日，由成都转到贵阳，先后在花溪、平坝农牧场、黄果树各采集1天。中大生物学系昆虫学专业1975级毕业生、在贵州工作的吉光容、杨志才校友陪同我们在平坝、黄果树采集了两天。16日转到湖南怀化城郊采集。对我来说，这是旧地重游——1965年5月2日，李济才曾与我从芷江到怀化县城榆树湾，把前段时间采集到的标本邮寄回中大昆虫标本室。18日到通道县城双江近郊采集1天，又是旧地重游——1967年3月27日至6月2日，周少钦与我在通道县马龙公社铜墙界生产队的山上放养柞蚕研究，获得成功。21日由通道到桂林，并在其近郊和雁山采集。24日到梧州，在城郊也采集了1天。26日回到学校。广东昆虫所李兆权也参加这次采集活动，他专采螨类。

1983年6月，蒲蛰龙、利翠英到山西讲学，顺道去大同十里河、蒴县神头采集水生昆虫标本（图版I 10—12）。

6月，梁铬球与潘瑞林到南昆山、罗浮山进行以采集蝗虫为主的采集活动。

7月2日至18日，我到贵阳贵州农学院参加编写《中国经济昆虫志·半翅目（二）》碰头会。会后组织与会者到贵阳近郊、黄果树和凯里雷山县雷公山采集（图版XIV 5—6）。雷公山是昆虫采集的好地方，种类丰富，大家采得很开心，流连忘返。我因要回校参加高考评卷，16日独自一人先行下山，在凯里乘火车回校。

8月6日至14日，我与黄治河、谭昆智、张劲勋前往龙门南昆山采集昆虫标本。

1984年7月12日至8月27日，梁铬球、黄治河与我前往新、甘、陕考察、采集。7月16日上午到达乌鲁木齐，下午在近郊荒草地采集。17日到阜康县天池采集（图版XIII 6），该地为自然景观保护区，海拔1900米，气温较低，采得标本不多。下午在博格达峰山下采集，采获较多。19日到南疆库尔勒市近郊、州农科所及沙衣东园艺场采集，沙衣东园艺场是新疆香梨的原产地，在这里我们采到不少新疆的昆虫种类，24日前往库车，在大涝坝和在海拔3700米处的铁力买提峰采集（图版XIII 7）。然后，转到拜城的克孜尔公社等地采集（图版XIII 8）。8月1日晚到北疆伊犁自治州伊宁市，在近郊采集3天。4日到18千米外的察布查尔锡伯族自治县，先在草原站附近采集，然后到吴库尔齐草原采集。5日到离县城40多公里的乌孙山，该山海拔3000多米，我们分别在1200米到2400米的草原上停留采集（图版XIII 9—10），在高海拔的草原里采到几十只稀有物种阿波罗绢蝶。翻开草原上的石头，有很多罕见的尾夹很长的革翅目昆虫群聚在一起。这里的草原很美，真是“不到伊犁，就不知道新疆的美”。这里与苏联（现哈萨克斯坦）毗邻，相距只有几十公里。8日回程时，在石河子停留，主要在紫泥泉和南山牧草场采集。新疆面积大，每到一个单位联系调查采集事宜时，对方都会问：“你们有无带交通工具？”由于我们只有一双腿，每一次都会得到他们的热情相助，派人派车送我们到目的地，从未收过费用。在新疆20余天的采集，收获颇丰，终生难忘（图版XIII 12）。不仅采获了一批珍贵的昆虫标本，也广交了朋友，包括几位维吾尔族和锡伯族同胞。

8月12日，我们告别新疆来到兰州，幸获梁老师在北师大的同学——时任甘肃教育学院教务处处长王家廉的热情接待。翌日，我们在兰州近郊采集。14日，王处长不仅调用单位的吉普车，还亲自陪我们到170千米远的永登县吐鲁沟保护区采集。这里是采集环境很好的地方。15日至16日继续在兰州近郊采集（图版XIII 13）。17日到西安，18日到临潼采集并参观了兵马俑博物馆。19日到长安县近郊采集，我们还参观了梁老师夫妇在陕西工作时的住房（窑洞）。当时，梁老师在陕西师范学院，其夫人在西安美术学院（在长安）任教，后来他们调回广东。23日，我们到秦岭北麓的终南山南五台采集，24日至25日到华阴县的华山采集（图版XIII 11），在山下采到不少标本，但在山顶上收获甚少。27日回到学校。

《中国经济昆虫志·半翅目（二）》编写组第一次正式会议于1986年3月上旬在广州中山大学召开，出席会议的有章士美、郑乐怡、张维球等15人（图版XIV 1—4），会场在“测试中心”，主要讨论编写内容、格式和完成时间，并初定1987年上半年在云南召开审稿会。会后组织部分同志到海南采集标本，约三周。我因有教学任务，未参加这次采集活动。

1986年7日至8月间，梁铬球到西藏拉萨、日喀则、亚东、林芝进行以蝗虫为主的昆虫采集活动。

1987年3月27日至4月29日，我与吴武前往云南采集昆虫标本。3月28日在昆明动物所（花红洞，海拔2100米）附近采集。29日至31日前往西双版纳景洪，途中曾停车数次采集。4月1日至4日召开《中国经济昆虫志·半翅目（二）》审稿会。5日到大勐龙采集。6日到中国实验动物云南灵长类中心附近，由生物学系动物学专业1981级校友吴军陪同采集（图版XIV 9）。7日到离景洪52千米的勐海县（海拔1150米）采集。8日到离景洪96千米的勐腊县勐仑植物园采集（图版XIV 10—11）。在这里大家采集得很开心，采到了多种热带地区的昆虫种类，如大红蝽、格纹艳蝽、角盾蝽。13日回到景洪，4月14日为傣族新年，我们与傣族同胞过了一个欢乐的新年——“泼水节”（图版XIV 7—8）。17日离开景洪回昆明动物研究所。一路走走停停，停车数次采集，19日到达目的地。继续在花红洞、筇竹寺采集，流连忘返。26日离昆明，29日近中午回到广州。

7日至8月间，贾凤龙前往内蒙古林西县采集蝗虫。

8月9日至31日，我与吴武前往华东地区采集。11日到浙农大拜访何俊华教授，并由他介绍我们到西天目山保护区采集。12日在杭州玉泉植物园采集了大半天。13日到西天目山采集，共采3天，当时已进入保护区核心区和保护区的最高峰采集。17日转到安徽黄山，在几个有代表性的采集点采集3天。然后到南京中山陵、无锡锡惠公园、太湖岸边采集。最后，到上海昆虫所看标本，那时该所的蝽类昆虫不多。30日9时离沪回穗，乘硬座，好在坐在一起的两位是本校管理学院的学生，大家互相照应，31日19时30分抵达广州。

1988年7月至8月间，贾凤龙前往内蒙古哲里木盟、呼伦贝尔草原采集蝗虫。

1989年6月30日至7月6日，梁铬球与我前往台山上川岛山上和红树林采集昆虫标本。与徐利生、刘景旋、江水带领的动物学专业1987级学生张利红等18人的实习队伍同行，入住海军招待所。

7月，贾凤龙前往赤峰林西县、锡林郭勒盟西乌旗采集蝗虫。

8月10日至17日，我前往广东省河源市和平县上陵镇增公村采集蛴类昆虫标本。

1990年7月3日至4日，梁铬球到清远等地调查竹蝗的危害和采集标本。

10月30日至11月2日，我前往广东和平下车镇调查竹蝗为害情况、采集标本。

1991年1月4日至8日，梁铬球到海南东方县参加东亚飞蝗的防治和采集标本。

5月26日至28日，我与广州市芳村区教育局中教科科长李植灿组织的生物科教师广州120中学梁承悦、广州119中学吕佩茵、广州93中学麦碧环、文伟中学叶妙莲、东漖中学郭耀英一起到新丰县司茅坪林场采集和制作昆虫标本（图版XV 1—2）。

7月4日至12日，我带领1990级昆虫学硕士生翁仲彦、陈永革、叶巧真、曾蓉到新丰县司茅坪林场进行“昆虫学”教学实习，采集昆虫标本（图版XV 3—5）。

7月22日至23日，梁铬球到浙江天目山采集以蝗虫为主的昆虫标本。

1991年9月至1992年8月，贾凤龙曾到肇庆地区采集昆虫标本。

1992年7月至9月，贾凤龙曾前往东莞、深圳等地采集昆虫标本。

1993年4月至10月，贾凤龙曾前往深圳、惠州、肇庆、大东山等地采集昆虫标本。

7月5日至8日，梁铬球与美国学者到西樵山采集昆虫标本。

1994年4月至10月，贾凤龙曾前往深圳、珠海、中山、佛山等地采集昆虫标本。

1995年4月至10月，贾凤龙曾前往内蒙古林西县、巴林右旗、深圳、梅

州等地采集。

8月30日，梁铬球前往内蒙古呼和浩特大青山采集昆虫标本。

1996年4月至10月间，贾凤龙曾先后前往汕头、潮州、南岭等地采集昆虫标本。

6月22日至7月12日，我前往香港青山电厂对煤灰湖植物进行昆虫种类调查采集（本项目为香港中文大学生物学系的朱利民博士的研究项目，本人负责昆虫采集鉴定）。

1997年4月至10月，贾凤龙曾先后前往深圳、南岭、哈尔滨等地采集。

1998年4月17日至19日，我与贾凤龙、彭启昇到深圳梧桐山调查采集昆虫标本。

4月至10月间，贾凤龙曾先后前往尔原、汕尾、南岭、哈尔滨采集昆虫标本。

4月至11月间，贾凤龙、梁铬球、谢委才和我曾多次与深圳市疾控中心（原深圳市防疫站）人员在深圳各地采集卫生昆虫标本。

7月22日至27日，梁铬球、庞虹、谢委才和我前往深圳梧桐山采集昆虫标本。

1999年4月至10月间，贾凤龙曾先后前往肇庆、湛江等地采集昆虫标本。

6月至9月间，梁铬球与美国学者两次到澳门采集蜻蜓标本。

9月3日至4日，梁铬球与我前往陕西杨陵西北农业大学参加第五届全国昆虫分类区系学术研讨会。会后安排了两天到秦岭天台山国家森林公园采集（图版XVI 1—2）。梁铬球因身体不适，没参加采集活动。

2000年4月至10月间，贾凤龙曾先后前往内蒙古克什科腾旗、林西县、南岭、肇庆等地采集昆虫标本。

9月24日至30日，中大生物博物馆馆长李鸣光与我前往北京香山中科院植物所参加全国生物标本馆技术研讨会。会后安排到灵山保护区进行为期2天的采集活动，我采集到100多头昆虫标本（图版XVI 3—4），李鸣光没有参加采集活动。

10月19日至25日在湖北宜昌召开中国昆虫学会2000年学术年会，中大昆虫学研究所与会者有庞义、梁铬球、张景强、古德祥、张宣达、庞虹及我。大会组织22日至23日到神农架保护区考察，庞义和我参加考察活动（图版XVI 5—6）。

1956年至2000年为昆虫标本室时期，昆虫标本室由哲生堂三楼（1953—1962）、生物楼三楼（1962—1997）到马文辉堂四楼（1997至今），经历了两次搬迁扩容。昆虫分类学团队在此期间经历两三代人的交替，进行了数十次野外采集，短者一周，长者两三个月，少者一两人，多者几十人，近者广州近郊，远者天南海北。乃因长期在党的教育下、在蒲蛰龙教授悉心培育的集体主义精神的熏陶下，这个团队无论是在宽广的草原，还是在深山老林，都能团结协作，互相照应，从未出现过裂痕，工作上从不懈怠，难能可贵。祈盼代代相传。

（本文经主要经历者华立中、梁铬球、黄治河、贾凤龙、庞虹修改补充。）

2001—2022　标本积累 科研成果 高端人才培养三丰收

这一阶段生物博物馆已进入标本积累、科研成果、高端人才培养的新时期。

2000年11月11日，中山大学校庆前夕，中山大学生物博物馆举行开馆暨广东省科普教育基地命名典礼。自此，“生物标本馆”进入“生物博物馆”时代、“昆虫标本室”进入“昆虫标本馆”时代。生物博物馆的收藏、科研、教育（高端人才培养和国民的爱国主义与科普教育）三大功能紧紧相扣，密不可分，20多年来，发挥良好，发展迅速。据2000年至2022年的数据统计，各类标本每年增加超3万号（份）。至今，馆藏标本已超120万号（份），其中昆虫标本达84万号（含岭南大学移交的18万号）；相关论著发表了805篇（本），其中SCI科学引文索引收录619篇。生物博物馆的教师为本科生、研究生所开的课程年均20门，其中2022年28门。培养的研究生中，已毕业硕士生86名，博士生45名，已出站的博士后15名，在读的硕士生54名，硕博连读生7名，博士生20名，在站博士后15名。

2001年以来，昆虫调查采集的主要人员为生物博物馆的昆虫学教师、硕士生、博士生和博士后，本文的采集记录由主要经历者庞虹、贾凤龙、张丹丹、张兵兰、谢委才等老师提供，综述以下：

2001年6月3日至10日，我与陈海东、谢委才带领2000级昆虫学硕士生欧阳革成、麦雄伟、曾少灵、潘晶晶前征大东山保护区进行“昆虫学”教学实习，采集昆虫标本（图版XXI 1—2）。6月10日8:40，我们离开保护区回

校，潭岭镇三位干部开了一艘电船来接我们，前往潭岭水库中心岛察看被白蚁为害的落羽杉。潭岭镇府为了绿化、美化湖中心岛，引种了一批落羽杉苗木。我带领同学们观察了现场，为大家上了一堂白蚁防治课。同时，我告诉三位干部，这种白蚁名为黄翅大白蚁，嗜好取食某些苗木的树头、树皮，还详细地向他们说了如何防治白蚁为害。我还取回一条被白蚁为害的落羽杉苗木，存放在生物博物馆中。然后由镇府干部开电船送我们回到潭岭镇府，中午刘石城副镇长在镇府饭堂请我们吃午饭。饭后，由潭岭镇府乘班车回连州车站，再坐连州到广州的班车回校。

2002年5月28日至6月4日，贾凤龙、谢委才和我带领2001级昆虫学硕士生张兵兰、张碧胜、邓中平、罗开君、杨杏、陈威、冯永军、李成玲、罗丽、房媛媛、徐伟、吕雪、李翠凤、刘国亮（香港）前往茂名大雾岭保护区采集昆虫标本（图版XX 1—5）。

2004年6月21日至26日，我和谢委才与昆虫学博士后张春田、张丹丹，2003级硕士生邓柯波、方小瑞前往大东山考察采集昆虫标本（图版XXI 3）。正值“龙舟水”时节，虽然几乎天天下雨，但采获的昆虫标本不少。我专门为王珣章的博士生李红梅的研究项目采集了10多种蝽总科昆虫，回校后交给她做分子方面的分类研究。

2007年7月28日至8月2日，我与陈海东、谢委才前往大东山采集昆虫标本。这次采获的昆虫种类和数量都比较理想。

2008年7月3日至4日，我和陈海东、谢委才与2007级昆虫学硕士生韩小磊、何凤侠、汪芸前往大东山采集昆虫标本（图版XXI 4—5）。8日下午，韩小磊在双水电站路旁采到50多只青凤蝶，其中一次一网捕获11只。这次采集满载而归。但2008年春的“雪灾”令保护区的林木伤痕累累，让人极其伤感。

2010年8月2日至7日，我和陈海东、谢委才与林碧欣、赵小奎及校友黄日强前往大东山采集昆虫标本（图版XXI 6—8）。因为气候干旱，采获的标本不算多。这次是我自1992年7月以来，第15次来大东山考察采集，是计划内最后一次采集，那时我已经73岁。这次采集看到了山上林木两年前“雪灾”的伤痕，另外，由于干旱，潭岭水库的水位为历次最低点。

在2001年至2022年这一阶段，昆虫标本的采集发生了新的变化，以生物多样性综合科学考察为目的，多学科同时进行的研究项目在多地展开。

从1993年开始，中山大学生物博物馆植物、动物（脊椎动物）、昆虫学等学科师生都参加过丹霞山生物多样性综合考察，昆虫分类学团队庞虹、贾凤龙、张丹丹、陈海东、谢委才等和一批昆虫学研究生多次深入丹霞山林区进行考察和采集昆虫标本，采获了一大批标本。

2009年至2013年实施《中国井冈山地区生物多样性综合考察》研究项目时，中山大学生物博物馆昆虫分类学团队贾凤龙、庞虹、张丹丹、陈海东、谢委才和硕士研究生杨立军、赵爽、李韵、童博等每年一次至多次前往井冈山采集昆虫标本，为昆虫标本馆增添了一批井冈山的标本。

2013年至2018年，科技部基础性工作专项“罗霄山脉地区生物多样性综合科学考察”在江西、湖南、湖北三省交界地区开展。生物博物馆昆虫分类团队贾凤龙、庞虹、张丹丹、谢委才和一批研究生多次前往罗霄山脉林区考察，采集昆虫标本。

2019年至2021年，“海珠湿地核心保育区（小洲片区）生态恢复关键生态指示种（动物）研究”持续推进，张兵兰、陈华燕、谢委才等，以长期放置马氏网、定时定点放置黄盘以及平均每月网捕采集一次的方法，共采获昆虫标本数万只（图版XXII 12）。

此外，他们在2001年至2022年还有许多次分散的采集：

庞虹：英德石门台、东莞莲花山、鹤山、南昆山、大雾岭、黑石顶（图版XXII 8）、清新笔架山和太合古洞、顺德陈村、松岗、河源万绿湖、深圳羊台山、封开河儿口、连州田心（图版XXII 1）、香港城门郊野公园、珠海农科中心、贵州梵净山、江西九连山（图版XXII 7）。

贾凤龙：内蒙古林西、克什科腾旗、海拉尔呼和诺尔、伊图里河、呼伦贝尔、黑龙江、西藏、陕西西安、华山、秦岭、山西、浙江天月山、福建武夷山、云南普洱、河北、青海、湖南吉首、四川成都、马坝、香港、澳门、珠海、深圳、黑石顶、东莞莲花山（图版XXII 3）等地。

张丹丹：东莞莲花山、南昆山、清新笔架山、佛山高明区、顺德陈村、大妹花场、南海松岗镇、连平东海镇、江西九连山（图版XXII 5—6）、珠海唐家湾、封开黑石顶（图版XXII 9）、云南腾冲、保山、黑龙江伊春市、领带凉水、尚志市帽儿山、海南黎母山、广西兴安县高寨、陇瑞保护区、弄岗保护区、十万大山、金秀圣堂山等地。

张兵兰：惠东莲花山、信直大雾岭、钱排曲尺海、深圳内伶仃岛、东

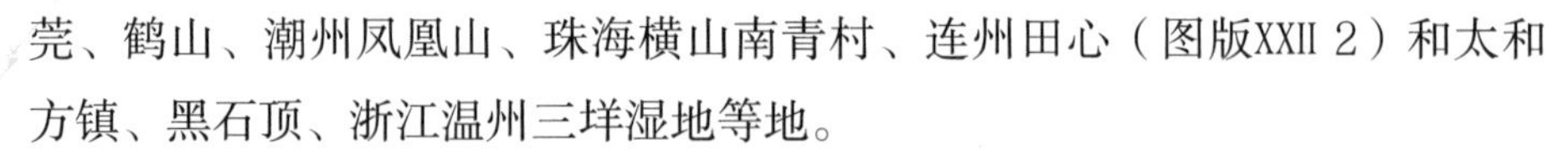

莞、鹤山、潮州凤凰山、珠海横山南青村、连州田心（图版XXII 2）和太和方镇、黑石顶、浙江温州三垟湿地等地。

谢委才：他除身负80多万号馆藏昆虫标本的日常维护工作，每年还有繁重的野外采集任务。据2001年至2022年的不完全数据统计，他先后到过大东山、黑石顶、大雾岭、东莞莲花山、深圳内伶仃、福田红树林保护区、大鹏半岛、梧桐山、澳门、肇庆鼎湖山、龙门南昆山、从化流溪河森林公园、山西历山保护区、河北省涞源县桃木疙瘩村、湖南湘西、新疆等地。他在采集和制作昆虫标本方面有较丰富的经验。

陈海东：东莞莲花山（图版XXII 4）、黑石顶（图版XXII 10）、江西井冈山（图版XXII 11）等地。

《中大老园丁》2022年第2期第28—33页、2023年第1期第27—32页、2023年第3期第23—28页、2023年第4期第48—50页

大东山昆虫资源考察纪实

自1992年7月至2008年7月，我曾先后14次到广东南岭国家级自然保护区大东山管理处所辖林区进行昆虫资源调查考察。每次都是与同事、学生天天背着采集工具，带备午餐用的饼干和饮用水，早出晚归，爬山涉水，在茂密的林间穿梭、觅寻、采集昆虫标本，呼吸原始森林的新鲜空气，享受大自然的美景，虽然有点累但挺有情趣，常常忘记了自己已是一位老年人。

大东山地处南岭山脉腹地，位于连州市北部，东边与湖南相邻，东南与阳山交界，山连着山，处于“山高皇帝远”的偏僻山区。由于群山连绵，山高人稀，自然生态环境受人为干扰较少，林相保持着较原始状态，生物物种丰富，是适于昆虫栖息的理想栖息地。因此，我认为这里的昆虫具有以下显著特点：一是资源丰富，种类繁多。经过十多年的调查、采集，收集了该地数万号标本，已经鉴定发表的种类有1531种，其中新种12种。据了解，这是目前省内各保护区中有昆虫记录的种类最多的保护区。

二是发生量大，个体数多。五彩缤纷的蝴蝶为大东山地区带来生机，使人能够直观感受到生物多样性。168种蝴蝶中，有的种类发生十分惊人，有一种飞翔快捷、不易捕获的青凤蝶，今年7月8日下午，有位研究生一网捕获11只。它们时常数十只甚至上百只聚集在一起取食、汲水。每年夏季，如遇下雨夜晚，室内外灯光诱集大量大小、色彩、斑纹各异的蛾子和甲虫，使居住者感到烦恼，对昆虫采集者来说，则是采集的大好机会。三是奇特昆虫多，引人入胜。大东山有许多在其他林区少见的奇特昆虫，每次踏入保护区，随处可见翩翩起舞的环蝶，因其躯体硕大，体翅橙黄色，并有特别的色斑，在林间缓慢地穿梭飞行，时而飞入室内，格外引人注目。每年5月下旬至9月，有大量的环蝶徐徐飞舞在林间，容易捕获，为其他林区极少见的生态景观，十分迷人。为了保护这种资源，我们已限制学生捕捉。林区中有一种叫蝍蝉的雄蝉能发出悦耳而独特的鸣声，500米内可闻其声。白天，群蝉间歇鸣叫所形成的林间交响曲声势雄壮，每年5至10月形成林虫相映成趣的一种生态景观。今年这种蝉的发生量特大，为历年少见。还有竹节虫，大东山的竹节虫，体大，种类多，形态奇特，具有绝妙的拟态本能，其体型、色彩与栖息地环境相似，堪称昆虫界一绝。十多年来已发现了6个新种。今年7月3日在住地附近采到一头超过一尺长的竹节虫，甚为罕见。吸引着昆虫考察人员目光的还有具有金属光泽色斑大型甲虫、属国家二级保护动物的阳彩臂金龟，雌雄异型的体态十分惹人喜爱。大东山林区还有一种甚为奇特的、被称为华西珠土蝽的“臭屁虫”，体色呈红色，喜群栖，几十头至上百头聚集在树上，几乎每次都可遇到这种情景，这是其他保护区从未见过的奇特现象。其实，大东山林区引人入胜的昆虫种类甚多，举不胜举，迷倒了许多昆虫爱好者。

出于专业爱好，我对大东山自然保护区情有独钟。记忆犹新， 1992年7月10日在竹子上采到一头疑是新种的一种蝽象雌虫，后来连续几年多次采到这种虫，可惜都是雌虫。这类昆虫是中国特产，种类甚少，我曾在1989年在大埔丰溪保护区发现了一新种，只有一头雄虫。显然，大东山采到的物种与丰溪的截然不同，但大东山没有采到雄虫，无法比较。在我的穷追不舍之下，终于在1998年7月10日采到了一头雄虫，才确定其为一新种。

2008年初的雪灾对保护区森林造成的损失不可估量，保护区内外几乎所有林木都拦腰折断或被冰雪压倒，往年树木挺拔、郁郁葱葱的生态景观不复存在，一片秃废，林区景象令人极其伤感。据林业专家估计，至少要三十年这里才能恢复到灾前的林相。可是，在保护区所看到的昆虫却是另一种景象，灾后昆虫的种类和发生几乎没有减少，可见昆虫的抗寒越冬能力多么神奇。

《中大老园丁》2008年第4期第6—7页

我与白蚁的不解之缘

广东地处南亚热带，高温多湿，适于白蚁繁衍。因此，不仅建筑物的木构件受白蚁为害，水利土质堤坝、园林绿化也受害严重。新中国成立后，广东的白蚁防治才走上正轨，并有组织开展白蚁防治研究。1958年7月8日下午，周恩来总理在广州接见了白蚁防治“土专家”李始美同志。总理在百忙中，与他长谈了三个多小时的白蚁防治问题，进一步推动了广东的白蚁防治。

1979年迎来了科学的春天，4月5日广东省白蚁学会成立。1979年至2006年，我连任了八届省白蚁学会理事，先后担任过常务理事、副秘书长、秘书长、副理事长。2007年至今为名誉理事。在省白蚁学会任职期间，有机会与著名的白蚁防治专家李始美、戴自荣等共事20多年，亦师亦友，学习先师的优良品质和高超技术，为我之后开展白蚁防治研究奠定了坚实的思想和技术基础。从此与白蚁结下了不解之缘。

2001年初，广东省白蚁学会常务理事会决定由理事长戴自荣研究员担任《白蚁防治教程》主编，其他常务理事负责编写有关章节。不幸，他还来不及动笔，却身患重病。他把主编任务交给我。我协同其他常务理事，花了一年时间，最终戴自荣与我主编的《白蚁防治教程》于2002年4月由中山大学出版社出版。2004年，本人再次组织各位编写者对此书进行修订，同年5月出版第二版。至今，此书仍为广东省白蚁防治从业人员培训的教材。

坚持白蚁防治研究

我退休至今十多年来，一直在坚持白蚁防治研究，身体力行，除了近两年因客观原因少到研究现场外，每年白蚁频繁活动的3月至11月，每月都定期到研究现场进行防治研究，发现问题及时采取有效措施，经过十多年的防治研究，使原来白蚁为害很严重的顺德体育中心的各个场馆不再受白蚁的为害。最近几年，基本上不见白蚁为害了。该体育中心已先后换了四位主任，每位主任对我们的白蚁防治的工作态度和技术都深信不疑，因此，2014年已与我们签订了第十四期（每年一期）白蚁防治合同。多年来，我们课题组坚持以下三条原则：一诚信原则，努力地做好防治研究工作，为校争光。二严谨的科学态度，因为防治研究现场是体育场馆，是活动人员很多的公共场所，因此我们对所采用的防治措施、使用药物的种类和用量等都严格要求，既要达到理想的防治效果，更要确保在场馆活动人员的安全和环境安全。三实干苦干，做好白蚁防治研究，要有不怕苦、不怕累、不怕脏和连续作业的精神，才能做到实处，收到实效。

最近十多年，无论是房屋的白蚁防治，还是水利堤坝的白蚁防治，我一直都在白蚁防治研究的第一线。因此，2009年4月被广东省白蚁学会授予“白蚁防治突出贡献奖”，2009年12月被中国物业管理协会白蚁防治专业委员会评为“2009年度白蚁防治科技创新先进工作者”。

关心水利白蚁防治

我于20世纪90年代涉足水利堤坝白蚁防治。广东水利（电）厅的有关领导与专家在水利堤坝白蚁防治领域里苦干了几十年，创立了“三环节八程序”的白蚁防治技术。这一技术成果已先后获得广东省、水利部及国家的奖励。近十多年来，应省水利厅有关部门之邀，我先后考察了省内数十宗中大型水利工程，尤其是国家及省的重点工程，如属国家重点堤围的北江大堤，并与其他白蚁防治专家及水利厅的有关领导、专家先后六次到北江大堤调查研究白蚁为害及防治，希望为确保北江大堤的安全付出微薄之力。飞来峡水利枢纽，为北江防汛调节水利枢纽，近十年，我曾三次与水利厅的有关专家前往该水利工程调查考察白蚁为害及防治情况，关注该工程的白蚁防治。几年前才竣工运行的潮州韩江供水枢纽，从2003年12月建设施工到2011年8月竣工运行期间，我与水利厅的有关专家先后三次调查该工程的白蚁为害情况，并根据该工程的特点向工程管理部门提出实现无蚁害水利工程的近期工作内容和长远目标措施。该工程于2012年已通过无蚁害堤坝达标验收。

近十多年来，应省水利厅有关部门的邀请，我曾先后参加北江大堤和深圳市、东莞市、佛山市、惠州市、梅州市、汕头市、潮州市、韶关市、清远市、肇庆市、中山市、江门市、湛江市、茂名市等市的数十宗水利工程的无蚁害堤坝达标验收。

依据多年的白蚁防治资料和经验积累，我与姚达长（水利厅高工）主编的《水利白蚁防治》一书，于2011年由中山大学出版社出版。

培养技术人才，服务社会

在广东，白蚁防治包括两大块，一是建筑物的白蚁防治，防治对象主要是土木栖的台湾乳白蚁（又称家白蚁），这种白蚁为害对象是建筑物的木构件、室内贮存的木质纤维物品和室外的园林绿化、埋地电缆等。广东各级政府的有关部门都高度重视这种白蚁的防治。二是水利堤坝的白蚁防治，防治对象是土栖的黑翅白蚁和黄翅大白蚁。这两种白蚁为害对象比较单一，主要是土质的水利堤坝，也偶尔为害农林作物和室内的木构件。我国南方各省市水利部门对这类白蚁的防治也高度关注。就广东而言，水利厅及各重点市水利部门都有相当规模的专业技术队伍，由水利厅统一部署，形成网络。因为水利行业事关国计民生，与人民的生命财产密切相关。使水库土坝、江河土质堤围每年能安全地度过汛期，是水利部门的责任所在。影响堤坝安全的因素很多，白蚁在堤坝土中营巢为害是安全隐患之一，如治理不及时或措施不当，将会造成决堤溃坝事故，不可忽视。因此，1985年广东省水利（电）厅成立了水利白蚁防治中心站，各重点市先后成立分站，构建了全省水利的白蚁防治技术网络，每年都举行各种级别的技术人员培训。自2005年以来，我先后受邀为深圳市（3期）、佛山市（2期）、韶关市（2期）、北江大堤（1期）、省水利厅中大型水库管理单位行政责任人和技术责任人（5期）等各种类型的培训班授课，作为培训班主讲教师和实操考评专家之一，共培训了1044人次。为广东水利白蚁防治技术人才培养贡献微薄之力。

最近10年，接受过我关于房屋白蚁防治技术人员培训授课的有广东省白蚁学会举办的培训班（3期）、广州市白蚁防治行业协会（4期）、东莞市白蚁防治协会（2期），共约670人次。另外，最近两年，我为广东省职业技能鉴定指导中心和广州市白蚁防治行业协会制定《广东省职业技能鉴定建筑物白蚁防治的职业标准》，并且命制了一套等级考试试题。

中山大学离退休工作处，中山大学离退休教职工协会：《霞光灿烂——中山大学离退休教职工“老有所为”第二辑》第134—136页，2014年10月

我们所经历的康乐校园白蚁防治

我们白蚁研究与防治课题组6人（包为民、梁铬球、何国锋、贾凤龙、谢委才和陈振耀）于1992年7月1日至2004年12月31日承担康乐校园房舍楼宇白蚁防治工程。我们团队发扬主人翁精神，以服务学校为宗旨，立项开展以研究为基础、以灭杀为手段，实施白蚁治理之目标，并成立了昆虫学研究所下属的蚁防治研究中心。在本校园为害房屋与为害园林树木的白蚁都是台湾乳白蚁（广东俗称家白蚁）。房屋和树木可互为虫源地，后者更难治理，必须掌握白蚁在园林树木中的动态。本校园在岭南大学时期，即20世纪二三十年代引种了大批家白蚁嗜食的大叶桉、红胶木、凤凰木、银桦、南洋杉、南洋楹等树种，其树头、树心是家白蚁室外营巢栖息、繁衍

后代首选之地。

2005年至2018年，由广东科建白蚁虫害防治有限公司承担康乐校园公共楼宇和园林树木的白蚁防治。他们以经济效益为考量的运作模式与我们校中人为校服务的运作模式是截然不同的。在此期间，我也一直关注着校园中三种常见白蚁：家白蚁、黑翅土白蚁和黄翅大白蚁的动态。

/ 立项的原由 /

1992年6月1日上午，中大附小学生兴高采烈地在梁銶琚堂庆祝儿童节，中午时分，礼堂楼座下面的天花板因白蚁为害，造成大块大块地坍塌，把部分座椅都砸坏了，如果发生在上午开会期间，其后果不堪设想。时任分管后勤的副校长魏聪桂同志找我，希望我组织队伍把学校的白蚁防治工作担当起来。蒲蛰龙老师也很支持我们担负这项工作，并要求我们在搞好教学、科研的同时，白蚁防治工作也要搞好。校方责成修缮科与我们协商白蚁防治事宜。6月30日，修缮科行政负责人（张泽均）、技术负责人（黄学峰）与昆虫学研究所行政负责人（黄治河）、技术负责人（陈振耀）签订了为期三年的合同，每年防治费2.5万元。1996年至2001年，由总务处行政负责人黄晋强、技术负责人张泽均与我们签订了为期三年的两期合同，每年防治费3.5万元。2002年初，黄晋强处长通知我们，接上期合同执行，当年免签合同。2004年，校方主管部门再次变更，由房地产管理处行政负责人（岳朝阳）与昆虫学研究所行政负责人（张润杰）、技术负责人（陈振耀）签订为期一年的合同，防治费4万元。2005年2月23日房产处告知我们，当年不再签约。十多年来，我们与学校管理方的合作是诚信的、愉快的。曾先后主管后勤部门的校领导魏聪桂、刘美南副校长都经常关心、过问这项工作的进展情况。另外，十多年来，我们曾为本校园教工住宅免费进行白蚁防治服务，每年上百宗，做到当日报告当日登门治理。

/ 抓重点 铺全面 /

因白蚁（等翅目昆虫）是昆虫学教学的部分内容，20世纪70年代初，我们曾请过广东昆虫所和广州白蚁防治所多位白蚁防治研究专家为昆虫专业学生上专题课。自此，我便一直关注着康乐校园白蚁的防治。广州市白蚁防治所和五华县白蚁防治所曾先后多年承担本校园房屋楼宇的白蚁防治，我对他们的施工情况也有所了解，基本上掌握校园白蚁为害情况。我们承担这一任务后，首先抓住白蚁为害重点单位的查治。

梁銶琚堂，1983年落成，1992年发生白蚁严重为害，危及师生员工安全。当时，我们花了很大力气寻找白蚁的巢位，依据白蚁的营巢习性，判断有可能在舞台下阴暗处。征得管理人员何乃增同志的同意，在舞台拆开两块木板，我们6人带备手电、工具及药物爬入舞台下分头寻找白蚁巢，舞台下空隙高不足1.5米，我们只好半蹲弯着腰前行，经认真查找并未发现巢位。最终决定在各为害部位多次施药，并在舞台四角设置诱杀箱，进行诱杀等方法治理，方把白蚁为害控制住。

英东体育馆，1988年竣工，1991年下半年发生白蚁严重为害馆内木地板，多处有巢。1992年5月至6月间曾请某白蚁防治研究单位在馆内全面施药，并在馆四周埋设了多个诱杀箱。1993年5月，体育馆中部仍有大量有翅繁殖蚁飞出，馆内木地板多处被大面积蛀空。健身房、体操房为害也很严重，有白蚁巢。因为体育馆地板是木构件，适于白蚁栖息繁衍，我们采用全面施药，重点部位加大药量，连续跟踪防治，经过4次（1993年7月、1995年9月、1997年8月、1999年8月）全面施药，才较彻底地根治白蚁为害。

电教中心（现网络中心），1984年竣工，1993年清明节前发现白蚁严重为害。由于该中心为当时校内装修最豪华的实验室，所用装修材料多为白蚁嗜食物质，有的室装修好还没有使用，白蚁就捷足先登，木地板、天花板木枋、墙体四周隔音板、木门框，多处为害。我们曾先后在各个室中找到多个白蚁巢。经过多次反复施药灭治，才控制白蚁为害。白蚁防治不是一劳永逸的，2002年10月例行查治，发现仓库有白蚁活动；2004年下半年，大楼正门木门框又发现了白蚁为害，因此对门框、门内大厅和走廊的天花板再次施药。

高等学术中心（冼为坚堂），1988年落成，1992年初白蚁为害也很严重，讲学厅木门框被蛀空营巢，天花板的木枋多处被蛀，天花脱落，也是经过多年的跟踪治理，才把白蚁为害压住。2001年后，每年例行复查已不见白蚁活动。

中区研究生宿舍，为一栋12层楼250个房间的学生宿舍，1987年建成。因为该楼位置特殊，白蚁为害普遍而严重。此栋的白蚁来源于每年5月至6

月间家白蚁分飞季节，有翅成虫飞入室内营巢为害。该楼周围晚间乌灯瞎火，只有此楼各个房间灯火辉煌，分飞的有翅成虫趋向灯光集中。据我们在1992年下半年至1999年11月连续8年的多次调查，共查224个房间（调查时，有些房间无人，未能进入），发现先后受过白蚁为害的有189间，占86.46%。其中，1995年9月3日调查时，406房学生暑假离校外出，开学前回来，床下的储物及床板已被白蚁蛀坏。白蚁刚飞入房间多在卫生间木门框、气窗、堆放杂物的床底下等处立足、营巢。我们多年的查治灭杀了大批幼龄巢。后来，卫生间门框更换了塑料制品，白蚁为害才显著减轻。

上述5栋建筑物都是20世纪80年代的新建筑，白蚁为害却如此严重，同在校园内，岭南大学时期的一批老建筑受白蚁为害轻得多，最主要的原因是所用的木材不同。新建筑多用白蚁嗜食的木料，甚至用招引白蚁能力极强的松木，因此，建好不几年，白蚁捷足先登，营巢为害，并成为室内的虫源地。

关于铺全面，我们采用了五项措施：

1. 每天安排人员值班，治理用（住）户当天报告的白蚁患。在我们刚接手时，白蚁患比较严重，1992年7月至1993年7月，每天两人值班，后来白蚁为害有所减轻，改为每周一人值班。

2. 1992年下半年至2004年，每年上、下半年各一次对学校所有办公、教学、科研及生产用房进行普查，我们6人分成3组，分片负责，做好记录，如发现白蚁为害，即行施药灭杀，及时减少损失和消灭白蚁虫源。

3. 举办培训班，1994年4月27日举办了一期培训班，邀请各相关单位派员参加，把白蚁防治知识教给大家，防患于未然。

4. 1992年至1999年，在校内1984—1991年新建的房屋中选取办公楼16栋、学生宿舍1栋、招待所（西招、酒培中心）2栋、教工宿舍32栋，共51栋的白蚁患进行为期8年的跟踪查治，探索本校园白蚁发生规律。

5. 摸查园林树木的白蚁为害（后详）。

经过多年抓重点铺全面的综合治理，白蚁防治取得了良好的效果，并较好地解决室内白蚁虫源问题。这是我们课题组对康乐校园房舍楼宇白蚁防治的主要贡献。

摸查园林树木的白蚁为害

在广东，为害房屋楼宇和园林树木的白蚁主要种类是台湾乳白蚁（俗称家白蚁）。房屋和林木可互为白蚁虫源地。在没有经费的情况下，我们课题组对康乐校园的园林树木的白蚁为害情况进行了三次摸查。

1. 1993年上半年，我指导生科院动物学专业89级学生陈兴永、李晓燕的毕业论文，对校园7个区23科38种2200棵白蚁取食的树种进行调查，掌握了家白蚁嗜食的树种有大叶桉、凤凰木、红胶木、银桦、南洋杉、南洋楹、红花羊蹄甲、樟树等，并证实了家白蚁嗜食“生樟死松”的习性。

2. 1995年上半年。我邀请谢委才和植物分类学教师缪汝槐教授指导我带的生科院动物学专业91级学生连常平、彭红的毕业论文，对26科40种校园珍稀树种白蚁为害情况进行了调查。至今，这些树种已有1种被白蚁为害致死，另有4种因人为所致而消失。

3. 2000年12月至2002年4月，我与包为民（2001年8月生病，退出）带领生科院生物学专业99级学生王智学、李杰、俞陆军、张译月、谢宁、罗青、张苏洲等，利用周六、日对校园7个区的55科155种8580棵成材树木分区有序地逐棵对白蚁为害情况进行普查，进一步明确了家白蚁的嗜食树种和黑翅土白蚁、黄翅大白蚁的取食习性。

校园白蚁防治之浅见

康乐园白蚁繁盛的重要原因是校园中有许多供家白蚁嗜食和营巢繁衍后代的树种，如大叶桉、红胶木、银桦、南洋杉、南洋楹等，园林树木已成为校园中家白蚁的主要虫源地。

1. 在校园中，家白蚁是一个主要为害物种，现代生态学观点认为只能控制其危害，不宜将这个物种消灭作为目标，也不可能达到。

2. 在校园中，被误称为“林木白蚁”的黑翅土白蚁和黄翅大白蚁最近几年已被杀灭得差不多了，尤其是前者，这两年已不见其翅成虫分飞了。几十年的白蚁防治实践，从未发现黑翅土白蚁入室为害，黄翅大白蚁也极少为害房屋，至于“为害”树木也只不过是“替罪羊”而已，为家白蚁“背黑锅”。这两种白蚁在室外土中营巢，春夏秋季会在樟树、银桦、白千层等多种树木的树干上筑泥被、泥线，在其中取食老死树皮、除了少数苗木，绝不为害活的树木，以药物灭杀之与校园生态文明相悖。其实，这类

白蚁可促进地表物质循环，是其他生物不能替代的，它与蚯蚓对地表活动的作用有异曲同工之效。因此，对校园树木白蚁的治理一定要精准，只治理家白蚁，对两种土栖白蚁要手下留情，才有益生态。

3. 依据我们课题组10多年的校园白蚁防治经验，只要做到以下两点，就能控制室内家白蚁的虫源及其为害：

（1）每天有白蚁防治技术人员负责治理住（用）户报告的白蚁患。

（2）每年在家白蚁分飞季节（4月底至6月上旬）对学校公共房舍楼宇进行一次普查，及时发现、治理白蚁患。

《中大老园丁》2019年第4期第21—24页

康乐校园的白蚁与园林树木

/ 白蚁的种类 /

康乐园中常见的白蚁种类有：

1. 台湾乳白蚁，*Coptotermes formosanus* Shiraki，俗称家白蚁，我国华南地区和台湾省为其原产地。在广东，家白蚁是为害建筑物木构件、图书资料、生物标本、办公用品、埋地电缆、家庭储藏物、园林树木等的最主要种类。属土木栖性白蚁，可在土壤中或在土中的树头、木材中营巢，也可在地面上的树木中、建筑物中营巢。巢体结构固定，比较大，可分主巢和副巢，巢内的白蚁个体可达几十万至上百万头。

2. 黑翅土白蚁，*Odontotermes formosanus* Shiraki，是我国南方地区为害江河土质堤围和水库土质大坝等水利工程的最主要种类。我还未见过黑翅土白蚁入室为害木制构件和储藏物。20年前，康乐园中常见到工蚁在樟树、南洋楹等树种的树干上修筑的泥被，工蚁从地下以口器含泥土爬到地表将樟树或南洋楹从树头往上不断地用泥土把树干表皮覆盖起来，连续不断的一片称之为“泥被”。工、兵蚁怕光，以泥被做掩体，工蚁在其中取食老死的树皮，不伤害林木。土栖性白蚁，在土壤中营巢，可筑大型巢，在其周围有几十个至上百个菌圃，由蚁路联通为一体，形成庞大的巢穴系统。群体离开土壤不能繁衍后代，工、兵蚁不能长时间离巢在地面活动，在高温、寒冷、干旱天气，极少离巢到地面活动。

3．**黄翅大白蚁**，*Macrotermes barneyi* Light，也是我国南方地区为害水利土质工程的重要种类，因其巢体在土壤中较浅，群体较小，菌圃较少，其为害不及黑翅土白蚁严重。在康乐园中，天气温暖潮湿时，其工蚁常在银桦、白千层等树干上修筑"泥线"作掩体，在其中取食老死树皮，不伤害林木。黄翅大白蚁偶尔会入室为害，我曾治理过在图书馆一、二楼的木电箱、出版社库存的书籍、教工住宅一楼木门框的黄翅大白蚁共4宗。偶尔也为害苗木。

园林树木的种类

2000年12月至2002年4月，我们对康乐校园7个区进行有序的调查，统计得胸径约15厘米以上的成材树木共有55科155种8580棵。部分树种学名由缪汝槐教授、叶创兴教授鉴定。当然，目前康乐园中的成材园林树木的种类和数量远超此数。

康乐园的园林树木，除了本地的乡土树种，如荔枝、龙眼、橄榄、榕树、樟树、木棉、蒲葵等，还有大量的外地引种树种。据中大生物学系邱华兴等7人1955年的毕业论文《康乐校园植物》记载，康乐校园竹木引种的主要来源有：海南岛、粤北、香港和泰国、缅甸、马来西亚、菲律宾、美洲、澳洲。有些引入种子，如桉树等，在本校播种繁殖栽种。当年，引进的桉树有38种，栽种1000余棵，遍布校园，有柠檬桉、大叶桉（多种）、细叶桉等。当时长得最大的是在科学馆（化学院南楼，西北区536号）和十友堂（西北区537号）之间路傍的两棵弹帽桉，胸围达230厘米。2000年，这两棵桉树因白蚁严重为害，呈枯死状态，于同年6月13日砍掉，树心已被家白蚁蛀空。

家白蚁对园林树木的为害

家白蚁嗜好取食的树种有：原产澳洲的大叶桉、红胶木、白千层、木麻黄，原产美洲和澳洲的南洋杉，原产南洋群岛的凤凰木，原产南洋群岛的南洋楹，原产中美洲和西印度的桃花心木，原产台湾的台湾相思和本土树种樟树、阴香、构树、朴树、银桦等。樟树木质坚实，家白蚁在其树干、树枝内只能筑小型巢。据调查，校园中有樟树354棵，皆为大型树，没有发生过因白蚁为害而被狂风吹倒的个案。在广东白蚁防治行业中有家白蚁嗜食“生樟死松”之说，是多年实践经验之谈。在康乐园中，长势良好的本地树种马尾松和美洲引进的湿地松，家白蚁从不问津，一旦枯死，家白蚁马上进驻，取食其木材。

在康乐园中，每年因台风和暴雨袭击而倒伏的树木有一定数量，据笔者自1993年以来因白蚁为害，狂风暴雨助力致使树木倒地的，记录在案有：

1993年8月31日，9号台风在阳西县登陆，广州最大风力6级，蒲园区612号西北角一棵凤凰木被吹倒，发现该树头有一大型白蚁巢，有白蚁。

1995年4月9日19时，广州吹9级北风，又下大雨，拟建中山楼的风雨操场西南角一棵白千层被吹倒，在树心发现有白蚁巢，有白蚁。

11月7日，狂吹北风，图书馆东侧一棵台湾相思被吹倒，树心被白蚁蛀空，白蚁已转移。

1997年12月25日，中区研究生宿舍西侧一棵猫尾木因树头被白蚁蛀空而被风吹倒，不见白蚁。

2000年9月15日，我们在调查时发现，教工活动中心楼前路旁一棵大叶桉被白蚁蛀空，随时有倒下的危险便向园林部门建议砍掉。

2001年7月6日，4号台风在惠东登陆，吹经广州，生物楼前路旁一棵白千层被吹折断，树心已被白蚁蛀空，不见白蚁。

2003年5月15日，傍晚风雨交加，蒲园区652号西北角一棵构树被吹倒，有树心巢，有白蚁，并有待飞的有翅成虫。

6月26日，大风大雨，曾宪梓堂北院东侧一颗巨大的南洋楹被吹倒，树头有大型的白蚁巢空洞，白蚁早已转移。

8月15日晚18时至20时，风雨交加，东区运动场西南一棵南洋楹的分枝断裂，倒下，裂口处树心已被白蚁蛀空。

9月1日，台风“杜鹃”在惠东登陆，经广州时风力8～9级，最大11级，黑石屋楼前小道与逸仙路交接处北侧路旁一棵南洋杉被台风吹倒，树头有白蚁巢，有白蚁。西大球场北侧路旁一棵银桦被吹倒，树心已被白蚁蛀空，不见白蚁。颐园学院（老人大学）西侧一棵构树被吹倒，有树心巢。

2005年8月11日，台风“榕树”在汕头登陆，经广州时风力7～8级，马文辉堂南侧路旁和贺丹青堂东侧路旁各被吹倒一棵白千层，均有白蚁树心巢，无白蚁。因白千层木材坚实有纽纹，树心巢不大。

9月24日，园西区747号东侧路旁一棵白千层被大风吹倒，树心有白蚁巢。

12月3日，冷空气南下，风力大，黑石屋楼前小道与逸仙路交接处南侧一棵南洋杉被吹倒，4日上午园林工人将之锯断，树头有白蚁巢，并有许多白蚁。当时我取回一段树心巢作标本用，现存放在生物博物馆。

2008年7月12日，蒲园区643号东南角一棵南洋楹在10多米高处一粗大分枝断裂，倒在路中，在断裂处有白蚁树心巢。同日，643号东侧小广场，园林工人在锯一棵樟树枯枝时，将一棵没枯死的树枝锯下，发现有白蚁树心巢，还有数头有翅成虫爬出。我将此树枝取一段带回，现存在生物博物馆中。

9月28日，受台风“黑格比”影响，图书馆东侧路旁一棵南洋杉被吹倒，29日园林工人将其锯断，树头有大型蚁巢，并有许多工白蚁和兵蚁。

2009年2月11日夜间，马应彪招待所（管理学院西北处）一棵南洋楹的一粗大分枝断裂倒下，已被白蚁蛀空。

2010年8月16日傍晚，蒲园区607号北侧一棵南洋杉在树头处断裂倒下，树头有大型的蚁巢，并有许多白蚁活动。我将树头巢取回，施药将白蚁毒死，树头巢存放在生物博物馆中。

2011年5月22日早上下暴雨，蒲园区635号与管理学院酒店培训中心之间的一颗凤凰木在近树头处折断倒下，树心被白蚁蛀空。

7月19日，生科院昆虫所楼西侧养虫网室旁一棵木麻黄因大雨导致树头处断裂倒下，树头内有白蚁巢，有白蚁。木麻黄木材坚实而纽纹，因而白蚁巢不大。

2012年8月22日早上，校医院门前西侧一颗南洋杉树头处断裂折倒，被另一棵树顶住，没倒下，断裂处有白蚁爬出，并有很多兵蚁，内有白蚁巢。

2021年9月3日下午16时许，风雨交加，蒲园区643号东南角的南洋楹一分枝断裂，倒在路中，断裂处已被白蚁蛀空。

9月25日下午近17时，无风无雨，贺丹青堂东北角“竹种标本园”入口处一棵阴香的分枝被白蚁蛀空断裂倒下，把竹种标本园简介的石牌压碎。

另外，1997年10月下旬，蒲园区因新建643栋，砍了645栋东南侧的两棵南洋楹，树头、树心都有大型的白蚁巢穴空洞。

11月3日至5日，因建中山楼，在原风雨操场四周砍伐21棵大树，其中19棵白千层，2棵有树心巢。11月8日，在风雨操场东北角砍了6棵白千层，其中2棵有树心巢。

1999年8月18日，蒲园区655栋因每户在南侧加建一房，砍伐了16棵白千层和2棵大叶桉，其中15棵白千层有树心巢。2棵大叶桉均有大型树心巢。我取回一个较完整的白蚁巢，做标本，现存放在生物博物馆。

对加强校园树木绿化管理的建议

1. 鉴于家白蚁对景观树种南洋杉和速生树种南洋楹及楹树特别嗜好取食、营巢的习惯，本校园中这三种树因风雨袭击断裂倒地时常发生。为了人民的生命财产安全，建议以后在校园中的交通要道、公众活动场所、体育场馆、楼宇住宅周围不宜栽种这三种树木。

2. 在康乐校园中，家白蚁嗜食的树木种类不少，有些是树龄上百年的老树古木，从树木的外表找不到白蚁的为害痕迹，但每逢台风袭击风雨交加时段，存在断枝、倒树的风险，因此每年要对交通要道、活动场所、房前屋后危害安全的树木进行锯枯枝整形。

3. 家白蚁为害树木的防治难度较大，通过诱杀等手段会有一定效果，但要彻底根治是很难做到的。

《中大老园丁》2022年第1期第33—37页

回忆往事：
广东省白蚁学会的30年（1979—2009）

光阴似箭，日月如梭。我国著名的白蚁防治专家李始美研究员创立的广东省白蚁学会至今走过了30个年头。我自第一至第八届都是学会理事。30年来，对学会怀着深厚的感情，回忆往事，感受良多。

学会的筹备与成立

1979年，迎来了科学的春天，李始美研究员出于对白蚁科学研究工作热心，曾向国家科协和广东省科协提出成立广东省白蚁学会的建议，并积极进行筹备工作。1979年2月10日，广东省科协批准成立广东省白蚁学会。3月8日，在科学馆、省科协的具体领导下，李始美研究员召集了中山大学、华南师范学院、省建委、广东省昆虫研究所、广州市白蚁防治所、广州铁路局等13个单位有关人员成立筹备小组。3月22日，筹备小组经过民主协商，充分考虑到各行各业代表的广泛性，由李始美等16人组成学会第一届理事会，并推举李始美为理事长，袁明、蔡栋辉为副理事长，平正明为秘书长。

学会成立大会于1979年4月5日在广东科学馆举行。自此，我国首个白蚁研究与防治的学术性群众团体省级白蚁学会宣告诞生。到会代表600多人，广东省科协副主席贾云飞同志、广东省科学院副院长赵善欢教授、中山大学副校长蒲蛰龙教授等领导及学者到会祝贺。

怀念二位会长

李始美研究员和戴自荣研究员都曾先后担任学会多届理事会领导职务。他们为学会的成立与健康发展呕心沥血，立下了汗马功劳，为后人所敬重。本人在省白蚁学会与他们共事了一二十年，他们的品行在我的脑海里留下了深深的印记。在学会成立30周年庆典之际，深切地怀念他们。

李始美研究员。他从事白蚁研究工作近40年，为广东和华南地区的白蚁防治工作作出了突出的贡献。他的主要功绩有：

1. 20世纪50—70年代，为推动白蚁防治，他协同有关部门为广东各地举办了大量的各种类型的培训班，培养了大批白蚁防治技术人才，为广东普及白蚁防治立下汗马功劳，功绩无量，在广东省白蚁防治史册中增添了光辉的一页。

2. 自20世纪50年代起，他领导的广东昆虫研究所（原中南昆虫研究所）白蚁防治研究室，培养了一大批青年白蚁科技工作者，后来成为国内外著名的白蚁研究专家，如戴自荣、黄亮文、李栋、李桂祥、平正明等高级研究人才的成长有他的一份功劳。广东昆虫研究所白蚁防治研究的坚实根基以及直至今天白蚁研究事业的辉煌与他所作的贡献密切相关，他的业绩已在广东昆虫研究所发展史上留下了夺目的一页。

3. 李始美研究员为团结广东白蚁防治研究从业人员和推动白蚁科学研究及白蚁防治，创立了广东省白蚁学会，他对广东省白蚁学会所做的杰出贡献，为后人传颂。

4. 1970—1979年，他和同事与省水电局的姚达长、黄觉民等对广东（含海南）41个县市的176座大、中、小型水库和总长131.5千米的堤围进行了白蚁为害情况调查。1975年还与其他研究人员一起在东莞雁田水库驻点研究水利堤坝白蚁防治技术。

戴自荣研究员。第三、七届理事长，第二、四、五、六届副理事长。2002年上半年重病在身，不能再工作时，才把学会领导的担子卸下来。在学会，我与他共事20多年，以下三点感受至深。

1. 为人正直，克己奉公。他对同事和朋友诚心相待，以理服人，是一位难得的朋友与兄长。1983—2001年，近二十年他都担任学会的领导工作，对工作认真负责。学会的工作是没有报酬的义务性工作，他从不计较，从不以权谋私，他的无私奉献的精神感人至深。

2. 治学严谨，辛勤耕耘。他从事白蚁研究几十年，不辞辛劳，从实验的设计、实施到实验数据的整理和论文的写作都一丝不苟，严谨的治学态度和实事求是的科学精神体现了老一辈科学工作者的风范。

3. 团结同志，与人为善。他善于团结同志一道工作，虚心听取不同意见。在任历届学会主要领导时，尊重不同单位的各位理事。凡是较重大的事情都虚心听取各方面的意见，从不自以为是、自作主张，为民主办会树立了榜样。

展望未来，一片光明

展望未来，广东省白蚁学会的前景一片光明。

广东省白蚁学会自成立以来，平平稳稳地走了三十年。虽然白蚁防治行业由20世纪50—70年代的服务型到80年代以后逐渐向市场型转变，白蚁研究与防治的队伍随着市场经济的发展发生了一些变化，从总体上看，没有出现大起大落的局面。白蚁学会会员人数和团体会员数不断增加，每次参加学会组织的会员代表大会或学术年会人数也不断增加，显然，广东省白蚁学会还有很强的凝聚力和吸引力。

白蚁是一类古老的昆虫，在地球上经历了无数次的地壳和气候变迁，以高度的适应性生存下来。白蚁是不易消灭也不能消灭的一类昆虫，对于其有益方面要充分利用，有害方面要进行恰于其分的治理，愿白蚁防治研究行业与白蚁长期共存。

白蚁学会是跨行业的群众性的学术团体，会员的思想和文化素质都参差不齐，学会有责任引导和帮助会员不断地提高思想素质和专业水平，以适应日益发展的社会需求。学会理事会的成员来自各个行业的不同单位，民主办会、协商一致、充分发挥每位理事的积极性是办好学会的基本条件。

祝愿广东省白蚁学会与日月同辉。

广东省白蚁学会：《三十年耕耘专注务实奋进》（内部资料），2019年4月

光辉的历程

——庆祝广东省白蚁学会成立40周年

1978年，在邓小平同志的引领下，中国走上了改革开放的光明大道。1979年4月5日，中国第一个省级白蚁学会——广东省白蚁学会在广州诞生。至2019年，广东省白蚁学会成立40年了。回眸白蚁学会的光辉历程，在中国共产党的领导下，在开放改革的大道上，40年来，白蚁学会一步一个脚印，跟随着国家的发展步伐，不断前进。广东省白蚁学会是我国改革开放的产物。40年来，广东省白蚁学会为本省，乃至全国的白蚁防治科技发展立下了不朽功勋，为本会广大会员在白蚁防治行业中发展创新不断添加正能量，造就了一批企业家。

/ 学会的发展 /

广东省白蚁学会创始人李始美研究员在主持筹建学会时，就关注到白蚁与国民经济建设各行各业的密切关系。当时他除了召集白蚁研究单位广东省昆虫研究所和白蚁防治单位广州市白蚁防治所的相关同志，还邀请了

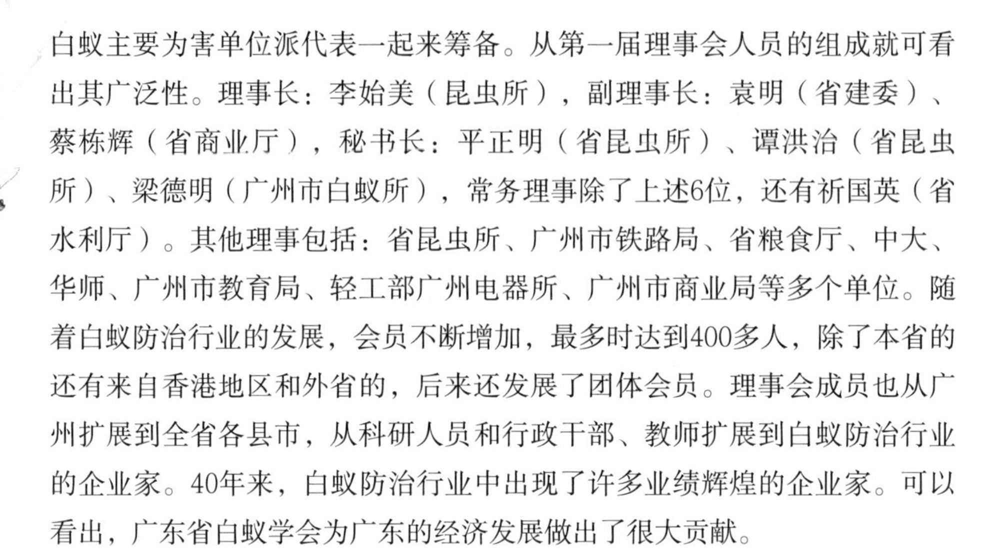

白蚁主要为害单位派代表一起来筹备。从第一届理事会人员的组成就可看出其广泛性。理事长：李始美（昆虫所），副理事长：袁明（省建委）、蔡栋辉（省商业厅），秘书长：平正明（省昆虫所）、谭洪治（省昆虫所）、梁德明（广州市白蚁所），常务理事除了上述6位，还有祈国英（省水利厅）。其他理事包括：省昆虫所、广州市铁路局、省粮食厅、中大、华师、广州市教育局、轻工部广州电器所、广州市商业局等多个单位。随着白蚁防治行业的发展，会员不断增加，最多时达到400多人，除了本省的还有来自香港地区和外省的，后来还发展了团体会员。理事会成员也从广州扩展到全省各县市，从科研人员和行政干部、教师扩展到白蚁防治行业的企业家。40年来，白蚁防治行业中出现了许多业绩辉煌的企业家。可以看出，广东省白蚁学会为广东的经济发展做出了很大贡献。

人才的培养

习近平总书记说“人才是第一资源”。白蚁学会的发展离不开人才。我们学会不仅为广东培养了大批白蚁防治技术人才，也为我国培养了大批白蚁防治技术人才。

培养人才的三个平台如下：

1. 学术研讨会

广东省白蚁学会是全国第一个省级白蚁学会，自成立之日起就引起了全国白蚁防治行业和白蚁研究部门的高度关注，广东白蚁防治行业的发展引人注目。学会成立后的前十年，每年都举行一次学术研讨年会。每次都邀请全国白蚁防治研究的主要单位派代表参加。不少外省（市、区）代表把宝贵经验送上门，互相交流，同时吸取广东的一些经验，取长补短，研讨会成为广泛提高白蚁防治水平的一个平台，也是当时提高白蚁防治水平的主要方式 。我举几个例子来说明广东省白蚁学会与国内其他省（市、区）白蚁研究与防治行业的密切关系。

1979年11月，广东省白蚁学会在台山县召开的第一次学术交流会，116人出席，应邀出席的外地代表来自国家城建总局，北京动物所和上海、江苏、浙江、江西、福建、湖北、湖南、四川、香港等地多个单位，有34人，约占比30%。

1981年11月在新会召开研讨会，出席人数173人，外省（区、市）的有来自山西、上海、江苏、安徽、浙江、福建、江西、河南、湖北、湖南、广西、香港等地的31个单位35位代表出席。

1983年在湛江举行的学术讨论年会，出席179人，其中外省（区、市）的有来自辽宁、天津、山西、陕西、江苏、福建、河南、湖北、湖南、四川、云南等地的代表45人到会。

1985年在南海举行的学术年会，出席119人，有来自天津、江苏、安徽、浙江、江西、湖北、湖南、广西、四川等地的代表24人出席。

上述例子说明了，每年参加学术讨论会的，除了大多数是广东省白蚁学会的会员，还有不少全国各地的同行，大家进行学术交流，互相学习，共同提高。此后，每隔2～3年举行一次的学术研讨会成为广东省白蚁学会几十年来的传统学术活动。

2．出版《白蚁研究》

学会成立后不久，为了加强学术交流，提高白蚁研究和防治水平，决定由白蚁学会主编出版内部刊物《白蚁研究》，并免费发放到每个会员和全国相关单位。这对广大会员了解国内外白蚁研究和防治技术动态、提高理论水平和防治水平都有一定帮助。这一刊物从1979年9月到1987年10月共发行了11期。

3．举办培训班

在这里我着重讲一下1990年至1995年每年举办一期的培训班的情况。

从1990年11月举办第一期“白蚁及家庭害虫防治”培训班至今已30多年了，培训班的名称也随着时代的进步而有所变化，但以培训班培养科技人才的形式没有变化。培训班不仅招集学员到广州集中培训，还派出教师到各市办班。至今学会一共办了多少期培训班，培养了多少人，学会有档案资料可查。

1990年初，理事会决定举办培训班，当时由戴自荣、卢川川、钟登庆和我筹划办班事宜。当时省科协有培训中心，我们可与该中心联合举办培训班，并由该中心发结业证。在确定举办“白蚁及家庭害虫防治培训班”后，即聘请有关老师，并要求在6月前写出教材，内容包括：昆虫学基础、白蚁防治概论、化学防治、鼠害防治、家庭害虫（蟑螂、蝇类、蚊类、蚂蚁）防治、花卉和园林害虫防治等。

第一期于1990年11月21日至12月5日举办，学员27人，其中，本省23

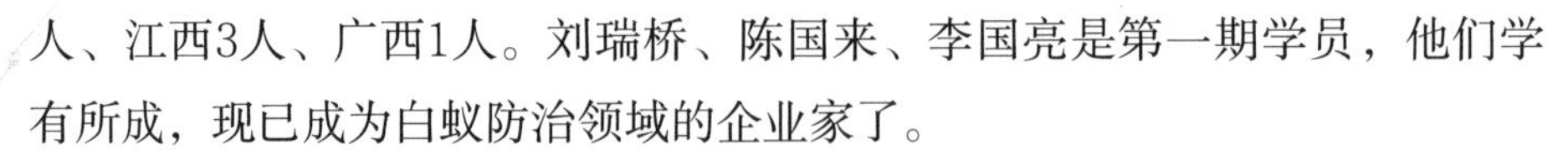

人、江西3人、广西1人。刘瑞桥、陈国来、李国亮是第一期学员，他们学有所成，现已成为白蚁防治领域的企业家了。

第二期举办于1991年11月20日至30日，学员31人，其中，广西3人，其余为本省人。

经过总结两期办培训班经验和不足，学会决定将教材做少量的修改，增加了“水利白蚁防治”一章，并且在每一章教材的后面附有复习思考题，于1992年5月再版。另外，决定自第三期起改为函授。6月份将教材寄到学员手上，11月集中授课并考试。

第三期于1992年11月19日至12月2日举办，内容包括面授、考试，这一期49人，其中广东16人、浙江17人、江苏9人、安徽2人、江西4人、湖北1人。

第四期于1993年11月22日至12月2日进行面授和考试，学员共46人，其中浙江13人。

第五、第六期的办班资料已丢失，具体情况无法复原。估计与第三、第四期相似，除了本省学员，外省的学员占有一定的比例。

从这六期培训队伍的学员来源情况可看出，我们学会不仅为本省培养了一大批白蚁防治科技人才，还为其他省（区、市）培养了一批白蚁防治技术人才。

《广东省白蚁学会成立40周年论文集》（内部资料），2019年3月

五

退而不休　余力献社会

十四年“义工”回眸

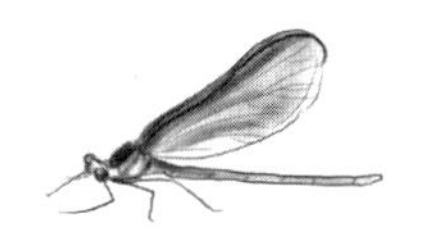

（图版XVII 1—3）

光阴似箭，日月如梭，弹指一挥间，十四年一晃而过，我退休后已在生科院分会及校离退协共做了十四年“义工”。在我的一生中，十四年，不长也不短。这十四年，对我来说，是既谈不上经济效益，也没有专业学术价值的纯义务性工作，可是很有意义，也很有价值；也是我一生中值得回味的一段别有情趣的历程。与本校许多离退休的老同志一样，我把自己退休后还有点热度的时光献给老人事业，既不惋惜，也不后悔，值得。

我于2001年4月办理退休手续，5月份正巧碰上生科院分会换届，推选我担任分会理事，当一个小组的组长，负责联系一个小组30多位离退休教职工，从此踏上了做“义工”之路。在那一届任期内，我先后担任过两个小组的组长。当时生科院分会是以原教研室为基础分组，共4个小组，每个小组约30位会员。最初我接替叶焘宇老师，负责联系第二组，即动物生理、植物生理、鱼类、遗传等教研室的离退休教职工。后来因昆虫所小组任组长的张工珍离任，我便接替其回到原工作单位昆虫所小组，即第四小组任组长，直至2003年4月换届。任小组长期间，每年几次上门把党的关心、组织的温暖送到组内各位会员家中，诚实地履行了小组长的职责。从此，我与离退休教职工的感情也更加深厚。

2003年4月，生科院分会换届，我又被推选为新一届分会理事。在理事会分工时，陈舜华老师推举我任理事长，我极力婉拒。我历来都是默默无闻的，是在教学、科研第一线的教师，怕胜任不了这个“官”。由于众理事都支持陈老师的意见，我只好服从多数，硬着头皮担当起来。我出任会长后，首先把分会的财务管理规范化，请汤展球老师（非分会理事，他义务为生科院分会服务了十多年）、缪汝槐老师（分会理事）分别负责会计、出纳；2005年至2014年，林波老师任会计、汤展球老师任出纳，负责把1999年黄溢明老师任会长时所筹集的几万元“生命科学院老年人福利基金”管好、用好，并在每年春节前聚餐时将当年的收支情况向会员公布，实现“基金”的收支公开、透明。2009年1月至2014年12月，金立培老师任会长期间，这一做法仍延续下来。

我在分会工作期间，为需要帮助的老师做了点有益的事，情理之中的分内事，事虽小，但很有意义。其中，有几件事深深地印在我的脑海中，抹不掉，忘不了。

2003年6月，我担任分会长不久，我们分会的陈晓雯老师身患重病，经一段时间住院治疗后，病情有所好转，为了利于康复，转到罗岗一间养老院疗养。陈老师中年离异后带着幼小的女儿一起生活。她只领中级职称的退休金，女儿还未工作，入不敷出。陈老师是我的老师，又是同事。我突发奇想，能否筹点钱帮她一把。我想到在“文革”期间，生物系昆虫专业招收的六届“工农兵学员”，都是陈老师的学生，她为他们教授“微生物学”专业基础课。陈老师不仅教学认真，还经常带着幼小的女儿到工厂、农村参加“开门办学”的教学实践活动。陈老师为人诚实，坦率，善待学生，对学生似对自己的女儿一样，因此，学生不仅尊重她，师生感情上也非常融洽，体现了当时常说的“同一战壕的战友”的师生关系。这六届学生也是我的学生，我曾教过他们的“昆虫学”基础课，同他们的关系也很好。还有一个有利的条件，就是这六届毕业生都有留校的同学，我便利用这三个有利条件，开展捐款活动。因为陈老师原属微生物教研室，不属昆虫所退休教师。我征得昆虫所领导同意，以昆虫所的名义向每一位同学发了捐款信。为了避嫌，请他们将捐款汇来昆虫所办公室林碧欣老师收转，并在信中附有六届留校同学及我的电话号码，以便查询。不少同学慷慨解囊，一共捐到3万多元，为陈老师解决了燃眉之急。我还请陈老师写了一封感谢信，我复印后给每位捐款者寄去，善始善终，圆满地做了一件有益的事。

2004年，我们昆虫所有一位老师身患重病，急需做器官移植手术，费用昂贵。我们昆虫所长期在蒲蛰龙老师的培育下，构建了一个互相关心、互相帮助、团结协作的团队。当时昆虫所领导发动全所教职工伸出援助之手，助他一臂之力。我知悉后，便向昆虫所退休的每位老师打电话，希望能帮该老师一把。我所20多位退休教职工共捐款1万多元。虽然是杯水车薪，但也体现了昆虫所退休教职工的一人有难，众人相助的集体主义精神和相互关心的仁爱之心。

2010年8月，昆虫所退休教师崔炳玉老师身患罕见的肌肉萎缩症。当前，国内外还没有理想的治疗方法，只能靠服用昂贵的进口药物以减轻痛苦延缓病情发展。只领初级职称退休金的崔老师难于承受每天200多元的自费药物的费用。因此，昆虫所退休教师卢爱平和林佩卿二位老师向我提议，发动昆虫所的退休教职工尽己所能，捐款资助崔老师渡过难关。我写了一封捐款信发给昆虫所每位退休教职工，并告知，乐意捐款者，请打电话给我，可上门收取，或面交与我。老同事们纷纷解囊，共捐了1万多元，缓解了崔老师的经济压力。我将捐款交崔老师时，叮嘱她，要给每一位捐款者打电话（当时她还能打电话），一表示感谢，二说明他（她）捐的钱如数收到，免得捐款者挂念。

2009年我到学校退休协会后，任了一届理事，一届常务理事。六年来，所经历的事能留下深刻印象的不多。2013年，我妻病了一年。这一年为妻治病奔忙于医院，对协会的事关心不够。但领导的关心、组织的温暖、新旧同事的同情和护助，使我多次落泪，刻骨铭心。

《中大老园丁》2015年第1期第25—26页

三棵科研常青松

中山大学昆虫学研究所昆虫分类室的三位退休教授华立中、梁铬球和陈振耀，退休后一直坚持工作，从他们所发表的论著可看出，研究成果很多。虽然他们所从事的昆虫分类研究领域各有所不同，但在科研上有许多共同点。

退而不休，老有所为

从事昆虫分类学教学、研究的三位教授退休后继续其基础性的研究工作，十多年来从未停顿过，以昆虫标本馆为家，埋头在标本馆里专心致志地进行昆虫分类研究工作。

华立中教授在没有科研经费的情况下，自筹资金，花了十多年时间日以继夜地工作，在狭小的工作室里完成了填补国内空白、世界排名第三的巨著《中国昆虫名录（英文版）》，全书共4卷，合计800多万字。全书记录昆虫33目，782科，14772属，76200种，查阅引用文献4497篇。这是当今研究中国昆虫不可少的一部专著。自2006年起，他与日本、美国的天牛分类专家合作编写《中国天牛（1406种）彩色图鉴》也是一本费时几年的巨作。他自1991年11月退休以来共发表论文19篇，编著专著8部。2005年，世界科教文卫组织授予他“首批特殊贡献专家金色勋章”（获奖名单发表在2005年世界教科文组织专家年鉴中）。

梁铬球教授退休后继续进行直翅目蚱总科的分类研究，与郑哲民教授合著的《中国动物志蚱总科》于1998年出版；他退休后发表了蚱总科两个新属、蚱及蝗虫新种24种。为当前国内动植物检疫之需要，他对蝇类进行分类研究，自2003年至今，协助广东省出入境检验检疫局所属的各口岸每年鉴定蝇类标本超过1万头，并在广州口岸多次截获国外卫生性蝇类共7种，为防止国外有害物种传入我国作出贡献，还为某些公司解决了蟑螂、蝗虫的商业纠纷。1995年3月退休以来，他发表论文、专著35篇（部)。

陈振耀教授退休后仍在研究工作的第一线，他主持的白蚁防治研究项目也一直在进行。2009年4月曾获广东省白蚁学会授予的“白蚁防治突出贡献奖”。他退休后直至近几年，仍多次到广东南岭国家级自然保护区（大东山）进行野外采集调查。他主持的广东南岭国家级自然保护区大东山昆虫资源调查已发表昆虫1531种，其中新种12种。自2004年以来，他曾先后完成《白蚁防治教程》和《昆虫世界与人类社会》两本教材的修订工作，并已先后再版。1999年4月退休以来，他共发表论文19篇，参与编写专著1部，编写及修订教材2部。

/ 教书育人，辛勤耕耘 /

华立中、梁铬球、陈振耀三位教授退休后，一直关心昆虫学领域的人才培养，曾先后协助古德祥、周昌清、张景强、庞义、王珣章、张润杰、庞虹、贾凤龙等在职教师义务指导硕士、博士研究生，为研究生授课、指导昆虫标本分类鉴定、审阅论文等，他们为昆虫学方向的硕士生讲授过“现代昆虫学”“昆虫分类原理与方法”“动物学与昆虫学文献查阅方法”“昆虫资源调查方法”等课。梁铬球教授曾协助指导1名蜻蜓分类研究的博士生、2名蝇类分类研究博士生、1名麻蝇分类研究的硕士生。陈振耀教授协助指导1名蟠类昆虫分类研究的博士生。

1999—2004年，陈振耀教授连续五年，每年与在职教师一起带领生物学系的本科生到封开黑石顶和珠海进行野外教学实习；1999—2004年及2006年、2008年带领昆虫学方向的硕士生到广东南岭国家级自然保护区（大东山）和郁南同乐保护区进行“昆虫资源调查方法”课的实习。陈振耀教授1996年上学期为本校文理科本科生开设的“昆虫世界与人类社会”公选课，直授课至2006年，此课颇受学生欢迎。

/ 以标本馆为家，乐在其中 /

华立中、梁铬球、陈振耀三位教授的专业研究方向是昆虫分类。他们的研究工作离不开昆虫标本，没有标本研究便成无米之炊，为此，他们视昆虫标本为命根子。他们不仅到野外采好标本，在室内制作好标本，还尽心保存好标本，把标本整理得井井有条。近几年昆虫分类的研究生较多，他们经常教育学生要注意标本馆的安全，身体力行，身教重于言教。昆虫标本保存比较困难，易受虫蛀和受潮发霉，防虫防霉为日常保存昆虫标本的两项主要内容，而昆虫标本馆仅有一位专职管理人员，节假日无人管理。十多年来，陈振耀教授义务负担起这项工作，使昆虫标本馆一直处于良好的运行状态。

/ 服务社会，无私奉献 /

三位教授所从事的基础研究与生产、生活密切相关。有关单位和人员在生产实践和社会生活中遇到昆虫种类的问题，往往找他们解决。林业部

门和进出口检验检疫部门常遇到随林木或进口物资带进来的天牛是什么种类、是否属危险性害虫、分布情况怎样等问题，他们带着标本和问题来请求华立中教授解决，华教授每年都要花一定时间和精力去处理这类问题。

梁铬球教授除帮助省进出口入境检验检疫局所属口岸鉴定大量的蝇类标本外，先后还在深圳、增城、新会、广州等地举办培训班，培训了一批检验检疫技术人才。梁铬球教授当选为中山大学老教授协会第一届理事。

陈振耀教授擅长白蚁防治技术，自2004年以来，与其他有关专家在广州、深圳、东莞、佛山、珠海、茂名等市参与建筑物白蚁防治培训班多期，培训了一大批建筑物白蚁防治技术人员。他还与省水利厅有关专家先后在云浮、佛山、珠海、深圳、韶关等市参与水利白蚁防治岗位培训班多期，培训技术人员600多人次；2007年，参与在飞来峡举办的广东省大中型水库管理单位责任人参加的3期培训班，受训人员300多人；与水利厅有关专家检查省内各市20多宗大中型水库的白蚁为害情况。他曾与省水利厅有关专家7次赴北江大堤察看堤坝白蚁的发生情况。

陈振耀教授退休后至2006年底担任广东省白蚁学会常务理事、副理事长职务；2003—2008年担任中山大学教职工离退休协会生科院分会会长职务；2008年12月担任中山大学离退休协会理事。他一贯热心公益性事业。

《中大老园丁》2009年第3期第8—10页（以笔名“洪春”发表）

《广东老科联》2009年第4期“晚霞灿烂”栏目全文转载，标题为“中大大学昆虫分类研究组的退休教授”

淡泊名利耕耘不息

自1999年退休以来，我仍在教学、科研的阵地上耕耘不息，发挥余热，露出一丝夕阳光彩。

/ 教书育人耕耘不辍 /

从事教学工作多年，在教书育人的园地里，我一贯严格要求自己，为人师表，身教重于言教，要求学生做到的，自己先做到。退休至今，每学期我都坚持担负一点教学工作，除了课堂教学外，每年都有1~2次带学生到野外实习。这几年，我曾先后与其他老师一起带本科或硕士生到过连州大东山、郁南同乐、封开黑石顶等保护区和珠海琪澳岛进行昆虫野外调查。在野外，不怕辛劳，每天与学生一起爬高山，穿密林、登山涉水极其消耗体力，当我眼看到学生增长许多知识与技能、丰富了标本馆的标本收藏量的时候，心中的喜悦是难于言表的。

教书育人是教师的天职。教师的表率作用是陶冶学生情操、教好学生的重要因素，也是教书育人的具体行动。2000年7月，我带99级生物学专业本科生到黑石顶实习，以自身的行动感染学生，并注意调动学生的积极性，引发学生的兴趣和洞察力，其中有几位女生对蝴蝶产生浓厚兴趣，因势利导，引导她们注重蝴蝶标本的采集、制作和生物学观察。回校后她们仍兴致未减，并希望我继续指导她们利用课余时间做更深层的研究以考察蝴蝶与自然、蝴蝶与人类的关系，盼望揭开黑石顶蝴蝶王国的面纱。教书育人是社会赋予教师的责任，为此，我乐意接受指导她们的任务，与她们一起订研究计划，并精心指导每一个环节，经过一个多学期的研究，她们所完成的论文《黑石顶蝴蝶王国探秘》获2001年全省高校“挑战环”一等奖，全国三等奖。2000年底，又有7位学生要求我指导他们完成一项课余研究项目，我欣然同意，经认真选题，因地制宜，舍远就近，选取本校园白蚁为害园林树木调查项目，利用星期六、日课余时间，亲自指导调查，调动他们的积极性，充分利用他们已学过的植物学和昆虫学知识，对校园近1万棵成材树木进行了逐棵调查。这一研究工作量大，耗时长，经过一个多学期，不仅初步查清了白蚁对各种树木的为害情况，也查清了康乐园内园林树木的树种及各种的数量资源，为学校有关部门提供园林树木资源的物业管理资料；另一方面本研究对学生增长知识、提高教育质量和科学研究基本功训练有所帮助。

退休后，我仍为全校文理科本科生开出“昆虫世界与人类社会”公选课。开设这门课之目的是使学生懂得：小小的昆虫与人类社会生活的各个方面关系密切，既有益的作用，也有害的一面，有时一种小虫甚至会影响一地区或国家的经济兴衰和人民的安居乐业。在教学上密切联系实际，讲发生身边的事，宣传昆虫学研究所多年来的研究成果和蒲蛰龙院士的科学成就，弘扬爱国主义精神；融科学性、知识性和趣味性为一体，以通俗朴实的语言阐明昆虫基础知识，为了兼顾文理科学生，既有专业性，又具科普性。因此，本课颇受欢迎，同学们选修后的感受是：开阔视野，拓宽思想境界，陶冶了情操，增强了保护物种、保护环境意识和热爱大自然的感情，受益匪浅。

最近三年，协同省白蚁学会其他理事为广州、深圳、东莞、佛山、肇庆、中山、珠海、茂名等市培训了一批建筑物白蚁防治技术人员；并与省水利厅有关专家为云浮和佛山市属水利系统培训了120余位水利白蚁防治技术人员。

量力而行努力攀登

依据自己的身体条件，在力所能及的前提下继续发挥一技之长，担负几项科研工作，扎扎实实地到第一线去完成任务，在不平坦的科学道路上，努力攀登。近年较圆满地主持并完成了多年的各项研究项目，如广东南岭国家级自然保护区大东山昆虫资源研究、三项白蚁防治应用性研究亦取得阶段性成果，经济效益和社会效益显著。

自退休以来共发表论文17篇；发表的昆虫新种7种（其中有的与他人合作完成）；主编教材《白蚁防治教程》，第一版于2002年出版，第二版在2004年4月出版；独自编写的教材《昆虫世界与人类社会》于2003年出版；参加编写的专著《深圳市卫生昆虫及其防治》于2003年出版。

作为重要编写成员的系列专著《中国经济昆虫志》［本人参加编写《中国经济昆虫志·半翅目》（一）（二）两册］已于2000年12月获中国科学院自然科学奖二等奖，2001年12月获国家自然科学奖二等奖。

2003年12月荣获广东省老科技工作者联合会授予的“优秀老科技工作者”称号。

淡泊名利服务社会

本校昆虫标本馆是建馆年代较早、国内外知名度较高的标本馆。专供研究用的馆藏标本达50万号，模式标本近600种，最早的标本采于1914年。昆虫标本的保存难度较大，常会因受潮而霉坏和虫蛀而损害，若管理不善，将毁于旦夕。蒲蛰龙院士生前曾多次嘱托昆虫分类室的教工，要管好几代人不辞辛劳采集的这些标本。出于专业爱好和社会责任感，我十分珍惜标本，在野外工作时努力采好标本，在室内用好及管好标本，因此，我对标本馆的管理工作花足了心血，落足了功夫，成为一名义务的兼职管理员，以主人翁精神主动承担管理工作，以标本馆为家，在退休后仍然如此，管好标本馆，问心无愧。多年来，无论星期六、日和节假日，只要我在校，就协同管理标本馆，年复一年，成为节假日“专职”的昆虫标本馆管理员，将水电、卫生、安全及室内温、湿度纳入管理内容，管好每一环节。我想，实实在在地做点无名可言、无利可图、有益社会的工作，也有益人生。昆虫标本馆整年每天都有人监管，在全国各类标本馆中也是罕见的，因此，该馆一直处于良好的运行状态。

出乎我所料，2003年，生科院离退休分会理事会推选我负责分会工作。这是一项广泛联系老年人的义务性服务工作，把党的温暖和政府的关怀传送给老人是一项光荣的工作。因此，我乐意地接受了这一任务，并立即着手帮助解决入住老人院的一位老师的经济困难问题。她既是我的老师，也是共事多年的同事。在20世纪70年代，我们俩都在生物系农业昆虫学专业从教，在学生心目中印象都算好，与学生们情谊也较深，为此，我含泪给校友们写了一封信，求助我们共同教过的学生群体为她助一臂之力。好有好报，校友们纷纷慷慨解囊，终于为她筹集到3万多元资金，缓解了燃眉之急。

退休后我一直担任广东省白蚁学会副理事长工作，诚心地为群众性的学术团体服务。

中山大学离退休工作处、中山大学离退休教职工协会：《青山不老——中山大学离退休教职工“老有所为”专辑》，2004年11月

六

青出于蓝胜于蓝

壮志凌云

——优秀共产党员张北壮同志科技扶贫和技术创新的践行

张北壮同志是一位四十年党龄，对党的事业无限忠诚的好同志。2011年他被评为“中山大学优秀共产党员”，2012年被评为“广东省教育系统优秀共产党员”，2014年再次被评为“中山大学优秀共产党员”。

张北壮老师在本校昆虫学专业毕业后留校工作。由于工作需要，他毫无怨言地被调到植物生理学专业从事教学科研工作。从动物学科转到植物学科必须从头学习专业知识。但他很勤奋，边干边学，不但很快进入了新的学科领域，还以优异的成绩在职修完硕士研究生的全部课程，努力担负和完成新领域的教学科研任务，在教学方面获得“中山大学教学优秀奖”。他爱岗敬业，对工作满怀热情，数十年如一日，努力钻研业务，拓宽研究领域。经过多年的拼搏，他掌握了多项农业应用创新技术，为农村经济发展作出贡献。

科技精准扶贫

2010年，在他即将退休的前三年，身为副教授的他，决心在教学、科研方面再拼搏几年，圆教授之梦。正在实施计划时，校党委要派他到本校对口扶贫单位河源市紫金县龙窝镇琴口村实施扶贫项目。他毫不犹豫服从党的安排。为了党的事业，他牺牲了个人的利益。在该村四年的攻坚扶贫和三年“回头望”扶贫中，带去了几项花了几十年研究的成果。这些“造血”扶贫的科技新技术在该村取得显著的效益。

1.红肉蜜柚栽培技术。张北壮老师深入农户，亲临红肉蜜柚种植田间，传授科学的栽培管理方法（图版XVIII 4），深受农户的好评。原来该村一年的经济收入不足10万元，而现在全村种植了2万多棵红肉蜜柚。2016年红肉蜜柚收获40万斤鲜果，仅此一项收入达150万元，其中有4家农户每户销售红肉蜜柚的收入超过10万元。预计今年该村的红肉蜜柚产量将翻番。由于该村土壤优良和得天独厚的气候条件，加上科学的管理技术，所产的蜜柚品质上乘，市场前景看好，这为该村经济持续增长打下坚实基础。

2.建立灵芝花卉产业化基地，作为发展村集体经济的扶贫开发项目。张北壮老师对灵芝和花卉产业具有丰富的专业知识和实践经验，掌握了一套成熟的技术。几年时间，灵芝产业为村集体经济创造了60万元的纯收入，不仅为村委会偿还了历年来的债务，还设立了分别拥有20万元本金的生产互助基金和奖教奖学基金。同时，村民的家庭经济收入也逐年增加，民风明显向好，使得教师安心教书育人，学生更加勤奋学习。

张北壮同志以党的利益高于一切，以党的事业为己责，自2010年以来，他在琴口村扶贫中不辞辛苦，先后100多次、行程6万多公里赴琴口村开展对口扶贫工作。更可敬的是，中山大学对琴口村的对口扶贫已于2014年初结束，他也于同年4月退休。为了使扶贫项目得到持续发展，该村的干部群众强烈要求，请他继续帮扶该村的灵芝产业项目，他没有拒绝。几年来，他又20多次到琴口村跟进中大的扶贫项目。他还牵线广东圣之禾生物科技有限公司与琴口村签订为期10年的灵芝产业化合作协议。该公司投资150万元修建6间栽培灵芝的人工智能气候室和添置大型自动灭菌装置，从而扩大生产规模，提高生产水平和产品质量。目前，该村的灵芝基地已达到年产100万个菌包的生产规模。此外，张北壮老师还积极参加中山大学第二、三批对口扶贫村的扶贫工作。同时，应广州市人民检察院聘请，协助他们开展扶贫工作。近一年来，曾10多次赴连州贫困地区扶贫，自费编印培训资料发给农户，为当地农民举办培训班，传授果树、蔬菜栽培技术，并到田间进行技术指导，为农民排忧解难，深得当地干部群众好评。

/ 为实现更高目标努力奋斗 /

张北壮老师在职期间，对于花卉产业、香蕉果树栽培、灵芝种植和植物克隆技术等领域都做了大量的研究，并积累了丰富的生产实践经验。十多年来，他先后在全国多个省市县作过80多场农业科技报告。他曾为建设番禺化龙的中山大学生科院教学实习基地做了大量工作，为充分利用基地的条件，创办了"中大植物医院"，为当地花卉产业化的发展起到极大的推动作用，每年为农民创收近2.4亿元人民币，并且解决5000人的劳动就业，对促进农村经济发展起到积极的作用。

张北壮老师酷爱他的灵芝事业，退休后投入了很大的精力打造中大圣之禾灵芝产业化科技园。传统人工栽培的灵芝由于栽培环境开放，有的甚至直接种在土壤中，不可避免地受到土壤中的重金属和病虫害侵染，造成重金属超标和农药残留。他与广东圣之禾生物科技有限公司合作，在番禺中大生物技术基地组建中大圣之禾灵芝产业化科技园，并担任技术总监，对灵芝的人工栽培进行一系列的技术革新，最突出的是采用国内首创的人工智能气候室栽培灵芝，生产优质、安全、符合国家卫生标准的灵芝保健食品。这套新技术包括物联网智能监控技术、全热交换节能技术、恒温换热技术、智能光照技术、磁化水处理技术、超声波加湿技术和PM2.5过滤技术等智能化的工业控制措施。人工模拟自然生长环境，根据灵芝生长发育的习性，在灵芝生长发育的各个阶段给予最佳的光照、温度、湿度、氧气和二氧化碳等条件，使灵芝的生长发育不受外界环境和气候条件的影响，以便一年四季都可培养灵芝（图版XVIII 2）。在人工智能气候室栽培灵芝，不需接触土壤，不喷洒农药，没有农药和重金属污染。另外，人工智能气候室的四周加设一层防虫网、操作人员进入灵芝培养区必须经过消毒，并更换工作衣服。栽培灵芝用水须经过磁化处理，进入培养室的空气采用PM2.5过滤系统，确保灵芝在洁净无污染的条件下生长，产出高品质的灵芝子实体和孢子粉（图版XVIII 3）。经过两年多的努力，已投资1500多万元建成50间标准的人工智能气候室，达到年栽培80～100万个菌包的生产规模，并获得灵芝孢子粉净化技术国家发明专利。目前已推出一批经国家卫生部批准、具有保健品证号的灵芝孢子粉产品投放市场，受到广大消费者的欢迎。

张北壮老师退休后仍想为国家做点有益的事，他发挥专业特长潜心研究气雾栽培技术，为高原和缺少雨水的边防哨所、干旱沙漠地区，以及缺少淡水的海岛驻军官兵和人民群众解决日常生活中新鲜蔬菜问题。气雾栽培技术是一种新型的栽培方式，它是利用喷雾装置将营养液雾化为小雾滴状，直接喷射到植物根系，以提供植物生长所需的水分和养分的一种无土栽培技术。气雾栽培能使作物产量成倍增长，是不用土壤或基质来栽培植物的一项农业高新技术，可有效解决传统土壤栽培中难以解决的水分、空气、养分供应的矛盾，使作物根系处于最适宜的环境条件下，从而发挥作物的增长潜力，使植物生长量、生物量得到大大的提高，是当前世界上生产安全蔬菜食品的最先进的栽培技术。这种技术可节省95%的肥料和90%以上的用水，其综合产量是传统栽培的5至10倍，是当前高产栽培技术中最先进的模式。目前他应邀到西藏、新疆海拔4000米以上的边防哨所和南海某岛修建有关设施，推广应用这项具有战略意义的栽培技术，为边防驻军官兵提供新鲜、安全的食物。

《中大老园丁》2017年第3月第17—19页

张北壮同志荣获“中国老科协奖”

本校生命科学学院退休高级工程师张北壮同志荣获2018年度中国老科学技术工作者协会授予中国老科学技术工作者协会奖（简称“中国老科协奖”，图版XVIII 1）。

张北壮同志主要事迹如下。

/ 精准科技扶贫 /

张北壮同志在职时，奉校党委之命到本校对口扶贫单位紫金县琴口村实施扶贫。他带备自己成熟的科研项目结合当地实际实施精准科技扶贫。四年的艰辛付出，成绩卓著，该村全体农户脱贫。2014年4月他退休后，该村干群强烈要求他继续帮扶。他毅然决定继续帮扶他们，将扶贫项目完善、发展，再上一个台阶。

红肉蜜柚种植技术是帮扶农户脱贫项目。村民们掌握了红肉蜜柚种植技术后，得益丰厚，并为该村经济发展打下坚实基础。他退休后攻克了蜜柚落花、落果难题，使其产量成倍增长。该村以往一年的经济收入不足10万元，而现在仅此项收入就达200万元。

建立灵芝生产基地是发展集体经济的扶贫项目。张北壮同志在职扶贫期间，每年为该村创造了60万元纯收入。为了使灵芝产业能持续发展，退休后的几年中他曾几十次到扶贫点进行技术帮扶。他还引进广东圣之禾生物技术有限公司与该村合作。该公司投资150万元，扩大生产规模，改进生产设备，目前年产值已达200万元。

他退休后还积极参加本校第二、三批对口扶贫，近一年曾十几次到连州扶贫村实施科技扶贫。

心系国家，努力创新

张北壮同志退休后仍心系国家，努力创新。为冰天雪地的高原哨所和缺少淡水的海岛驻军解决新鲜蔬菜问题，他潜心研究雾培技术。2017年10月，他应南、北战区邀请先后到新疆、西藏海拔4000米以上的边防哨所和南海某海岛修建雾培设施。经过几个月的试种已取得良好效果。他将进一步完善蔬菜育苗技术和制定标准化操作规程。

他退休后潜心研制智能气候栽培灵芝，使灵芝生产不受外界因素影响，提高产量和质量。如今，有保健品证号的灵芝孢子粉已投放市场。

退休后继续发表论著和专利

张北壮（第一作者）等主编：《生态学试验教程》，中山大学出版社，2015。

张北壮（第一作者）等：《金心也门铁开花因子研究》，广东农业科学，2014，41(11): 37—42。

发明专利：一种净化灵芝孢子的方法，授权公告日：2015年5月27日，专利号ZL20131034642.3，发明人：张北壮。

《中大老园丁》2018年第2期第31—32页

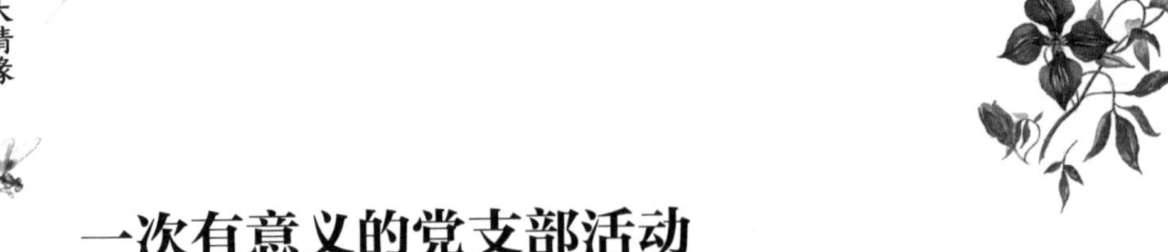

一次有意义的党支部活动

离退休党工委第十一（生科院）支部18位同志于2018年12月6日前往番禺化龙张北壮同志创办的灵芝人工智能气候室创新栽培基地参观考察。对于这次活动，党支部很重视。支部书记何国锋同志亲自带队，5位支委都参加。我们支部中德高望重、资深、年逾85高龄的李宝健、苏拔贤同志都兴致勃勃地参加活动（图版XVIII 5）。

张北壮同志20多年前在这里白手起家创办了生科院实验基地。当时，他结合自己所从事的植物生理学专业，在香蕉、花卉组织培养种苗方面，取得了成功，并为工厂化生产种苗积累了经验，还在番禺得到大面积推广种植。同时，他对香蕉、花卉在种植中发生的病虫害防治进行了研究，并建立香蕉、花卉病虫害防治医院，接受当地蕉农、花农上门咨询，深受农民欢迎。他广开思路，后来又开展灵芝人工智能气候室创新栽培技术的研发工作。2010年，他带着自己研发的这一技术在4年扶贫中发挥了重要作用。最近几年，他为解决国家的需要，又潜心探索农作物气雾栽培技术。他苦干加巧干，善于学习，跨越生物学科，向理工科靠拢，一步一脚印向前，路越走越宽，为国家国防建设和扶助农民脱贫致富作出贡献。

这次活动中，听了张北壮同志从事科技工作的介绍，参观了人工智能气候室栽培灵芝的生产流程和同他交谈，同志们都感到他的成功来之不易。对此，我有两点感受至深。

1．他对党的事业无限忠诚。他在退休前4年，正是向正高职称拼搏的时候，校党委派他到河源紫金琴口村扶贫，他服从党的需要，听从党的召唤，带着自己的科研成果到该村施行精准科技扶贫。在扶贫的4年中，全力投入，从发展集体经济和帮扶农户脱贫的两个方面精准地扶贫工作，使该村集体经济发展、全体农户脱贫。他的扶贫成果成为广东省的一面旗帜。可是，到退休时他的正高职称仍未能得到合理解决，但他心态坦然。退休后的几年中还继续帮扶琴口村，再帮全体农户脱贫致富；校领导派他到本校第二、第三轮新的对口扶贫点连州市保安镇种田村和丰阳镇柯木湾村协助扶贫工作，他又乐意接受，曾多次带着果树、农作物栽培技术施行帮扶，并自费编印教材为农户举办培训班。近年他还到新疆、西藏高原边防哨所帮助修建作物气雾栽培技术设施，番茄、蔬菜种植已试种成功。

2. 他是一位聪明好学勇于攀登科学高峰出色的科技工作者。张北壮同志在大学读书期间学的是昆虫学专业，毕业后所从事的教学与科研是植物生理学专业。在搞好教学与科研的基础上，开拓进取，扩展研究领域，取得了丰硕成果，他的创新精神给我们留下了深刻的印象。

这次活动，张北壮同志以自身为党为国家而努力拼搏的实践，用质朴的语言为大家上了一堂生动的党课。

《中大老园丁》2019年第1期第27—28页

张北壮老师著作《中国灵芝·人工智能气候室创新栽培》出版

《中国灵芝·人工智能气候室创新栽培》是生科院退休老师张北壮的新著，于2019年11月由中山大学出版社出版。全书共30万字，书中详细介绍了灵芝的生物学和生理学特性、人工智能气候室创新栽培技术的基本概念、工作原理和人工智能气候室栽培灵芝的优点。在书中引用了大量国内外专家学者有关灵芝药理作用、临床应用的研究成果和文献资料，图文并茂，内容翔实，可为灵芝产业化生产者提供宝贵的借鉴，也可为大众提供了解灵芝药效功能和医疗保健的知识。

灵芝是中医药宝库中的精品，在《本草纲目》中均有据可考，是中国历史上特有的祥瑞之物，有“仙草”“瑞草”之称。自古以来，灵芝被认为是天意、美好、吉祥、富贵和长寿的象征，被西方人称为“神奇的东方蘑菇”。随着现代科学技术的进步和研究工作的深入，灵芝的药效功能被进一步揭示。它对人体免疫的调节、抗病毒、抗肿瘤、抗氧化和清除自由基的作用，以及对放射性损伤、化疗损伤的保护作用和对神经系统、心血管系统、呼吸系统、消化系统、内分泌系统的作用日愈被国内外医学界所重视，并且在现代临床上进行了大量的研究与应用，表明灵芝对多种疾病有较好的疗效。此外，灵芝在保健养生方面的功效也得到大众的认可，为广大重视健康的人群所青睐。

我国人工栽培灵芝的历史悠久，目前采用的传统栽培方法主要有两种，即覆土栽培方法和大棚堆放栽培方法。这些传统的栽培方法与土壤密接触，并且要喷洒农药进行病虫害防治，因此产品中的重金属和农药残留超标。国内外迄今尚未制定灵芝的重金属和农药残留最高限量标准，如果参照我国食用菌（蘑菇类）重金属和农药残留限量标准，目前市场上销售的许多灵芝产品及其制品、制剂中的重金属和农药残留含量均不同程度地超过规定的限量标准。鉴于目前这种现状，张北壮老师充分利用中山大学曾经的对口扶贫村——广东省河源市紫金县琴口村的灵芝产业基地，与北京和广东省有关科技公司合作，开展灵芝人工智能气候室创新栽培技术试验。经过5年多来的潜心研发，成功开发人工智能气候室栽培灵芝的全套技术。这一创新栽培技术是一项集物联网智能监控、热交换节能、恒温换热、智能光照、超声波雾化加湿、PM2.5过滤、气体控制、栽培技术数字化等创新技术为一体的综合工程，整个系统获得5项国家发明专利和6项实用新型专利。采用这一创新技术可不受季节限制整年连续栽培灵芝，所产出的灵芝产品含有效成分高，无重金属和农药残留，品质达到国家卫生安全标准，且产量也比传统栽培的灵芝高出数倍。

本书主要以中国灵芝的代表种*Ganoderma lucidum*（俗称赤芝、红芝）为研究和叙述对象，书中第一至四部分的内容简述灵芝的生物学和生理学特性；第五部分内容重点介绍灵芝人工智能气候室创新栽培技术；第六至八部分主要介绍灵芝药效成分和药理作用以及临床应用研究，这部分内容引用了诸多国内外有关专家学者在灵芝现代研究方面的文献资料。虽然书中表述灵芝药理作用和灵芝临床应用时所涉内容医学专业性很强，对非专业人士而言不太容易看懂，但不碍普通读者对灵芝药理作用、临床应用效果有基本了解。

《中大老园丁》2020年第1—2期第41—42页

张北壮老师著作《舌尖上的安全》出版

《舌尖上的安全》是生科院退休老师张北壮于2022年2月由中山大学出版社出版的新书。该书以大量科研文献和研究成果为依据，详细阐述人们在日常生活中常见的食品安全隐患和预防措施。内容包括食品中的有害微生物及其毒素，如黄曲霉毒素、伏马菌素、展青霉素、节菱孢霉菌素、沙门氏菌、痢疾杆菌、金黄色葡萄球菌、大肠杆菌、肉毒杆菌、副溶血性弧菌、变形杆菌、产气荚膜杆菌、米酵菌酸和诺如病毒等的污染中毒和预防措施；食物中的寄生虫，如绦虫、旋毛虫、肝吸虫、肺吸虫、广州管圆线虫、姜片虫和弓形虫等对人体的危害和预防措施；食物中的动植物食源性毒物，如毒蘑菇、毒鱼类、毒贝类、毒野菜、毒豆芽和毒姜等毒物对人体的危害和预防措施；食品中的农药、兽药、重金属残留和污染对人体的危害和预防措施；食品在烹调加工过程产生的致癌毒物，如亚硝酸和亚硝胺、多环芳烃、杂环胺和丙烯酰胺对人体的危害和预防措施；食品添加剂中的有毒有害物质对人体的危害和预防措施；人体对食物过敏，不耐受引起的不良反应和不健康的饮食习惯，如高糖、高脂、高盐饮食、酗酒、长期素食等对身体的危害以及应对措施。

该书采用简述、毒物种类及污染状况、毒物生物学特性、毒物的限量标准、预防措施、参考文献的格式编写。全书分10个部分，70个小节内容，42万字，其中食品中的有害微生物、寄生虫、农药、兽药、重金属残留和添加剂等毒物的限量标准引自现行的中华人民共和国食品安全国家标准（GB）和有关规定。全书引用了400多篇参考文献，均系最新发表的相关科研论文和研究成果，按章节顺序列于书末，可供读者查阅。

中国有句古话“民以食为天，食以安为先”，亦即食品是人类生存的最基本、最重要元素。在我国社会主义市场经济飞速发展的今天，人民群众享用着空前丰富多样的食品，然而随着新的食品资源不断开发，食品品

种不断增加，生产规模不断扩大，加工、贮藏、运输等环节的增多和消费方式的多样化，人们的食物链变得更为复杂。食品中很多不安全的因素，可能存在于食物链的各个环节，例如食品受到有害微生物、寄生虫、生物毒素和铅、砷、汞、铬、镉等重金属及一些放射性物质的污染；食品添加剂的过量使用、违规使用；农药、兽药的残留等。这些因素对食品安全性产生的影响是人们最为关注的焦点。近些年来我国食品安全的形势非常严峻，各类食品污染的事件、食物中毒事件屡屡发生，严重损害了广大消费者的利益和健康。现阶段而言，大众对食品安全的认识和理解还比较陌生，但人们对食品安全问题又十分关注。正是基于为大众宣传普及食品安全的目的和初衷，张北壮老师花费了大量的时间和精力，历时五年写成这本《舌尖上的安全》。

《舌尖上的安全》一书通俗易懂，内容丰富翔实，对提高人们的食品安全意识与了解食品安全知识具有积极的意义与推广价值。最后用该书中的一句话作为结束语：多一点对食品安全的关注，实则少一份对疾病的担忧，让健康的知识深入人心，让健康的行为走进生活。

（本文署名刘振声、陈振耀。由陈振耀执笔定稿。）

《中大老园丁》2023年第3期第48—49页

七

中山大学离退休教职工协会与《中大老园丁》

中山大学离退休教职工协会的历程

（图版XIX 1—3）

中山大学离退休教职工协会（简称“中大离退协”）历经两度合并方形成当今的阵容。原中山大学分为离休教职工协会和退休教职丅协会，于1998年7月10日合并成为离退休教职工协会。2001年10月26日，中山大学与中山医科大学合并为中山大学，原两校的离退休协会仍按南校区、北校区各自活动。2008年12月，中大离退协第十一届会员代表大会在清远召开，由南北校区离退协联合推选理事组成理事会，正式合为一体开展活动。

忆当初，中山大学教职工退休协会于1987年10月22日在电教中心大楼举行成立大会。当时退休的教职工400多人，有300多人出席大会。大会通过了退休协会章程，宗旨为：“坚持党的四项基本原则，组织退休教职工开展政治、文体活动，继续为社会主义教育事业服务；维护退休教职工的合法权益，为退休教职工健康长寿，安度晚年服务。”选举产生了第一届理事会理事（见附表）。邓海泉教授连任三届理事长。接着，李玉标同志又接任了两届理事长。他们以“开荒牛”的奉献精神，为离退休老人谋福利，做了很多开拓性的工作，如办班创收，改善全校退休老人集体福利事业，筹建“老人活动中心”。1991年，在理事会的协调下，将原外语系图书馆（现634栋西门处）的一栋二层楼的小楼改建成集歌舞厅、乒乓球室、

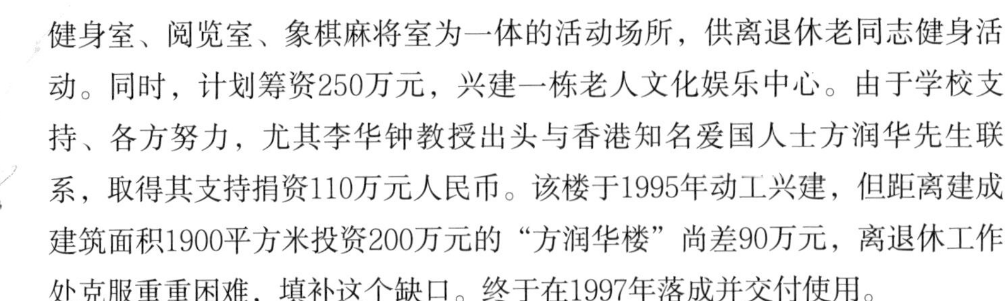

健身室、阅览室、象棋麻将室为一体的活动场所，供离退休老同志健身活动。同时，计划筹资250万元，兴建一栋老人文化娱乐中心。由于学校支持、各方努力，尤其李华钟教授出头与香港知名爱国人士方润华先生联系，取得其支持捐资110万元人民币。该楼于1995年动工兴建，但距离建成建筑面积1900平方米投资200万元的“方润华楼”尚差90万元，离退休工作处克服重重困难，填补这个缺口。终于在1997年落成并交付使用。

承前启后，1998年7月10日，协会在“方润华楼”召开第一次离退协会员代表大会，亦称“第六届离退休教职工协会”，选举产生了魏聪桂等11位理事，其中3位离休干部（见附表）。

2000年6月30日，在方润华楼召开第七届中大离退协会员代表大会（《中山大学离退协简讯》第28期称“中大离退协八届一次代表大会”）。经核实，至2000年6月20日，本校离退休人员共1676人，其中离休109人，退休1567人。这届代表大会选举产生的理事会由魏聪桂等11人组成，原离协理事长黄洪章、原退协理事长李玉标为顾问（见附表）。

2002年10月17日，在梁銶琚堂举行中大离退协第八届会员代表大会。大会代表160多人。副理长陈振立主持会议，理事长魏聪桂作第七届工作报告。秘书长邓良炳对协会章程修改进行说明后，一致通过新的协会章程。章程中，第一条名称改为“中山大学离退休教职工协会”(简称“中大离退协”)。

第九届中大离退协会员代表大会于2005年10月19日在小礼堂举行，仅南校区130多位代表与会。主要议程：听取理事会作报告；修改协会章程，将原章程中协会及各分会每届任期两年改为三年；选举产生南校区理事会理事。党委书记李延保同志到会祝贺，他在讲话中强调，任何时候都不能忘记中大历史、都不能忘记中大老同志们所做的贡献。他对老同志离岗后仍然为建设和谐校园作贡献表示感谢，对离退休教职工协会工作给予充分肯定。

2005年12月12日，中大离退协举行第十届会员代表大会，原中山医科大学离退休教职工协会选出代表参加，会议主要议程是选举产生合校后的第十届理事会（见附表）。

2008年12月16日，中山大学第十一届离退休教职工协会会员代表大会在清远举行，94位代表（含北校区）参加。会上，魏聪桂理事长作了第十届协会的工作报告；选出了第十一届协会理事会。这次代表大会提出了南校区的10名候选人名单，最后，与会代表都没有表示异议，一致鼓掌通过，产生了第十一届教职工协会理事会（见附表）。

中大离退协第十二届会员代表大会于2011年12月29日在南校区召开。与会代表160人，代表全校3300多名离退休教职工。大会听取了魏聪桂理事长作的工作报告；大会修改并通过了《中山大学离退休教职工协会章程》，规定根据需要可聘请名誉理事长；理事会设常务理事和理事；各分会理事长均为协会理事。大会聘请卢光启为名誉理事长，选举产生了魏聪桂等7人为常务理事（见附表）。

中大离退协第十三届会员代表大会于2015年1月15日在南校区召开。理事长魏聪桂作第十二届协会工作报告；林明河等7人当选为常务理事（见附表）。

新一届常务理事会高度赞扬上届理事长魏聪桂同志和副理事长陈振应同志，他们为中山大学离退休教职工服务了近20年，热爱老人事业，倾心做好协会工作；关心和维护会员的合作权益；配合离退休工作处，做好老人服务工作；为本校离退休协会办出特色，多年来保持着省老科联授予的“先进集体”称号。

中大离退协第十四届会员代表大会于2018年7月11日在怀士堂召开。出席代表91人，列席5人（第十四届常务理事候选人），特邀嘉宾2人（第十二届理事长魏聪桂、副理事长陈振应）。会议主要议程由第十三届理事长林明河作第十二届理事会工作报告，与会代表通过了这个工作报告；第十三届秘书长邓良炳作《中山大学离退休教职工协会章程》修改说明，主要是将“宗旨”移入第一条，并增加了“习近平新时代中国特色社会主义思想作为行动指南”，将第三条“离退休党总支和离退休工作处指导下”修改为“离退休党工委和离退休工作处领导下”，大会通过了修改后的《中大离退协章程》；选举产生了刘美南等9位为第十四届常务理事。经第一次常务理事分工，刘美南为理事长（见附表）。

值得一提的是，退出常务理事的邓良炳教授自2000年7月第七届至2018年7月第十三届，担任中大离退协秘书长一职长达18年，“老管家”任劳任怨，勤勤恳恳为中大离退休老同志服务。同时，还担任老教授合唱团团长17年和广东省老科联常务理事多届、副理事长一届。鉴于他的杰出贡献，

曾先后荣获“省老科技工作者荣誉称号”“2019年度中国老科协奖”。

中山大学离退休教职工协会一直都是在离退休工作处党政领导和具体指导下开展各项活动，组织离退休老同志，关心国家大事，结合党和国家各个时期的政治任务，开展各项学习活动，紧跟形势，与时俱进，与党和国家同呼吸共命运。

发挥余热，办学育人，为教育事业再作贡献。在办好颐园学院和新华学院过程中，许多具有办学特长的老教授、老领导发挥了重要作用。

牢记离退协的宗旨，努力做好为中大离退休老人服务，使广大老同志感到生活在幸福的“老有所养，老有所为，老有所医，老有所学，老有所乐”的社会环境中。

为老人办实事，积极反映老人意见，依法依规，为老人争取合法权益。

组织好老人的文体活动。关注离退休老人中（孤寡、独居、重大疾病、失能等）特殊人群的生活、健康情况。

自1987年至今的30多年间，为中大离退休教职工辛勤服务的，除了离退协工作处党政领导、离退协理事外，还有数以千计的各分会各届理事，他（她）们身处“一线”，他（她）们更辛苦，服务更周到，可敬可爱。

附表　中山大学离退休教职工协会历届理事会成员名单（2021）

第一届（1987.10—1990.5）	理事长：邓海泉；副理事长：陈鸿燊　杨育斌；秘书长：陈鸿燊（兼）
	理事：梁国和　黄迪仁　徐兴　钟启　朱焯群　邓洪　王淑芳　吴业良（共11人）
第二届（1990.5—1992.6）	理事长：邓海泉；副理事长：陈鸿燊；秘书长：彭渤
	理事：徐乃良　陈尔真　梁国秀　徐兴　朱焯群　王淑芳　武忠秀　梁慎祥　吴业良　莫浩如（共13人）
第三届（1992.6—1994.7）	理事长：邓海泉；副理事长：潘东；秘书长：潘东（兼）
	理事：彭渤　徐乃良　陈尔真　丘燕昌　李哲吟　梁东昇　刘少雄　陈淑婉　刘暹珍（共11人）

（续上表）

第四届 （1994.7—1996.7）	理事长：李玉标；副理事长：姚仲年　胡蕲慧；秘书长：潘东
	理事：彭渤　潘世义　陈尔真　丘燕昌　李哲吟　梁东昇　陈淑婉　刘暹珍　邬和镒（共13人）
第五届 （1996.7—1998.6）	理事长：李玉标；副理事长：姚仲年　胡蕲慧；秘书长：潘东
	理事：李哲吟　潘世义　何梓焜　陈志中　杨爱琴　吴志文（共10人）
第六届 （1998.6—2000.6）	理事长：魏聪桂；副理事长：黄洪章　崔世治；秘书长：潘东　丘泉发
	理事：陈志中　钟光　何焕铨　周岳水　杨爱琴　陈振应（共11人）
第七届 （2000.6—2002.10）	理事长：魏聪桂；副理事长：崔世治　陈振应；秘书长：邓良炳；副秘书长：丘泉发
	理事：钟光　金益渠　何焕铨　周敬才　龙曼卿　周岳水（共11人）
	顾问：黄洪章　李玉标
第八届 （2002.10—2005.10）	理事长：魏聪桂；副理事长：陈振应　陈亚宗；秘书长：邓良炳；副秘书长：汤鉴球
	理事：周岳水　龙曼卿　金益渠　石仁风　李友文　施为民（共11人）
	顾问：黄洪章　李玉标　崔世治
第九届 （2005.10—2005.12）	理事长：魏聪桂；副理事长：陈振应　陈亚宗；秘书长：邓良炳；副秘书长：汤鉴球
	理事：李友文　黎罗罗　钟伟勇　袁剑辉　龙曼卿　林镇材（共11人）
	顾问：黄洪章　李玉标　崔世治
第十届 （2005.10—2008.12）	理事长：魏聪桂　副理事长：卢光启
	常务理事 陈振应　陈亚宗　邓良炳　汤鉴球　谭绪昌　车殿均　游仕湘　谢为干

（续上表）

第十届 （2005.10—2008.12）	理事：李友文　黎罗罗　钟伟勇　龙曼卿　林镇材　袁剑辉　刘乐和　陈友玲　孔念颀　黄家峰
	顾问：黄洪章　李玉标　崔世治　陈子扬　姚崇仁
第十一届 （2008.12—2011.12）	理事长：魏聪桂；副理事长：卢光启　陈振应　王运才　车殿军　唐廷勇；秘书长：邓良炳　唐廷勇（兼）；副秘书长：汤鉴球　游仕湘
	理事：宣传：易汉文　林佛佑；教育：陈振耀　梁嘉定；文体：林镇材　刘清安；生活福利：龙曼卿　许圣清　谢为干　崔进（共19人）
第十二届 （2011.12—2015.1）	名誉理事长：卢光启； 常务理事长（7人）：理事长：魏聪桂；副理事长：陈振应　唐廷勇；秘书长：邓良炳；副秘书长：陈振耀　游仕湘；《中大老园丁》主编：易汉文
	理事：自本届起，各分会理事长均为理事（共58人）
第十三届 （2015.1—2018.7）	常务理事（7人）：理事长：林明河；副理事长：柯带　唐廷勇；秘书长：邓良炳；副秘书长：陈振耀　詹希美；《中大老园丁》主编：罗斯宁
	理事：各分会理事长均为理事（共62人）
第十四届 （2018.7—2021.7）	常务理事（9人）：理事长：刘美南；副理事长：柯带　陈金华　黄治河；秘书长：任丽凡；副秘书长：任建芬；郑垣零　林明河　张劲勋。由各常务理事分担行政、文体、福利、权益、外联、专项、日常等工作
	理事：各分会理事长均为理事（共59人）
第十五届 （2021.11—2024.12）	常务理事（9人）：理事长：刘美南；副理事长：陈金华　黄治河　钟秀文；秘书长：任丽凡；副秘书长：任建芬　张劲勋；郑垣零　童大跃。
	理事：各分会理事长均为理事（共60人）

注：1. 资料来源，第一届至第五届引自《中山大学离、退协简讯》（总第14期第10页）；第六至第十四届引自历年《中大老园丁》各期资料。

2. 在中山大学离休教职工协会与退休教职工协会合并前，离休协会缺系统的资料，而退协自第一届到两协会合并前的第五届资料都较完整，因此前五届采用退协的资料。

3. 第十五届引自中山大学离退休教职工协会《工作手册》（2021年12月第二版）。

《中大老园丁》2021年第3期第51—55页

十八岁的《中大老园丁》

《中大老园丁》于2003年由其前身《中大退协通讯》（简称《通讯》）和《中山大学离、退协简讯》（简称《简讯》）衍生而面世，至今已18年了，深受广大离退休教职工喜爱。

《通讯》是1994年4月创刊，为退休协会编印的不定期刊物（打印本）。《简讯》为1997年3月由离休协会和退休协会合办的不定期会刊（打印本）。1998年7月两"协会"合并，成立中山大学离退休教职工协会。《简讯》继续出版至2002年底，共44期。2001年10月26日，中山大学与中山医科大学合并，11月20日第36期《简讯》头条报导了"新中山大学诞生——中山大学与中山医科大学合并"的喜讯。为了进一步提高刊物内容的水平和提高刊物的印刷质量，编辑部建议，并经离退协理事会同意，自2003年起，刊物更名《中大老园丁》；刊物由不定期改为季刊，每年出版4期；刊物交由有资质的印刷厂印刷，加彩色封面、封底和彩色照片，力求图文并茂；为保持《简讯》的连续性，每期都注明总期数。至今已出版114期。

《中大老园丁》已18岁了。18年来，她虽平凡，但在历任离退休工作处党政领导和历届离退协领导的呵护、监管下，加上广大离退休教职工的关爱及编辑部同志的辛勤服务与陪伴，她朝气蓬勃，健康成长，跟上新时代的步伐，不断前进。

18年来，尤其近几年来，《中大老园丁》的形式和内容都有些变化，更加规范了。封面刊名题书原为书法家廖蕴玉教授，2008年至今为书法家陈永正教授。自2017年第1期至今采用新的"中山大学"标识。为使刊物合法化，规范化，经申请并经广东省新闻出版局批准为"内部资料，免费交流"，并发准印证，自2018年第1期起在封面下方的"中山大学离退休教职工协会会刊"之"会刊"二字删去，在其下方标明出版年份期号和准印证号

（粤〇）L0160422号，其后注明“内部资料 免费交流”。根据内部出版物的管理规范，其编印宗旨是“工作指导，信息交流”，结合我校实际，对刊物主栏目作了调整。至于设置栏目和内容，《中大老园丁》2020年第1、2期合刊的“征稿启事”中已很明确说明，不再赘述。

18年来，《中大老园丁》编辑部历经4任。首任主编施为民教授已去世多年，深切怀念他。历届编辑部人员及任职时间如下：

2003/1（期数）—2005/3

主编：施为民　　副主编：钟　光　李玉标

2005/4—2008/4

主编：钟伟勇　　副主编：李玉标　林耀先

2009/1—2012/2

主编：易汉文　　副主编：林耀先

2012/3—今（图版XIX 2）

主编：罗斯宁　　副主编：朱婵清　李观乐（2013/2—2018/1）
王迎农（2018/2—今）

责任编辑：邓良炳（2003/1—今）　汤鉴球（2003/1—2011/4）
陈振耀（2012/1—2024/1）　朱雪梅（2024/2—今）

期望《中大老园丁》越办越好。

（本文署名邓良炳、陈振耀。由陈振耀执笔。）

《中大老园丁》2020年第3期第45—46页

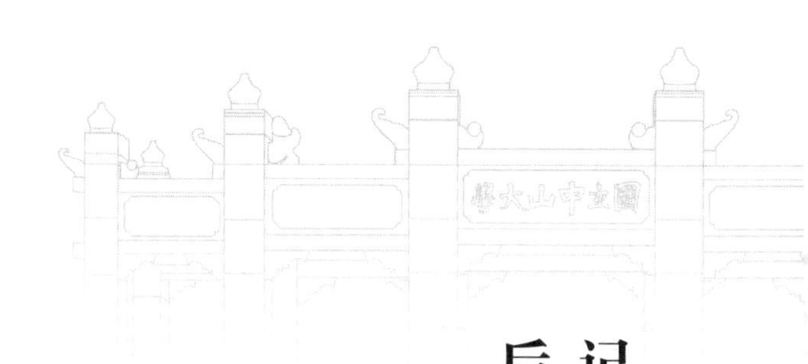

后记

Postscript

编著《中大情缘》的过程，激发我联想许多难以忘怀的往事。作为教师，除了承担教书育人的天职，还要做一些力所能及的科学研究工作。虽然自己的能力有限，但有严谨的科学态度和团结同事一道工作的团队精神，有做好科研工作的愿望。1972年11月下旬，我从干校回来不久，蒲老师交给我一项科研任务，与南开大学和江西农业大学（时称江西共产主义劳动大学，简称“江西共大”）同行合作完成《中国动物志·蝽总科志》和《中国经济昆虫志·半翅目》的编写。当时他还给了我一本1962年由蒲蛰龙、利翠英、华立中、古德祥发表于《中山大学学报（自然科学版）》的论文抽印本《广东广西及其邻近地区的蝽科昆虫》。从此，我开始看资料、查文献、采标本。1974年1月6日至14日，南开大学举行第一次编写蝽类昆虫“两志”会议，出席会议的有南开大学肖采瑜、郑乐怡、任树芝、邹环光，江西共大章士美、薛荣富、尹益寿，中山大学只有我一人。肖采瑜、郑乐怡和章士美都是半翅目昆虫分类学专家，而我是一个新兵，有点胆怯。回校后我向蒲老师作了汇报，他热情地勉励我，并说：我们有这方面的工作基础，蝽类昆虫标本比较丰富，在岭南大学时期已积累了许多标本，南开大学肖先生他们曾来看过标本，还借了一些回去；你的工作重点应放在南方，尤其是广东（含海南岛）、广西，配合他们做好编志工作是有条件的。蒲老师的话使我树立了信心。我想，在校多请教蒲、利老师，在外虚心向肖先生、章先生和郑老师学习，凭着自己的“牛”劲，一定要努力完成任务。第一次会议短暂的接触，为建立根基较牢固的情谊打下了基础。

不几年，肖采瑜教授病逝。1977年11月4日至8日，在南昌江西共大召开第二次编写会议，根据国家的需要，决定先完成《中国经济昆虫志·半翅目》的编写。这次会议除了我们三家，还扩充了北京自然博物馆、天津自然博物馆、山西大学、内蒙古师范学院、黑龙江自然博物馆、昆明动物所、贵州农学院、华南农学院、海南热带作物研究院，共12个单位，组成庞大的团队。1978年11月在昆明、1980年3月在海口又开了两次交流工作进度、规范写作格式等问题会议，会后还组织了两次集体的标本采集活动，加快了工作进程，确保1981年7月在内蒙海拉尔市如期召开审稿会，12个单位18位同志完成了《中国经济昆虫志·半翅目（一）》的编写任务。这一册共有28科277种，我完成了23种，其中2种由两人完成。多数同志认为半翅目经济昆虫远不止这些，还有很大潜力，章士美教授接受大家意见，决定再苦干几年，把《中国经济昆虫志·半翅目（二）》写出来。有了前一册的编写经验，会后各同志把握机会，首先确定自己编写的种类。同志们还希望扩大编写组人员，章先生接受了这一意见。

1986年3月初，《中国经济昆虫志·半翅目（二）》编写组第一次会议在广州中山大学举行。会议要求1987年上半年要将《中国经济昆虫志·半翅目（二）》初稿写出，并召开审稿会。同事们很努力，如期完成。1978年3月下旬接到协作牵头单位江西农业大学发的通知：兹定于1978年4月1日至6日在景洪的云南热带作物科学研究所召开《中国经济昆虫志·半翅目（二）》审稿会。这一册参加单位15个，25位编写人员共编写了21科316种，我完成了28种，其中5种由两人完成。

紧接着，我们三家的《中国动物志·蝽总科志》编写任务被提上议事日程，我们决心再苦干几年编写出来。实际上，大家在编写《中国经济昆虫志·半翅目》过程中已经注意收集文献资料和积累标本。经过十多年的磨炼，在蒲老师的直接指导下，在章士美教师、郑乐怡教师的帮助下，我感到业务上成长了许多，更有信心完成分配给我的《中国动物志·蝽总科志》中盾蝽科和荔蝽科两个科的编写任务。我于1992年底写出初稿，并寄给项目主持人章士美教授。章先生太忙，他不分昼夜超负荷地工作，病倒了，不幸几年后去世了。他生前给我的许多信我还保存着，深切地怀念他。后来，得悉他的助手不能接替他未完成的工作。我几十年的科学研究生涯中感到最遗憾的就是参与编写的《中国动物志·蝽总科志》出版无期。

我出生在粤东北的一个山区，童年在山村里度过，开门见山，出门爬山。走上工作岗位后也深深地与山结缘，大学刚毕业就到粤北山区调查野蚕资源，接着又到海南，花了3个月爬遍了海南的五座大山，第二年春天到湖南湘西，又爬了3个多月的山，走遍湘西的黔阳地区（现为怀化市）和湘西土家族苗族自治州各县调查采集以野蚕为主的昆虫标本。后来我参与昆虫学研究所的多个科研项目都是以山为基地的。如柞蚕放养研究，1965年秋在河南信阳新湾的山，幸获信阳柞蚕原种场多位同志相助。8月22日至10月17日在山上与柞蚕为伴。1966年3月16日至6月14日在黔阳源神公社源河大队蒋家冲放养春柞蚕；8月13日至11月22日放养秋柞蚕。1967年3月3日至6月9日在湖南通道县马龙公社马龙大队铜墙界大面积推广放养柞蚕，都在山上。1988年至1989年的松突圆蚧防治研究常驻在惠东寨场山。1990年9月至1993年6月在广宁县进行竹蝗防治研究，以石涧横径的山为基地。1992年2月至1994年6月因马尾松毛虫研究先后7次前往梅州五华、兴宁等区县的松树山上调查防治效果。不管哪一项研究，我们昆虫所的同事们都吃苦耐劳，从不懈怠，乐在其中，这样的日子值得怀念。

编著者

2023年12月28日于中大生物博物馆